Unter dem Tannenbaum
und andere Weihnachtsgeschichten

Unter dem Tannenbaum

und andere
Weihnachtsgeschichten

Leykam

© by Leykam Buchverlagsgesellschaft m.b.H. Nfg. & Co. KG,
Graz 2013

Kein Teil des Werkes darf in irgendeiner Form (durch Fotografie, Mikrofilm oder ein anderes Verfahren) ohne schriftliche Genehmigung des Verlages reproduziert oder unter Verwendung elektronischer Systeme verarbeitet, vervielfältigt oder verbreitet werden.

Lektorat: Mag. Josef Schiffer
Covergestaltung: Peter Eberl, www.hai.cc, basierend auf einem Kerzenbild von © Swetlana Wall – Fotolia.com
Umbruch und Layout: Helmut Lenhart
Druck: Steiermärkische Landesdruckerei GmbH, 8020 Graz
Gesamtherstellung: Leykam Buchverlag
ISBN 978-3-7011-7870-4
www.leykamverlag.at

WALTER BENJAMIN
Ein Weihnachtsengel

Mit den Tannenbäumen begann es. Eines Morgens, noch ehe Ferien waren, hafteten an den Straßenecken die grünen Siegel, die die Stadt wie ein großes Weihnachtspaket an hundert Ecken und Kanten zu sichern schienen. Dann barst sie eines schönen Tages dennoch und Spielzeug, Nüsse, Stroh und Baumschmuck quollen aus ihrem Innern: der Weihnachtsmarkt. Mit ihnen quoll noch etwas anderes hervor: die Armut. Wie nämlich Äpfel und Nüsse mit ein wenig Schaumgold neben dem Marzipan sich auf dem Weihnachtsteller zeigen durften, so auch die armen Leute mit Lametta und bunten Kerzen in den besseren Vierteln. Die Reichen schickten ihre Kinder vor, um jenen der Armen wollene Schäfchen abzukaufen oder Almosen auszuteilen, die sie selbst vor Scham nicht über ihre Hände brachten. Inzwischen stand bereits auf der Veranda der Baum, den meine Mutter insgeheim gekauft und über die Hintertreppe in die Wohnung hatte bringen lassen. Und wunderbarer als alles, was das Kerzenlicht ihm gab, war, wie das nahe Fest in seine Zweige mit jedem Tage dichter sich verspann. In den Höfen begannen die Leierkästen die letzte Frist mit Chorälen zu dehnen. Endlich war sie dennoch verstrichen und einer jener Tage wieder da, an deren frühesten ich mich hier erinnere. In meinem Zimmer wartete ich, bis es sechs werden wollte. Kein Fest des späteren Lebens kennt diese Stunde, die wie ein Pfeil im Herzen des Tages zittert. Es war schon dunkel, trotzdem entzündete ich nicht die Lampe, um den Blick nicht von den Fenstern überm Hof zu wenden, hinter denen nun die ersten Kerzen zu sehen waren. Es war von allen Augenblicken, die das Dasein des Weihnachtsbaumes hat, der bänglichste, in dem er Nadeln und Geäst dem Dunkel opfert, um nichts zu sein als ein unnahbares, doch nahes Sternbild im trüben Fenster einer Hinterwohnung. Und wie ein solches Sternbild hin und wieder eins der verlassenen Fenster begnadete, indessen viele weiter dunkel blieben und andere, noch trauriger, im Gaslicht der frühen Abende verkümmerten, schien mir, dass diese weihnachtlichen Fenster die Einsamkeit, das Alter und das Darben – all das, wovon die armen Leute schweigen – in sich fassten. Dann fiel mir wieder die Bescherung ein, die meine Eltern eben rüsteten. Kaum aber hatte ich so schweren Herzens wie nur die Nähe eines sicheren Glücks es macht, mich von dem Fenster abgewandt, so spürte ich eine fremde Gegenwart im Raum. Es war nichts als ein Wind, sodass die Worte, die sich auf meinen Lippen bildeten, wie Falten waren, die ein träges Segel plötzlich vor einer frischen Brise wirft:

„Alle Jahre wieder
Kommt das Christuskind
Auf die Erde nieder
Wo wir Menschen sind"

– mit diesen Worten hatte sich der Engel, der in ihnen begonnen hatte, sich zu bilden, auch verflüchtigt. Nicht mehr lange blieb ich im leeren Zimmer. Man rief mich in das gegenüberliegende, in dem der Baum nun in die Glorie eingegangen war, welche ihn mir entfremdete, bis er, des Untersatzes beraubt, im Schnee verschüttet oder im Regen glänzend, das Fest da endete, wo es ein Leierkasten begonnen hatte.

F. M. Dostojewskij

Der Knabe bei Christus zur Weihnachtsfeier

Ich bin Romanschriftsteller und habe, scheint mir, die Geschichte selbst erfunden. Warum sage ich „scheint mir"? Ich weiß doch ganz genau, dass ich selbst der Verfasser bin. Trotzdem kommt es mir vor, als ob dies irgendwo und irgendwann, nein, nicht irgendwann, sondern genau am Tage vor Weihnachten in einer großen Stadt zu grimmiger Winterszeit wirklich geschehen sei. Ich sehe einen Knaben vor mir, einen ganz kleinen Jungen. Sechs Jahre oder gar noch weniger zählt er. Der Knabe erwachte morgens in einem feuchten, kalten Kellerraum. Da er nur mit einem Röckchen bekleidet war, zitterte er am ganzen Leibe. Sein Atem stand als weißer Dampf vor seinem Munde. Der Knabe saß in einem Winkel auf einem Koffer, stieß vor Langeweile absichtlich den Dampf aus dem Mund und hatte sein Vergnügen an dem Anblick des dahinfliegenden Hauches. Der Knabe hatte jedoch großes Verlangen danach, etwas zu essen. Seit dem frühen Morgen war er schon einige Male zu der Pritsche gegangen, wo seine kranke Mutter auf einer Decke lag, die nicht stärker als ein Plinsen war. Statt eines Kissens hatte sie ihr zusammengeknotetes Bündel unter den Kopf geschoben. Wie mochte sie hierher geraten sein? Sie musste wohl mit ihrem Jungen aus einer fremden Stadt gekommen und plötzlich krank geworden sein. Die Vermieterin der Winkel war vor zwei Tagen von der Polizei abgeholt worden, die Mieter hatten sich zerstreut, wie es vor dem Fest zu gehen pflegt, und der allein zurückgebliebene tatarische Handelsmann lag schon ganze vierundzwanzig Stunden sinnlos betrunken da und hatte nicht einmal bis zum Feiertag warten können. In einem anderen Winkel des Raumes stöhnte eine von Rheumatismus geplagte alte Frau. Irgendwann und irgendwo hatte sie einmal als Kinderfrau gedient. Jetzt starb sie allein und verlassen, stöhnte, knurrte und brummte den Knaben an, sodass er Angst hatte, ihrer Ecke zu nahe zu kommen. Irgendwo im Flur holte er sich etwas zum Trinken, doch fand er nirgends ein Stückchen Brotrinde. Mehr als zehnmal war er schon zu seiner Mutter hingetreten, um sie zu wecken. Als es schließlich dunkel wurde, grauste ihm. Der Abend hatte längst begonnen, doch niemand zündete Licht an. Als der Knabe an das Gesicht der Mutter fühlte, wunderte er sich, dass sie sich überhaupt nicht rührte, sondern so kalt wie die Wand war. „Hier ist's schon gar zu kalt", dachte er, verharrte eine Weile und ließ unbewusst seine Hand auf der Schulter der Toten ruhen. Dann hauchte er auf seine Fingerchen, um sie etwas zu erwärmen, ertastete schnell sein Mützchen auf der Pritsche und tappte sich leise und behutsam aus dem

Keller. Er hätte es schon früher getan, doch hatte er die ganze Zeit Furcht vor dem großen Hund gehabt, der oben auf der Treppe vor der Tür der Nachbarn tagsüber geheult hatte. Der Hund war jedoch nicht mehr da, und der Knabe trat schnell auf die Straße hinaus.
Mein Gott, war das eine Stadt! Noch nie hatte der Knabe etwas Derartiges gesehen. In dem Ort, woher er gekommen war, herrschte nachts tiefe Dunkelheit; in der ganzen Straße brannte eine einzige Laterne. Die niedrigen Holzhäuschen waren mit Fensterläden dicht gemacht. Kaum dämmerte es, ließ sich niemand mehr auf der Straße sehen, alle verschlossen sich in den Häusern. Nur ganze Rudel von Hunden, hunderte, tausende trieben sich herum, bellten und heulten die ganze Nacht. Doch war es dort dafür auch warm gewesen, und man hatte ihm zu essen gegeben, hier aber – Gott, wenn er doch etwas essen könnte! Und was hier für Geratter und Lärm war, das viele Licht und die Menschen, Pferde, Wagen und eine Kälte, eine Kälte! Von den abgehetzten Pferden, aus ihren heiß atmenden Mäulern stieg gefrorener Dampf. Die Hufeisen klirrten durch den lockeren Schnee hindurch auf den Pflastersteinen. Alles stieß und schob sich. O Gott, es verlangte ihn so zu essen.
Da war wieder eine Straße – oh, solche breite Straße! Hier wird man ihn gewiss zerquetschen. Wie sie alle schreien, rennen und dahinfahren, und ein Licht, ein Licht! Was ist denn das? Nein, so eine große Glasscheibe! Und hinter der Scheibe ein Zimmer, und im Zim-

mer ein Baum, der bis zur Decke reicht: ein Christbaum. Viele, viele Lichter sind an dem Tannenbaum und Goldpapier und Apfel, und ringsherum liegen Puppen und Pferdchen. Schön angeputzte, saubere Kinder laufen durch das Zimmer, lachen und spielen, essen und trinken. Da, jetzt tanzt das kleine Mädchen mit einem der Knaben. Welch nettes, kleines Mädchen! Nun ertönt auch Musik, man hört sie durch die Scheibe. Der Knabe schaut und staunt und möchte auch lachen, doch schmerzen ihm die Zehen und die Fingerchen. Sie sind schon ganz rot geworden und lassen sich nicht mehr biegen. Es tut weh, wenn man sie bewegt. Plötzlich entsinnt sich der Knabe, warum ihm die Fingerchen weh tun. Er bricht in Tränen aus und läuft weiter. Da sieht er hinter einer anderen Scheibe wieder ein Zimmer. Auch hier sind Bäume aufgebaut, und auf den Tischen liegen alle möglichen Kuchen: Mandelkuchen, Kuchen von roter und gelber Farbe. Vier reiche Fräulein sitzen hinter den Tischen, und wer kommt, dem geben sie Kuchen. Alle Augenblicke geht die Tür auf, und von der Straße gehen viele Herrschaften zu ihnen hinein. Der Knabe stiehlt sich heran, öffnet schnell die Tür und tritt ein. Mein Gott, wie sie auf ihn einschreien und ihn abwehren! Das eine Fräulein kommt rasch auf ihn zu, drückt ihm eine Kopeke in die Hand und macht selbst vor ihm die Tür zur Straße auf. Wie hat er sich erschrocken! Doch rollt die kleine Münze mit hellem Klang die Stufen hinab, denn der Knabe ist nicht imstande, seine roten Fingerchen zu krümmen und das

Geld festzuhalten. Er eilt davon. Immer schneller und schneller geht er, wohin, weiß er selbst nicht. Wieder ist ihm das Weinen nahe. Vor Angst rennt er, rennt und haucht auf die Händchen. Er sehnt sich plötzlich nach etwas. Er fühlt sich so allein und verlassen. Es ist ihm bange. Doch, mein Gott, was ist denn das wieder? – Da stehen die Leute in Scharen und staunen. In einem Fenster hinter einer Scheibe sieht man drei kleine, in rote und grüne Gewänderchen gekleidete Puppen. Es ist genau so, als ob sie lebten. Ein alter Mann mit einer großen Geige sitzt da, als ob er auf ihr spielte, zwei andere stehen daneben und spielen auf kleinen Geigen. Sie schütteln die Köpfe im Takt und blicken einander an. Ihre Lippen bewegen sich. Sie reden: sicher, sie reden, man hört es nur nicht wegen der Scheibe. Der Knabe denkt zuerst wirklich, sie leben. Als er jedoch endlich hinter die Wahrheit kommt, dass, es Puppen sind, muss er plötzlich lachen. Nie hat er bisher solche Puppen gesehen und gewusst, dass es so etwas gibt. Eigentlich möchte er weinen, aber es ist so zum Lachen, wegen der Puppen. Plötzlich spürt er, wie hinter ihm jemand nach seinem Mäntelchen greift. Ein großer, böser Junge steht neben ihm. Mit einemmal packt ihn der Junge am Kopf, reißt die Mütze herab und gibt ihm von unten her einen Tritt. Der Knabe fällt hin. Die Leute schreien. Er liegt einen Augenblick wie erstart da, dann springt er auf und läuft davon, läuft, was ihn die Füße tragen. Plötzlich rennt er, ohne zu wissen wohin, durch eine Toreinfahrt in einen fremden Hof. Er setzt sich hinter einen Stapel Holz. „Hier sucht man mich nicht, es ist auch finster", denkt er.

Er setzt sich zurecht und krümmt sich zusammen. Vor Angst wagt er kaum zu atmen. Doch plötzlich, ganz plötzlich wird ihm so wohl. Händchen und Füßchen schmerzen mit einem Male nicht mehr. Es ist ihm warm, so warm, als wenn er auf dem Ofen säße. Der Knabe zuckt plötzlich zusammen; ach, da war er doch richtig eingeschlafen! Wie gut man hier schlafen kann. „Ich bleibe eine Weile sitzen, dann gehe ich weiter und sehe mir die Puppen an", denkt der Knabe und lacht, als er sich ihrer erinnert: „ganz als ob sie lebendig wären!" Plötzlich vermeint er zu hören, wie seine Mutter über ihm ein Liedchen singt. „Mama, ich schlafe, wie gut es sich hier schlafen lässt!"

„Komm mit mir, Knabe, zu meinem Christbaum!", flüstert plötzlich eine leise Stimme.

Der Knabe denkt, es sei noch immer seine Mutter, aber nein, sie ist es nicht. Wer ihn eigentlich ruft, sieht er nicht, doch jemand beugt sich über ihn und umfängt ihn in der Dunkelheit. Der Knabe streckt ihm die Hand entgegen ... und plötzlich ... oh, welches Licht! Ach, welch ein Christbaum! Das kann doch gar keine Tanne sein, nein, solche Bäume hat er noch nie gesehen. Wo befindet er sich überhaupt? Alles glänzt und leuchtet, und ringsum lauter Puppen, – doch nein, es sind lauter Knaben und Mädchen, nur sind sie so licht. Alle umkreisen ihn, sie fliegen, alle küssen ihn, nehmen ihn auf, tragen ihn mit sich fort, ja, und er selbst fliegt auch, und er sieht: seine Mutter schaut ihn an. und lacht vor Freude über ihn.

„Mama, Mama! Ach, wie schön es hier ist, Mama!", ruft ihr der Knabe zu. Abermals küsst er sich mit den Kindern und will ihnen möglichst rasch von jenen Puppen hinter der Scheibe erzählen. „Wer seid ihr, Knaben? Wer seid ihr, Mädchen?", fragt er lachend und voller Liebe.

„Das ist Christi Weihnachtsfeier", antworten sie ihm. „Bei Christus ist an diesem Tage immer ein Tannenbaum für die kleinen Kinder aufgestellt, die dort keinen Christbaum haben."

Und der Knabe erfuhr, dass alle die Knaben und Mädchen genau solche Kinder waren wie er, doch die einen waren bereits in ihren Körbchen erfroren, worin man sie auf der Treppe vor der Tür Petersburger Beamter ausgesetzt hatte; die andern waren bei den finnischen Weibern verhungert, wohin sie vom Findelhaus zur Pflege gegeben worden waren; die dritten waren an den vertrockneten Brüsten ihrer Mütter während der Hungersnot in Samara gestorben; den vierten war in der Stickluft der Abteile dritter Klasse der Atem ausgegangen, – und nun waren sie alle hier, alle waren sie jetzt Englein, alle bei Christus. Und Er war mitten unter ihnen, breitete seine Arme aus und segnete sie und ihre sündigen Mütter ... Die Mütter der Kinder befanden sich auch hier. Sie standen an der Seite und weinten. Jede erkannte ihren Knaben oder ihr Mädchen wieder. Die Kinder flogen zu ihnen hin, küssten sie, wischten ihnen die Tränen mit ihren Händchen ab und baten sie, nicht zu weinen, weil es ihnen hier so gut gehe ...

Drunten fanden die Hausknechte am andern Morgen den kleinen Leichnam des weggelaufenen und hinter dem Holzstapel erfrorenen Knaben. Auch seine Mutter wurde aufgefunden. Sie war schon vor ihm gestorben. Beim Herrgott im Himmel sehen sie sich wieder.

E. T. A. Hoffmann
Nussknacker und Mausekönig

Der Weihnachtsabend

Am vierundzwanzigsten Dezember durften die Kinder des Medizinalrats Stahlbaum den ganzen Tag über durchaus nicht in die Mittelstube hinein, viel weniger in das daranstoßende Prunkzimmer. In einem Winkel des Hinterstübchens zusammengekauert, saßen Fritz und Marie, die tiefe Abenddämmerung war eingebrochen und es wurde ihnen recht schaurig zumute, als man, wie es gewöhnlich an dem Tage geschah, kein Licht hereinbrachte. Fritz entdeckte ganz insgeheim wispernd der jüngeren Schwester (sie war eben erst sieben Jahr alt geworden), wie er schon seit frühmorgens es habe in den verschlossenen Stuben rauschen und rasseln und leise pochen hören. Auch sei nicht längst ein kleiner dunkler Mann mit einem großen Kasten unter dem Arm über den Flur geschlichen, er wisse aber wohl, dass es niemand anders gewesen als Pate Droßelmeier. Da schlug Marie die kleinen Händchen vor Freude zusammen und rief: „Ach was wird nur Pate Droßelmeier für uns Schönes gemacht haben." Der Obergerichtsrat Droßelmeier war gar kein hübscher Mann, nur klein und mager, hatte viele Runzeln im Gesicht, statt des rechten Auges ein großes schwarzes Pflaster und auch gar keine Haare, weshalb er eine sehr schöne weiße Perücke trug, die war aber von Glas und ein künstliches Stück Arbeit. Überhaupt war der Pate selbst auch ein sehr künstlicher Mann, der sich sogar auf Uhren verstand und selbst welche machen konnte. Wenn daher eine von den schönen Uhren in Stahlbaums Hause krank war und nicht singen konnte, dann kam Pate Droßelmeier, nahm die Glasperücke ab, zog sein gelbes Röckchen aus, band eine blaue Schürze um und stach mit spitzigen Instrumenten in die Uhr hinein, sodass es der kleinen Marie ordentlich wehe tat, aber es verursachte der Uhr gar keinen Schaden, sondern sie wurde vielmehr wieder lebendig und fing gleich an recht lustig zu schnurren, zu schlagen und zu singen, worüber denn alles große Freude hatte. Immer trug er, wenn er kam, was Hübsches für die Kinder in der Tasche, bald ein Männlein, das die Augen verdrehte und Komplimente machte, welches komisch anzusehen war, bald eine Dose, aus der ein Vögelchen heraushüpfte, bald was anderes. Aber zu Weihnachten, da hatte er immer ein schönes künstliches Werk verfertigt, das ihm viel Mühe gekostet, weshalb es auch, nachdem es einbeschert worden, sehr sorglich von den Eltern aufbewahrt wurde. – „Ach, was wird nur Pate Droßelmeier für uns Schönes gemacht haben", rief nun Marie; Fritz meinte aber, es könne wohl diesmal nichts anders sein, als eine Festung, in der allerlei sehr hübsche Soldaten auf und ab marschierten und exerzierten und dann müssten andere Soldaten kommen, die in die Festung hineinwollten, aber nun schössen die Soldaten von innen tapfer heraus mit Kanonen, dass es tüchtig brauste und knallte. „Nein, nein", unterbrach Marie den Fritz: „Pate Droßelmeier hat mir von einem schönen Garten erzählt, darin ist ein großer See, auf dem schwimmen sehr herrliche Schwäne mit goldnen Halsbändern herum und singen die hübschesten Lieder. Dann kommt ein kleines Mädchen aus dem Garten an den See und lockt die Schwäne heran, und füttert sie mit süßem Marzipan." „Schwäne fressen keinen Marzipan", fiel Fritz etwas rau ein, „und einen ganzen Garten kann Pate Droßelmeier auch nicht machen. Eigentlich haben wir wenig von seinen Spielsachen; es wird uns ja alles gleich wieder weggenommen, da ist mir denn doch das viel lieber, was uns Papa und Mama einbescheren, wir behalten es fein und können damit machen, was wir wollen." Nun rieten die Kinder hin und her, was es wohl diesmal wieder geben könne. Marie meinte, dass Mamsell Trutchen (ihre große Puppe) sich sehr verändere, denn ungeschickter als jemals fiele sie jeden Augenblick auf den Fußboden, welches ohne garstige Zeichen im Gesicht nicht abginge, und dann sei an Reinlichkeit in der Kleidung gar nicht mehr zu denken. Alles tüchtige Ausschelten helfe nichts. Auch habe Mama gelächelt, als sie sich über Gretchens kleinen Sonnenschirm so gefreut. Fritz versicherte dagegen, ein tüchtiger Fuchs fehle seinem Marstall durchaus so wie seinen Truppen gänzlich an Kavallerie, das sei dem Papa recht gut bekannt. – So wussten die Kinder wohl, dass die Eltern ihnen allerlei schöne Gaben eingekauft hatten, die sie nun aufstellten, es war ihnen aber auch gewiss, dass dabei der liebe Heilige Christ mit gar freundlichen frommen Kindesaugen hineinleuchte und dass wie von segensreicher Hand berührt, jede Weihnachtsgabe herrliche Lust bereite wie keine andere. Daran erinnerte die Kinder, die immerfort von den zu erwartenden Geschenken wisperten, ihre ältere Schwester Luise, hinzufügend, dass es nun aber auch der Heilige Christ sei, der durch die Hand der lieben Eltern den Kindern immer das beschere, was ihnen wahre Freude und Lust bereiten könne, das wisse er viel besser als die Kinder selbst, die müssten daher nicht allerlei wünschen und hoffen, sondern still und fromm erwarten, was ihnen beschert worden. Die kleine Marie wurde ganz nachdenklich, aber Fritz murmelte vor sich hin: „Einen Fuchs und Husaren hätt' ich nun einmal gern."

Es war ganz finster geworden. Fritz und Marie fest aneinandergerückt, wagten kein Wort mehr zu reden, es war ihnen, als rausche es mit linden Flügeln um sie her und als ließe sich eine ganz ferne, aber sehr herrliche Musik vernehmen. Ein heller Schein streifte an der Wand hin, da wussten die Kinder, dass nun das Christkind auf glänzenden Wolken fortgeflogen – zu andern glücklichen Kindern. In dem Augenblick ging es mit silberhellem Ton: Klingling, klingling, die Türen sprangen auf, und solch ein Glanz strahlte aus dem großen

Zimmer hinein, dass die Kinder mit lautem Ausruf: „Ach! – Ach!" wie erstarrt auf der Schwelle stehenblieben. Aber Papa und Mama traten in die Türe, fassten die Kinder bei der Hand und sprachen: „Kommt doch nur, kommt doch nur, ihr lieben Kinder und seht, was euch der Heilige Christ beschert hat."

Die Gaben
Ich wende mich an dich selbst, sehr geneigter Leser oder Zuhörer Fritz – Theodor – Ernst – oder wie du sonst heißen magst und bitte dich, dass du dir deinen letzten mit schönen bunten Gaben reich geschmückten Weihnachtstisch recht lebhaft vor Augen bringen mögest, dann wirst du es dir wohl auch denken können, wie die Kinder mit glänzenden Augen ganz verstummt stehenblieben, wie erst nach einer Weile Marie mit einem tiefen Seufzer rief: „Ach wie schön – ach wie schön", und Fritz einige Luftsprünge versuchte, die ihm überaus wohl gerieten. Aber die Kinder mussten auch das ganze Jahr über besonders artig und fromm gewesen sein, denn nie war ihnen so viel Schönes, Herrliches einbeschert worden als dieses Mal. Der große Tannenbaum in der Mitte trug viele goldne und silberne Äpfel, und wie Knospen und Blüten keimten Zuckermandeln und bunte Bonbons, und was es sonst noch für schönes Naschwerk gibt, aus allen Ästen. Als das Schönste an dem Wunderbaum musste aber wohl gerühmt werden, dass in seinen dunkeln Zweigen hundert kleine Lichter wie Sternlein funkelten und er selbst

in sich hinein- und herausleuchtend die Kinder freundlich einlud, seine Blüten und Früchte zu pflücken. Um den Baum umher glänzte alles sehr bunt und herrlich – was es da alles für schöne Sachen gab – ja, wer das zu beschreiben vermöchte! Marie erblickte die zierlichsten Puppen, allerlei saubere kleine Gerätschaften, und was vor allem schön anzusehen war, ein seidenes Kleidchen mit bunten Bändern zierlich geschmückt hing an einem Gestell so der kleinen Marie vor Augen, dass sie es von allen Seiten betrachten konnte und das tat sie denn auch, indem sie ein Mal über das andere ausrief: „Ach das schöne, ach das liebe – liebe Kleidchen: und das werde ich – ganz gewiss – das werde ich wirklich anziehen dürfen!" – Fritz hatte indessen schon drei- oder viermal um den Tisch herumgaloppierend und -trabend den neuen Fuchs versucht, den er in der Tat am Tische angezäumt gefunden. Wieder absteigend, meinte er: es sei eine wilde Bestie, das täte aber nichts, er wolle ihn schon kriegen, und musterte die neue Schwadron Husaren, die sehr prächtig in Rot und Gold gekleidet waren, lauter silberne Waffen trugen und auf solchen weiß glänzenden Pferden ritten, dass man beinahe hätte glauben sollen, auch diese seien von purem Silber. Eben wollten die Kinder, etwas ruhiger geworden, über die Bilderbücher her, die aufgeschlagen waren, dass man allerlei sehr schöne Blumen und bunte Menschen, ja auch allerliebste spielende Kinder, so natürlich gemalt als lebten und sprächen sie wirklich, gleich anschauen konnte. – Ja eben wollten die Kinder über diese wunderbaren Bücher her, als nochmals geklingelt wurde. Sie wussten, dass nun der Pate Droßelmeier einbescheren würde, und liefen nach dem an der Wand stehenden Tisch. Schnell wurde der Schirm, hinter dem er so lange versteckt gewesen, weggenommen. Was erblickten da die Kinder – Auf einem grünen mit bunten Blumen geschmückten Rasenplatz stand ein sehr herrliches Schloss mit vielen Spiegelfenstern und goldnen Türmen. Ein Glockenspiel ließ sich hören, Türen und Fenster gingen auf, und man sah, wie sehr kleine aber zierliche Herren und Damen mit Federhüten und langen Schleppkleidern in den Sälen herumspazierten. In dem Mittelsaal, der ganz in Feuer zu stehen schien – so viel Lichterchen brannten an silbernen Kronleuchtern – tanzten Kinder in kurzen Wämschen und Röckchen nach dem Glockenspiel. Ein Herr in einem smaragdenen Mantel sah oft durch ein Fenster, winkte heraus und verschwand wieder, so wie auch Pate Droßelmeier selbst, aber kaum viel höher als Papas Daumen zuweilen unten an der Tür des Schlosses stand und wieder hineinging. Fritz hatte mit auf den Tisch gestemmten Armen das schöne Schloss und die tanzenden und spazierenden Figürchen angesehen, dann sprach er: „Pate Droßelmeier! Lass mich mal hineingehen in dein Schloss!" – Der Obergerichtsrat bedeutete ihn, dass das nun ganz und gar nicht anginge. Er hatte auch recht, denn es war töricht von Fritzen, dass er in ein Schloss gehen wollte, welches überhaupt mitsamt seinen goldnen Türmen nicht so hoch war als er selbst. Fritz sah das auch ein. Nach einer Weile, als immerfort auf dieselbe Weise die Herren und Damen hin und her spazierten, die Kinder tanzten, der smaragdne Mann zu demselben Fenster heraussah, Pate Droßelmeier vor die Türe trat, da rief Fritz ungeduldig: „Pate Droßelmeier, nun komm mal zu der andern Tür da drüben heraus." „Das geht nicht, liebes Fritzchen", erwiderte der Obergerichtsrat. „Nun so lass mal", sprach Fritz weiter, „lass mal den grünen Mann, der so oft herauskuckt, mit den andern herumspazieren." „Das geht auch nicht", erwiderte der Obergerichtsrat aufs Neue. „So sollen die Kinder herunterkommen", rief Fritz, „ich will sie näher besehen." „Ei das geht alles nicht", sprach der Obergerichtsrat verdrießlich, „wie die Mechanik nun einmal gemacht ist, muss sie bleiben." „Soo?", fragte Fritz mit gedehnten Ton, „das geht alles nicht? Hör mal, Pate Droßelmeier, wenn deine kleinen geputzten Dinger in dem Schlosse nichts mehr können als immer dasselbe, da taugen sie nicht viel, und ich frage nicht sonderlich nach ihnen. – Nein, da lob ich mir meine Husaren, die müssen manövrieren vorwärts, rückwärts, wie ich's haben will und sind in kein Haus gesperrt." Und damit sprang er fort an den Weihnachtstisch und ließ seine Eskadron auf den silbernen Pferden hin und her trottieren und schwenken und einhauen und feuern nach Herzenslust. Auch Marie hatte sich sachte fortgeschlichen, denn auch sie wurde des Herumgehens und Tanzens der Püppchen im Schlosse bald überdrüssig und mochte es, da sie sehr artig und gut war, nur nicht so merken lassen, wie Bruder Fritz. Der Obergerichtsrat Droßelmeier sprach ziemlich verdrießlich zu den Eltern: „Für unverständige Kinder ist solch künstliches Werk nicht, ich will nur mein Schloss wieder einpacken"; doch die Mutter trat hinzu, und ließ sich den inneren Bau und das wunderbare, sehr künstliche Räderwerk zeigen, wodurch die kleinen Püppchen in Bewegung gesetzt wurden. Der Rat nahm alles auseinander und setzte es wieder zusammen. Dabei war er wieder ganz heiter geworden und schenkte den Kindern noch einige schöne braune Männer und Frauen mit goldnen Gesichtern, Händen und Beinen. Sie waren sämtlich aus Thorn und rochen so süß und angenehm wie Pfefferkuchen, worüber Fritz und Marie sich sehr erfreuten. Schwester Luise hatte, wie es die Mutter gewollt, das schöne Kleid angezogen, welches ihr einbeschert worden, und sah wunderhübsch aus, aber Marie meinte, als sie auch ihr Kleid anziehen sollte, sie möchte es lieber noch ein bisschen so ansehen. Man erlaubte ihr das gern.

Der Schützling
Eigentlich mochte Marie sich deshalb gar nicht von dem Weihnachtstisch trennen, weil sie eben etwas noch nicht Bemerktes entdeckt hatte. Durch das Ausrücken von Fritzens Husaren, die dicht an dem Baum in Parade gehalten, war nämlich ein sehr vortrefflicher kleiner Mann sichtbar geworden, der still und bescheiden dastand, als erwarte er ruhig, wenn die Reihe an

ihn kommen werde. Gegen seinen Wuchs wäre freilich vieles einzuwenden gewesen, denn abgesehen davon, dass der etwas lange, starke Oberleib nicht recht zu den kleinen dünnen Beinchen passen wollte, so schien auch der Kopf bei weitem zu groß. Vieles machte die propere Kleidung gut, welche auf einen Mann von Geschmack und Bildung schließen ließ. Er trug nämlich ein sehr schönes violett glänzendes Husarenjäckchen mit vielen weißen Schnüren und Knöpfchen, ebensolche Beinkleider und die schönsten Stiefelchen, die jemals an die Füße eines Studenten, ja wohl gar eines Offiziers gekommen sind. Sie saßen an den zierlichen Beinchen so knapp angegossen, als wären sie darauf gemalt. Komisch war es zwar, dass er zu dieser Kleidung sich hinten einen schmalen unbeholfenen Mantel, der recht aussah wie von Holz, angehängt, und ein Bergmannsmützchen aufgesetzt hatte, indessen dachte Marie daran, dass Pate Droßelmeier ja auch einen sehr schlechten Matin umhänge, und eine fatale Mütze aufsetze, dabei aber doch ein gar lieber Pate sei. Auch stellte Marie die Betrachtung an, dass Pate Droßelmeier, trüge er sich auch übrigens so zierlich wie der Kleine, doch nicht einmal so hübsch als er aussehen werde. Indem Marie den netten Mann, den sie auf den ersten Blick liebgewonnen, immer mehr und mehr ansah, da wurde sie erst recht inne, welche Gutmütigkeit auf seinem Gesichte lag. Aus den hellgrünen, etwas zu großen hervorstehenden Augen sprach nichts als Freundschaft und Wohlwollen. Es stand dem Manne gut, dass sich um sein Kinn ein wohl frisierter Bart von weißer Baumwolle legte, denn um so mehr konnte man das süße Lächeln des hochroten Mundes bemerken. „Ach!, rief Marie endlich aus: „Ach lieber Vater, wem gehört denn der allerliebste kleine Mann dort am Baum?" „Der", antwortete der Vater, „der, liebes Kind soll für euch alle tüchtig arbeiten, er soll euch fein die harten Nüsse aufbeißen, und er gehört Luisen ebenso gut als dir und dem Fritz." Damit nahm ihn der Vater behutsam vom Tische, und indem er den hölzernen Mantel in die Höhe hob, sperrte das Männlein den Mund weit, weit auf, und zeigte zwei Reihen sehr weißer spitzer Zähnchen. Marie schob auf des Vaters Geheiß eine Nuss hinein, und – knack – hatte sie der Mann zerbissen, dass die Schalen abfielen und Marie den süßen Kern in die Hand bekam. Nun musste wohl jeder und auch Marie wissen, dass der zierliche kleine Mann aus dem Geschlecht der Nussknacker abstammte und die Profession seiner Vorfahren trieb. Sie jauchzte auf vor Freude, da sprach der Vater: „Da dir, liebe Marie, Freund Nussknacker so sehr gefällt, so sollst du ihn auch besonders hüten und schützen, unerachtet, wie ich gesagt, Luise und Fritz ihn mit ebenso vielem Recht brauchen können als du!" – Marie nahm ihn sogleich in den Arm und ließ ihn Nüsse aufknacken, doch suchte sie die kleinsten aus, damit das Männlein nicht so weit den Mund aufsperren durfte, welches ihm doch im Grunde nicht gut stand. Luise gesellte sich zu ihr, und auch für sie musste Freund Nussknacker seine

Dienste verrichten, welches er gern zu tun schien, da er immerfort sehr freundlich lächelte. Fritz war unterdessen vom vielen Exerzieren und Reiten müde geworden, und da er so lustig Nüsse knacken hörte, sprang er hin zu den Schwestern, und lachte recht von Herzen über den kleinen drolligen Mann, der nun, da Fritz auch Nüsse essen wollte, von Hand zu Hand ging, und gar nicht aufhören konnte mit Auf- und Zuschnappen. Fritz schob immer die größten und härtesten Nüsse hinein, aber mit einem Male ging es – krack – krack – und drei Zähnchen fielen aus des Nussknackers Munde, und sein ganzes Unterkinn war lose und wacklig. – „Ach mein armer lieber Nussknacker!", schrie Marie laut und nahm ihn dem Fritz aus den Händen. „Das ist ein einfältiger dummer Bursche", sprach Fritz. „Will Nussknacker sein und hat kein ordentliches Gebiss – mag wohl auch sein Handwerk gar nicht verstehen. – Gib ihn nur her, Marie! Er soll mir Nüsse zerbeißen, verliert er auch noch die übrigen Zähne, ja das ganze Kinn obendrein, was ist an dem Taugenichts gelegen." „Nein, nein", rief Marie weinend, „du bekommst ihn nicht, meinen lieben Nussknacker, sieh nur her, wie er mich so wehmütig anschaut und mir sein wundes Mündchen zeigt! – Aber du bist ein hartherziger Mensch – Du schlägst deine Pferde und lässt wohl gar einen Soldaten totschießen." – „Das muss so sein, das verstehst du nicht", rief Fritz; „aber der Nussknacker gehört ebenso gut mir als dir, gib ihn nur her." – Marie fing an heftig zu weinen und wickelte den kranken

Nussknacker schnell in ihr kleines Taschentuch ein. Die Eltern kamen mit dem Paten Droßelmeier herbei. Dieser nahm zu Mariens Leidwesen Fritzens Partie. Der Vater sagte aber: „Ich habe den Nussknacker ausdrücklich unter Mariens Schutz gestellt, und da, wie ich sehe, er dessen eben jetzt bedarf, so hat sie volle Macht über ihn, ohne dass jemand dreinzureden hat. Übrigens wundert es mich sehr von Fritzen, dass er von einem im Dienst Erkrankten noch fernere Dienste verlangt. Als guter Militär sollte er doch wohl wissen, dass man Verwundete niemals in Reihe und Glied stellt?" – Fritz war sehr beschämt und schlich, ohne sich weiter um Nüsse und Nussknacker zu bekümmern, fort an die andere Seite des Tisches, wo seine Husaren, nachdem sie gehörige Vorposten ausgestellt hatten, ins Nachtquartier gezogen waren. Marie suchte Nussknackers verlorne Zähnchen zusammen, um das kranke Kinn hatte sie ein hübsches weißes Band, das sie von ihrem Kleidchen abgelöst, gebunden, und dann den armen Kleinen, der sehr blass und erschrocken aussah, noch sorgfältiger als vorher in ihr Tuch eingewickelt. So hielt sie ihn wie ein kleines Kind wiegend in den Armen, und besah die schönen Bilder des neuen Bilderbuchs, das heute unter den andern vielen Gaben lag. Sie wurde, wie es sonst gar nicht ihre Art war, recht böse, als Pate Droßelmeier so sehr lachte und immerfort fragte: wie sie denn mit solch einem grundhässlichen kleinen Kerl so schöntun könne? Jener sonderbare Vergleich mit Droßelmeier, den sie anstellte, als der Kleine ihr zuerst in die Augen fiel, kam ihr wieder in den Sinn, und sie sprach sehr ernst: „Wer weiß, lieber Pate, ob du denn, putzest du dich auch so heraus wie mein lieber Nussknacker, und hättest du auch solche schöne blanke Stiefelchen an, wer weiß, ob du denn doch so hübsch aussehen würdest als er!" - Marie wusste gar nicht, warum denn die Eltern so laut auflachten, und warum der Obergerichtsrat solch eine rote Nase bekam, und gar nicht so hell mitlachte, wie zuvor. Es mochte wohl seine besondere Ursache haben.

Anna Ritter
Raureif vor Weihnachten

Das Christkind ist durch den Wald gegangen,
Sein Schleier blieb an den Zweigen hangen,
Da fror er fest in der Winterluft
Und glänzt heut' morgen wie lauter Duft.

Ich gehe still durch des Christkind's Garten,
Im Herzen regt sich ein süß Erwarten:
Ist schon die Erde so reich bedacht,
Was hat es mir da erst mitgebracht!

Jean Paul Richter

Weihnachten

Gotthelf sollte einmal die schönsten Weihnachten der Erde erleben. Es war so:
Engeltrut kam in gesegnete Umstände, Siegwart dadurch fast in verfluchte; sie war voll Gelüste und Verabscheuungen, und die 600 Krankheiten, die nach Hippokrates die Gebärmutter erzeugt, färbten mit ihren 600 Schatten sein Leben etwas grau. Zu allererst hatte sie einen noch größern Abscheu vor dem Manne als sonst vor Wein und Sauerkraut – weil beide häufig mit fremden Füßen gestampft werden. Dann war ihr jeder Vogel horribel, den er besaß, seine Turteltauben ihre Basilisken; das Dorf war ihr eine schmutzige Untersetzschale für Vogelhäuser und eine überall offene Pandorasbüchse – sogar Gott selber sank bei ihr zuletzt – bloß Gotthelf nicht. Sie weinte einmal drei Tage lange und war, da sie keine Ursache dazu wusste, nicht zu trösten, bis glücklicherweise ihr Helf, da er auf einer Gartenmauer ritt, sich durch einen Sturz einige Glieder verstauchte; dies gab ihr wieder Leben.
Freilich hätte sie eine schwangere Nabobin oder Fürstin sein sollen: welche ganz andere Wünsche hätte

sie tun können als bloß solche, einen Lerchen-Hals zu braten, eine Henne zu kochen bloß zum Essen von Eiern ohne Eiweiß und Schale und sich wie Dorfbier durch Kreide zu entsäuern! Hätte sie nicht als Fürstin verlangen können, z. B. dass man ihr eine Zaunkönigs- und Elefanten-Mark-Suppe auftrage – oder dass sie die zarten Hirschkolben auf der Geburtsstelle selber, auf dem Hirschkopfe gereift, d. h. gebraten bekäme? – Hätte sie nicht ein Kanapee aus Barthaaren für ihre Kammerfrauen begehren können, ein Stadt-Tor als Rahmen für ihr Groß-Bild, Streuzucker statt der Streublumen für ihre Einzugs-Straße und noch stärkere Gaben, z. B. Windeln aus bloßen Palliums, Wickelbänder aus zerschnittenen Schäferkleidern, eine Toiletten-Schachtel aus Paris mit 6 Pferden zugerollt, für das Wickelkind einen Christbaum aus zerspaltenen Hoheitspfählen gezimmert und geästet und ein Christgeschenk aus Thron-Insignien? Könnte man solche Phantasien zu erschöpfen glauben: so ließen sich noch mehrere Forderungen einer gedachten Landes-Mutter gedenken, z. B. dass sie schlechte Dekorations- und Deckenmaler lieber selber auf einer Kochenille-Mühle zu Farbenkörnern und Farbentropfen vermählen möchte – dass sie vornehme Gefangene mit (Zucker-)Wasser und (Zucker-)Brot traktierte – dass sie ein Kollegium ins andere gösse, das der Kammer in das der Justiz etc. etc., etwa wie Wasser in Schmelz-Kupfer oder wie Öl in Wasser oder wie Wasser in brennendes Öl.

Bei mehreren Völkern legen sich daher die Väter ins Kindbette, um sich von den bisherigen Mutter- oder Vaterbeschwerungen der Schwangerschaft zu erholen. Der alte Vogler heilte sich seine Töpferkolik – eine passende Metapher, da er der Töpfer des Fötus war – bloß durch sein gewöhnliches Verreisen – ließ aber der Geplagten ihren Liebling als maitre de plaisirs zurück.

Welche Weihnachten wurden im Häuschen gefeiert! Kaum war er aus dem Dorfe hinaus: so fing die mütterliche oder Oppositions-Erziehung an. Zuerst durfte Helf alle Vögel selber füttern; daher er der Heidelerche so viele Mehlwürmer vorwarf, dass sie am dritten Festtage verreckte. Darauf durfte er ihre Küchen-Soubrette sein und half für das Fest-Gebäcke viele Mandeln schneiden, die er verschluckte. Wie froh murmelnde Frühlings-Wasser floss den ganzen Heiligen Abend heiteres Geschwätz des Sohnes und der Mutter durch Stube und Stubenkammer. Sie brachte ihm Scharrfuß und Handkuss der vornehmen Herrschaften in Dresden bei und er scharrte und küsste unaufhörlich an der Mutter. Sie stand neben ihm ihre alten Kopfschmerzen aus, aber ohne sie zu bemerken.

Der Kleine war eine personifizierte triumphierende Kirche im Kleinen, ein tanzender Sitz der Seligen, bloß weil er den ganzen Tag nicht das Geringste zu fürchten hatte, nichts was ihn prügelte. Den wenigen mütterlichen Schlägen lief gewöhnlich eine lange Vorerinnerung und Kriegsbefestigung voraus und er ihnen unterdessen davon; hingegen der Vogler hatte die Gewohnheit, dass er als lange Windstille dastand und als Blau-Himmel; und dass daraus die Vaterfaust unversehens wie ein Wetterstrahl auf die Achselknochen fuhr.

An diesem Heiligen Abende war Helf ein verklärter Junge, Engeltrut eine verklärte überirdische Schwangere! Welches Fortgenießen! Mittags wurde gar nicht gegessen vor Back-Lust. Schon um drei Uhr war – der Geschichte zufolge – alles Scheuern abgetan, und die Fest-Kuchen dampften ausgebacken durchs Haus. Helf konnte sich vor seinen eignen Leuchter hinsetzen und fünf neue willkürliche Alphabete erfinden, womit er vieles zur Probe aufsetzte, was niemand lesen konnte, auch er nicht ohne Einsehen ins Alphabet. Abends soupierte er selig, denn es schmeckte der Mutter; dieser aber schmeckte es, weil es ihm schmeckte. Eucharistische oder sakramentalische Streitigkeiten mit ihrem Manne fielen weg; denn sie brauchte weder das Mahl anzupreisen, wär' es versalzen und verkohlt gewesen, noch es herabzusetzen, wenn nichts daran gefehlt hätte.

Kinder lieben, wie Pariser, langes Aufbleiben; die Mutter erlaubte eines, und in diesen stillen Goldstunden schrieb er fast in allen seinen Alphabeten etwas Unbedeutendes – die Mutter genoss ihren sitzenden Vorschlummer aus, obwohl ein Gift des Nachtschlafs – aus der Pfarrei funkelte das goldne Feuerwerk des Christbaums herüber (der Bauerstand bescherte sich erst am Morgen) – jeder Stern schien licht und nah, und der hohe Himmel war an das Fenster herabgerückt – Gotthelf kratzte mit der Feder sehr leise, um die Mutter nicht zu wecken – endlich legte er, matt von gelehrten Arbeiten, selber den Kopf auf den Tisch. Dann erwachte und erweckte die Mutter – erinnerte an Christkindchen und Schlafengehen – und befahl ihm, in dieser heiligen Nacht mit ihr niederzuknien und Gott um alles zu bitten, besonders dass er einmal kein Vogler werde, sondern ein Rektor magnifikus wie ihr Großvater und sein Herr Pate. Er tat's gern. Ebenso ersuchte Lavater Gott, ihm das Pensum zu korrigieren, und Lichtenberg desfalls, ihm seine gelehrten Fragen auf Zettelchen zu beantworten. Recht hat hierüber jeder Beter; vor dem Unendlichen ist eine Bitte um eine Welt und die um ein Stückchen Brot in nichts verschieden als in der Eitelkeit der Beter, und er zählt entweder Sonnen und Haare, oder beide nicht.

Nach dem Gebete ließ sie ihn in ihres Mannes Bette steigen, bloß um es am Morgen wieder zu betten; eine Freude, um die sie der alte selber bettende Siegwart täglich brachte, der ungern Weibern mehr verdankte als seine Geburt und Kinder. „Wie wird unser Vater jetzt liegen, Helfchen?", (sagte sie) „Und schließ ihn mit in dein Abendgebet ein"; worauf sie den Sohn einsegnete und seine Hände selber für die ganze Nacht faltete, gegen jedes Gespenst. – Engeltrut wünschte nie Siegwarts Gegenwart sehnlicher als in seiner Abwesenheit; so wenig tut der Liebe die Ferne auch in der Ehe Abbruch, und so sehr muss der Mann wie ein

Brennspiegel erst in die Brennpunkts-Ferne von dem Gegenstande, den er schmelzen will, geschoben sein.

Am Morgen verschwand Helfen das übrige Christgeschenk vor zwei Stücken desselben, vor einem weißroten Büchelchen von Marzipan und einem lackierten Näh-Buch der Mutter – aus diesen an sich leeren Büchern – was sind aber die meisten Bücher anders als höhere Bücherfutterale – schöpfte er mehr geistige Nahrung als ich aus so vielen vollen.

Landweiber versäumen an ersten Feiertagen lieber die Kirche als die Küche; gleichwohl blieb er nicht bei seiner Mutter daheim, sondern verrichtete seinen vormittägigen Gottesdienst. Sie maß dies sehr seinem Geschmack an längern Predigten zu; der Studiosus Pelz aber fügt bei, er habe sich in der Kirche immer so gesetzt, dass, wenn der sogenannte Heiligenmeister mit dem Klingelbeutel-Stabe (dem waagrechten Opferstock, der Heller-Wünschelrute, dem Queue mit Billard-Beutel) ankam, er dem Manne, weil der Stab nicht so lang war als die ganze Kirchenbank, solchen abnehmen und damit bei sich und andern das einsäckeln konnte, was gegeben wurde. Diese kirchliche Untereinnehmers-Stelle, so wie die Predigt-Disposition und die Predigt-Teile, welche er der Mutter unter dem Essen überlieferte, rissen ihn in die Kirche hinein.

Aber auch nachmittags, ob man ihn gleich da nur gratis erbaute, kam er gern mit dem schwarzen Müffchen an den Händen neben seiner Mutter wieder und schaute beim Eintritte sehr familiär im ganzen Tempel herum, um zu zeigen, dass er früher dagewesen. Wenn er schon sonst aus dem umgekehrt gehaltenen Gesangbuche stark ins große Singen hineinsang: wieviel mehr jetzt, da er das Buch richtig hielt und notdürftig las! Noch auffallender war die Schnelligkeit, womit er, sobald nur oben am Chore auf die schwarze Tafel die weiße Seiten-Zahl des Sing-Lieds aufgesteckt war, der Mutter das Gesangbuch aufschlagen konnte mit dem verlangten Liede.

Wenn er dann nach Hause kam, und die goldne Stunde der Dörfer anfing, die nach der Abendkirche, so hatt' er die schönste im Dorfe, den Pfarrer selber nicht ausgenommen.

THEODOR STORM
Unter dem Tannenbaum

In der Dämmerstunde

Es war das Arbeitszimmer eines Beamten. Der Eigentümer, ein Mann in den Vierzigern, mit scharf ausgeprägten Gesichtszügen, aber milden, lichtblauen Augen unter dem schlichten, hellblonden Haar, saß an einem mit Büchern und Papieren bedeckten Schreibtisch; damit beschäftigt, einzelne Schriftstücke zu unterzeichnen, welche der danebenstehende alte Amtsbote ihm überreichte. Die Nachmittagssonne des Dezembers beleuchtete eben mit ihrem letzten Strahl das große, schwarze Tintenfass, in das er dann und wann die Feder tauchte. Endlich war alles unterschrieben.

„Haben Herr Amtsrichter sonst noch etwas?", fragte der Bote, indem er die Papiere zusammenlegte. – „Nein, ich danke Ihnen." – „So habe ich die Ehre, vergnügte Weihnachten zu wünschen." – „Auch Ihnen lieber Erdmann."

Der Bote sprach einen der mitteldeutschen Dialekte; in dem Tone des Amtsrichters war etwas von der Härte jenes nördlichsten deutschen Volksstammes, der vor wenigen Jahren, und diesmal vergeblich, in einem seiner alten Kämpfe mit dem fremden Nachbarvolke geblutet hatte. – Als sein Untergebener sich entfernte, nahm er unter den Papieren einen angefangenen Brief hervor und schrieb langsam daran weiter.

Die Schatten im Zimmer fielen immer tiefer. Er sah nicht die schlanke Frauengestalt, die hinter ihm mit leisen Schritten durch die Tür getreten war; er bemerkte es erst, als sie den Arm um seine Schulter legte. – Auch ihr Antlitz war nicht mehr jung; aber in ihren Augen war noch jener Ausdruck von Mädchenhaftigkeit, den man bei Frauen, die sich geliebt wissen, auch noch nach der ersten Jugend findet. „Schreibst du an meinen Bruder?", fragte sie, und in ihrer Stimme, nur etwas mehr gemildert, war dieselbe Klangfarbe wie in der ihres Mannes. – Er nickte. „Lies nur selbst!", sagte er, indem er die Feder fortlegte und zu ihr empor sah. – Sie beugte sich über ihn herab; denn es war schon dämmrig geworden. So las sie, langsam wie er geschrieben hatte:

„Ich bin wieder gesund und arbeitsfähig, – glücklicherweise; denn das ist die Not der Fremde, dass man den Boden, worauf man steht, sich in jeder Stunde neu erschaffen muss. So schlecht es immer sein mag, darin habt Ihr es doch gut daheim. Und wer wäre nicht gern geblieben, wenn er nur ein Stück Brot und jenes unentbehrliche ‚sanfte Ruhekissen' des alten Sprichworts sich hätte erhalten können."

Sie legte schweigend die Hand auf seine Stirn, während er, der ihren Augen gefolgt war, das Blatt umwandte. Dann las sie weiter:

„Der guten und klugen Frau, die du vorige Weihnachten bei uns hast kennen lernen, bin ich so glücklich gewesen, durch die Vermittlung eines Vergleichs mit ihrem Gutsnachbarn einen wirklichen Dienst zu leisten; der schöne, so sehr von ihr begehrte Wald ist seit kurzem endlich in ihren Besitz gelangt. Hätten wir morgen für deinen Freund Harro nur eine Tanne aus diesem Walde! Denn hier ist viele Meilen in die Runde kein Nadelholz zu finden. Was aber ist ein Weihnachtsabend ohne jenen Baum mit seinem Duft voll Wunder und Geheimnis?"

„Aber du", sagte der Amtsrichter, als seine Frau gelesen hatte, „du bringst in deinen Kleidern den Duft des echten Weihnachtsabends!" – Sie langte lächelnd in den Schlitz ihres Kleides und legte ein großes Stück braunen Weihnachtskuchen vor ihm auf den Tisch. „Sie sind eben vom Bäcker gekommen", sagte sie, „probier nur; deine Mutter backt sie dir nicht besser!"
Er brach einen Brocken ab und prüfte ihn genau; aber er fand alles, was ihn als Knaben daran entzückt hatte, die Masse war glashart, die eingerollten Stückchen Zucker wohl zergangen und kandiert. „Was für gute Geister aus diesem Kuchen steigen", sagte er, sich in seinem Arbeitsstuhl zurücklehnend; „ich sehe plötzlich, wie es daheim in dem alten, steinernen Hause Weihnachten wird. – Die Messingtürklinken sind womöglich noch blanker als sonst; die große gläserne Flurlampe leuchtet heute noch heller auf die Stuckschnörkel an den sauber geweißten Wänden; ein Kinderstrom um den

andern, singend und bettelnd, drängt durch die Haustür; vom Keller herauf aus der geräumigen Küche zieht der Duft des Gebäckes in ihre Nasen, das dort in dem großen kupfernen Kessel über dem Feuer prasselt. – Ich sehe alles; ich sehe Vater und Mutter – Gott sei gedankt, sie leben beide! – aber die Zeit, in die ich hinabblicke, liegt in so tiefer Ferne der Vergangenheit! – Ich bin ein Knabe noch! – Die Zimmer zu beiden Seiten des Flures sind erleuchtet; rechts ist die Weihnachtsstube. Während ich vor der Tür stehe, horchend, wie es drinnen in dem Knittergold und in den Tannenzweigen rauscht, kommt von der Hoftreppe herauf der Kutscher, eine Stange mit einem Wachslicht-Endchen in der Hand. – „Schon angezündet, Tomas?" Er schüttelt schmunzelnd den Kopf und verschwindet in die Weihnachtsstube. – Aber wo bleibt denn Onkel Erich? – Da kommt er draußen die Treppe hinauf; die Haustür wird aufgerissen. Nein, es ist nur sein Lehrling, der die lange Pfeife des ‚Herrn Ratsverwalters' bringt; ihm nach quillt ein neuer Strom von Kindern; zehn kleine Kehlen auf einmal stimmen an: ‚Vom Himmel hoch, da komm ich her!' Und schon ist meine Großmutter mitten zwischen ihnen, die alte, geschäftige Frau, den Speisekammerschlüssel am kleinen Finger, einen Teller voll Gebäckes in der Hand. Wie blitzschnell das verschwindet! Auch ich erwische meinen Teil davon, und eben kommt auch meine Schwester mit dem Kindermädchen, festlich gekleidet, die langen Zöpfe frisch geflochten. Ich aber halte mich nicht auf; ich springe drei Stufen auf einmal die Treppe nach dem Hofe hinab." – Es war allmählich dunkel geworden; die Frau des Amtsrichters hatte leise einen Aktenstoß von einem Stuhl entfernt und sich an die Seite ihres Mannes gesetzt. – „Drüben in dem Seitengebäude ist das Arbeitszimmer meines Vaters. Auf die Vordiele dort fällt heute kein Lichtschein aus dem Türfenster der Schreiberstube; der alte Tausendkünstler ist von meiner Mutter drinnen bei den Weihnachtsgeheimnissen angestellt. Aber ich tappe mich im Dunkeln vorwärts, denn gegenüber in seinem Zimmer höre ich die Schritte meines Vaters. Er arbeitet schon nicht mehr. Ich öffne leise die Tür; wie deutlich sehe ich ihn vor mir, ihn selbst und das große, verräucherte Gemach, in dem der harte Schlag der alten Wanduhr tickt! Mit einer feierlichen Unruhe geht er zwischen den mit Papieren bedeckten Tischen umher, in der einen Hand den Messingleuchter mit der brennenden Kerze, die andere vorgestreckt, als solle jetzt alles Störende fern gehalten werden. Er öffnet die Schublade seines kleinen Stehpults und nimmt die große goldene Tabatiere aus der Fischhautkapsel, einst ein Geschenk der Urgroßmutter an ihren Bräutigam, dann nach des Urgroßvaters Tode eine Ehren- und Vertrauensgabe an ihn. Aber er ist noch nicht fertig, aus dem Geldkörbchen werden blanke Silbermünzen für die Dienstboten hervorgesucht, eine Goldmünze für den Schreiber. ‚Ist Onkel Erich schon da?', fragte er, ohne sich nach mir umzusehen. – ‚Noch nicht, Vater! Darf ich ihn holen?' – ‚Das könntest du ja tun.' Und fort renne ich durch das Wohnhaus auf die Straße, um die Ecke am Hafen entlang, und während ich drunten aus der Dämmerung das Pfeifen des Windes in den Tauen der Schiffe höre, habe ich das alte Giebelhaus mit dem Vorbau erreicht. Die Tür wird aufgerissen, dass die Klingel weithin durch Flur und Pesel schallt. – Vor dem Ladentisch steht der alte Kommis, der das Detailgeschäft leitet. Er sieht mich etwas grämlich an. ‚Der Herr ist in seinem Kontor', sagt er trocken; er liebt die wilde, naseweise Range nicht. Aber, was geht's mich an. – Fort mach ich hinten zur Hoftür hinaus, über zwei kleine finstere Höfe, dann in ein uraltes, seltsames Nebengebäude, in welchem sich das Allerheiligste des Onkels befindet. Ohne Unfall komme ich durch den engen, dunklen Gang und klopfe an eine Tür. – „Herein!" Da sitzt der kleine Herr in dem feinen braunen Tuchrock an seinem mächtigen Arbeitspult; der Schein der Kontorlampe fällt auf seine freundlichen, kleinen Augen und auf die mächtige Familiennase, die über den frisch gestärkten Vatermörder hinausragt. – „Onkel, ob du nicht kommen wolltest!", sage ich, nachdem ich Atem geschöpft habe. – „Wollen wir uns noch einen Augenblick setzen!", erwiderte er, indem seine Feder summierend über das Folium des aufgeschlagenen Hauptbuches hinabgleitet. – Mir wird ganz behaglich zu Sinne, ich werde nicht ein bisschen ungeduldig; aber ich setze mich auch nicht, ich bleibe stehen und besehe mir die Englands- und Weltindienfahrer des Onkels, deren Bilder an der Wand hängen. Es dauert auch nicht lange, so wird das Hauptbuch herzhaft zugeklappt, der Schlüsselbund rasselt und: ‚Sieh so', sagt der Onkel, ‚fertig wären wir!' Während er sein spanisches Rohr aus der Ecke langt, will ich schon wieder aus der Tür, aber er hält mich zurück. ‚Ah, wart doch mal ein wenig! Wir hätten hier wohl noch so etwas mitzunehmen.' Und aus einer dunklen Ecke des Zimmers holt er zwei wohl versiegelte, geheimnisvolle Päckchen. – Ich wusste es wohl, in solchen Päckchen steckte ein Stück leibhaftigen Weihnachtens; denn der Onkel hatte einen Bruder in Hamburg, und er trat nicht mit leeren Händen an den Tannenbaum. So nie gesehenes, märchenhaftes Zuckerzeug, wie er mitten in der Bescherung noch mir und meiner Schwester auf unsere Weihnachtsteller zu legen pflegte, ist mir später niemals wieder vorgekommen."

„Bald darauf steige ich an der Hand des Onkels die breite Steintreppe zu unserm Hause hinauf. Ein paar Augenblicke verschwindet er mit seinen Päckchen in die Weihnachtsstube; es ist noch nicht angezündet, aber durch die halbgeöffnete Tür glitzert es mir entgegen aus der noch drinnen herrschenden, ahnungsvollen Dämmerung. Ich schließe die Augen, denn ich will nichts sehen, und trete in das gegenüberliegende, festlich erleuchtete Zimmer, das ganz von dem Duft der braunen Kuchen und des heute besonders fein gemischten Tees erfüllt ist. Die Hände auf den Rücken mit langsamen Schritte geht mein Vater auf und nieder. ‚Nun seid ihr da?', fragt er stehen bleibend. – Und schon ist auch Onkel Erich bei uns; mir scheint, die Stube wird noch einmal so hell, da er eintritt. Er grüßt die Großmutter, den Vater; er nimmt meiner Schwester die Tasse ab, die sie ihm auf dem gelb lackierten Brettchen präsentiert. ‚Was meinst du', sagt er, indem er seinen Augen einen bedenklichen Ausdruck zu geben sucht, ‚es wird wohl heute nicht viel für uns abfallen!' Aber er lacht dabei so fröhlich, dass diese Worte wie eine goldene Verheißung klingen. Dann, während in dem blanken Messingkomfort der Teekessel saust, beginnt er eine seiner kleinen Erzählungen von den Begebenheiten der letzten Tage, seit man sich nicht gesehen. War es nun der Ankauf eines neuen Spazierstocks oder das unglückliche Zerbrechen einer Mundtasse, es floss alles so sanft dahin, dass man ganz davon erquickt wurde. Und wenn er gar eine Pause machte, um das bisher Erzählte im behaglichsten Gelächter nachzugenießen, wer hätte da nicht mitgelacht! Mein Vater nimmt vergeblich seine kritische Prise; er muss endlich doch mit einstimmen. Dies harmlose Geplauder – es ist mir das erst später klar geworden – war die Art, wie der tätige Geschäftsmann von der Tagesarbeit ausruhte. Es klingt mir noch lieb in der Erinnerung, und mir ist, als verstände das jetzt niemand mehr. – Aber während der Onkel so erzählt, steckt plötzlich meine Mutter, die seit Mittag unsichtbar gewesen ist, den Kopf ins Zimmer. Der Onkel macht ein Kompliment und bricht seine Geschichte ab; die Tür und die gegenüberliegende Tür werden weit geöffnet. Wir treten zögernd ein; und vor uns, zurückgestrahlt von dem großen Wandspiegel, steht der brennende Baum mit seinen Flittergoldfähnchen, seinen weißen Netzen und goldenen Eiern, die wie Kinderträume in den dunklen Zweigen hängen." – „Paul", sagt die Frau, „und wenn wir ihn noch so weit herbeischaffen sollten, wir müssen wieder einen Tannenbaum haben. Der arme Junge hat sich selbst einen Weihnachtsgarten gebaut; er ist nur eben wieder fort, um Moos aus dem Eichenwäldchen zu holen."

Der Amtsrichter schwieg einen Augenblick. – „Es tut nicht gut, in die Fremde zu gehen", sagte er dann, „wenn man daheim schon am eigenen Herd gesessen hat. – Mir ist noch immer, als sei ich hier nur zu Gaste und morgen oder übermorgen sei die Zeit herum, dass wir alle wieder nach Hause müssten!" – Sie fasste die Hand ihres Mannes und hielt sie fest in der ihrigen, aber sie antwortete nichts darauf.

„Gedenkst du noch an eine Weihnachten?", hub er wieder an, „ich hatte die Studentenjahre hinter mir und lebte noch einmal, zum letzten Mal, eine kurze Zeit als Kind im elterlichen Hause. Freilich war es dort nicht mehr so heiter, wie es einst gewesen; es war Unvergessliches geschehen, die alte Familiengruft unter der großen Linde war ein paar Mal offen gewesen; meine Mutter, die unermüdlich tätige Frau, ließ oft mitten in der Arbeit die Hände sinken und stand regungslos, als habe sie sich selbst vergessen. Wie unsere alte Margreth sagte, sie trug ein Kämmerchen in ihrem Kopf, drin spielte ein totes Kind. – Nur Onkel Erich, freilich ein wenig grauer als sonst, erzählte noch seine kleinen freundlichen Geschichten, und auch die Schwester und die Großmutter lebten noch. Damals war jener Weihnachtsabend; ein junges schönes Mädchen war zu der Schwester auf Besuch gekommen. Weißt du wie sie hieß?" – „Ellen", sagte sie leise und lehnte den Kopf an die Brust ihres Mannes.

Der Mond war aufgegangen und beleuchtete ein paar Silberfäden in dem braunen seidigen Haar, das sie schlicht gescheitelt trug, schmucklos in einer Flechte um den Schildblattkamm gelegt. – Er strich mit der Hand über dies noch immer selten schöne Haar. „Ellen hatte auch beschert bekommen", sprach er weiter; „auf dem kleinen Mahagonitische lagen Geschenke von meiner Mutter und was von ihren Eltern von drüben aus dem Schwesterlande herübergeschickt war. Sie stand mit dem Rücken gegen den brennenden Baum, die Hand auf die Tischplatte gestützt; sie stand schon lange so; ich sehe sie noch" – und er ließ seine Augen eine Weile schweigend auf dem schönen Antlitz seiner Frau ruhen – „da war meine Mutter unbemerkt zu ihr getreten; sie fasste sanft ihre Hand und sah ihr fragend in die Augen. – Ellen blickte nicht um, sie neigte nur den Kopf; plötzlich aber richtete sie sich rasch auf und entfloh ins Nebenzimmer. Weißt du es noch? Während meine Mutter leise den Kopf schüttelte, ging ich ihr nach; denn seit einem kleinen Zank am letzten Abend waren wir vertraute Freunde. Ellen hatte sich in der

Ofenecke auf einen Stuhl gesetzt; es war fast dunkel dort; nur eine vergessene Kerze mit langer Schnuppe brannte in dem Zimmer. ‚Hast du Heimweh, Ellen?', fragte ich. – ‚Ich weiß es nicht!' – Eine Weile stand ich schweigend vor ihr. ‚Was hast du denn da in der Hand?' – ‚Willst du es haben?' – Es war eine Börse von dunkelroter Seide. ‚Wenn du sie für mich gemacht hast', sagte ich; denn ich hatte die Arbeit in den Tagen zuvor in ihren Händen gesehen und wohl bemerkt, wie Ellen sie, sobald ich näher kam, in ihrem Nähkästchen verschwinden ließ. – Aber Ellen antwortete nicht und gab mir auch nicht ihr Angebinde. Sie stand auf und putzte das Licht, dass es plötzlich ganz hell im Zimmer wurde. ‚Komm', sagte sie, ‚der Baum brennt ab, und Onkel Erich will noch Zuckerzeug bescheren!' Damit wehte sie sich mit ihrem Schnupftuch ein paar Mal um die Augen und ging in die Weihnachtsstube zurück, und als wir dann später am Pochbrett saßen, war sie die Ausgelassenste von allen. Von meinem Weihnachtsgeschenk war weiter nicht die Rede. – Aber weißt du, Frau?" – und er ließ ihre Hand los, die er bis dahin festgehalten – „die Mädchen sollten nicht so eigensinnig sein; das hat mit damals keine Ruhe gelassen; ich musste doch die Börse haben, und darüber –" „Darüber, Paul? – Sprich nur dreist heraus!" – „Nun, hast du denn von der Geschichte nichts gehört? Darüber bekam ich nun auch noch das Mädchen in den Kauf." – „Freilich", sagte sie, und er sah bei dem hellen Mondschein in ihren Augen etwas blitzen, das ihn an das

übermütige Mädchen erinnerte, das sie einst gewesen, „freilich weiß ich von der Geschichte, und ich kann sie dir auch erzählen, aber es war ein Jahr später, nicht am Weihnachts-, sondern am Neujahrsabend, und auch nicht hüben, sondern drüben."
Sie räumte das Tintenfass und einige Papiere beiseite und setzte sich ihrem Manne gegenüber auf den Schreibtisch. „Der Vetter war bei Ellens Eltern zum Besuch, bei dem alten prächtigen Kirchspielvogt, der damals noch ein starker Nimrod war. – Ellen hatte noch niemals einen so schönen langen Brief bekommen als den, worin der Vetter sich bei ihnen angemeldet; aber so gut wie mit der Feder wusste er mit der Flinte nicht umzugehen. Und dennoch, tat es die Landluft oder der schöne Gewehrschrank im Zimmer des Kirchspielvogts, es war nicht anders, er musste alle Tage auf die Jagd. Und wenn er dann abends durchnässt mit leerer Tasche nach Hause kam und die Flinte schweigend in die Erde setzte – wie behaglich ergingen sich da die Stichelreden des alten Herrn. – „Das heißt Malheur, Vetter; aber die Hasen sind heuer alle wild geraten!" – oder: „Mein Herzensjunge, was soll die Diana einmal von dir denken!" Am meisten aber – du hörst doch, Paul?" – „Ich höre, Frau." – „Am meisten plagte ihn die Ellen; sie setzte ihm heimlich einen Strohkranz auf, sie band ihm einen Gänseflügel vor den Flintenlauf; eines vormittags – weißt du, es war Schnee gefallen – hatte sie einen Hasen, den der Knecht geschossen, aus der Speisekammer geholt, und eine Weile darauf

saß er noch einmal auf seinem alten Futterplatz im Garten, als wenn er lebte, ein Kohlblatt zwischen den Vorderläufen. Dann hatte sie den Vetter gesucht und an die Hoftür gezogen. „Siehst du ihn, Paul? Da hinten im Kohl; die Löffel gucken aus dem Schnee!" – Er sah ihn auch; seine Hand zitterte. „Still Ellen! Sprich nicht so laut! Ich will die Flinte holen!" Aber als kaum die Tür nach des Vaters Stube hinter ihm zuklappte, war Ellen schon wieder in den Schnee hinausgelaufen, und als er endlich mit der geladenen Flinte heranschlich, hing auch der Hase schon wieder an seinem sicheren Haken in der Speisekammer. – Aber der Vetter ließ sich geduldig von ihr plagen."

„Freilich", sagte der Amtsrichter und legte seine Arme behaglich auf die Lehne seines Stuhls, „er hatte ja die Börse noch immer nicht!" – „Drum auch! Die lag noch unangerührt droben in der Kommode; in Ellens Giebelstübchen. Aber – wo die Ellen war, da war der Vetter auch; heißt das, wenn er nicht auf der Jagd war. Saß sie drinnen an ihrem Nähtisch, so hatte er gewiss irgendwie ein Buch aus der Polterkammer geholt und las ihr daraus vor; war sie in der Küche und backte Waffeln, so stand er neben ihr, die Uhr in der Hand, damit das Eisen zur rechten Zeit gewendet würde. – So kam die Neujahrsnacht. Am Nachmittage hatten beide auf dem Hofe mit des Vaters Pistolen nach goldenen Eiern geschossen, die Ellen vom Weihnachtsbaum ihrer Geschwister abgeschnitten; und der Vetter hatte unter Händeklatschen der Kleinen zweimal das goldene

Ei getroffen. Aber war's nun, weil er am andern Tage reisen musste, oder war's weil Ellen fortlief, als er sie vorhin allein in ihrem Zimmer aufgesucht hatte – es war gar nicht mehr der geduldige Vetter – er tat kurz und unwirsch und sah kaum noch nach ihr hin. – Das blieb den ganzen Abend so, auch als man später sich zu Tische setzte. Ellens Mutter warf wohl einmal einen fragenden Blick auf die beiden, aber sie sagte nichts darüber. Der Kirchspielvogt hatte auf andere Dinge zu achten, er schenkte den Punsch, den er eigenhändig gebraut hatte, und als es drunten im Dorfe zwölf schlug, stimmte er das alte Neujahrslied von Johann Heinrich Voß an, (Des Jahres letzte Stunde) das nun getreulich durch alle Verse abgesungen wurde. Dann rief man „Prosit Neujahr!" und schüttelte sich die Hände, und auch Ellen reichte dem Vetter ihre Hand; aber er berührte kaum ihre Fingerspitzen. – So war's auch, da man sich bald darauf gute Nacht sagte. – Als das Mädchen droben allein in ihrem Giebelstübchen war – und nun merk auf, Paul, wie ehrlich ich erzähle! – da hatte sie keine Ruhe zum Schlafen; sie setzte sich still auf die Kante ihres Bettes, ohne sich auszukleiden und ohne der klirrenden Kälte in der ungeheizten Kammer zu achten. Denn es kränkte sie doch; sie hatte dem Menschen ja nichts zuleide getan. Freilich, er hatte sie gestern noch gefragt, ob sie den Hasen nicht wieder im Kohl gesehen; und sie hatte dazu den Kopf geschüttelt. – War es etwa das, und wusste er denn, dass er den Hasen schon vor drei Tagen selbst hatte mit verzehren helfen? – Sie wollte den schönen Brief des Vetters einmal wieder lesen. Aber als sie in die Tasche langte, vermisste sie den Kommodenschlüssel. Sie ging mit dem Lichte hinab in die Küche, wo sie vorhin gewirtschaftet hatte.

Von all dem Sieden und Backen des Abends war es noch warm in dem großen dunklen Raume. Und richtig, dort lag der Schlüssel auf dem Fensterbrett. Aber sie stand noch einen Augenblick und blickte durch die Scheiben in die Nacht hinaus. – So hell und weiß dehnte sich das Schneefeld; dort unten zerstreut lagen die schwarzen Strohdächer des Dorfes; unweit des Hauses zwischen den kahlen Zweigen der Silberpappel erkannte sie deutlich die großen Krähennester; die Sterne funkelten. Ihr fiel ein alter Reim ein, ein Zauberspruch, den sie vor Jahr und Tag von der Tochter des Schulmeisters gelernt hatte. Hinter ihr im Hause war es so still und leer; sie schauerte; aber trotz dessen wuchs in ihr das Gelüste, es mit den unheimlichen Dingen zu versuchen. So trat sie zögernd ein paar Schritte zurück. Leise zog sie den einen Schuh vom Fuße, und die Augen nach den Sternen und tief aufatmend sprach sie: ‚Gott grüß dich, Abendstern!' – Aber was war das? Ging hinten nicht die Hoftür? Sie trat ans Fenster und horchte. – Nein, es knarrte wohl nur die große Pappel an der Giebelseite des Hauses. – Und noch einmal hub sie leise an und sprach:

Gott grüß dich, Abendstern!
Du scheinst so hell von fern,
über Osten, über Westen
über alle Krähennester.
Ist einer zu mein Liebchen geboren,
ist einer zu mein Liebchen erkoren,
in sein täglich Kleid!

Dann schwenkte sie den Schuh und warf ihn hinter sich. Aber sie wartete vergebens; sie hörte ihn nicht fallen. Ihr wurde seltsam zumute, das kam von ihrem Vorwitz! Welch unheimlich Ding hatte ihren Schuh gefangen, ehe er den Boden erreicht hatte? – Einen Augenblick noch stand sie so; dann mit dem letzten Restchen ihres Mutes wandte sie langsam den Kopf zurück. – Da stand ein Mann in der dunklen Tür, und es war Paul; er war richtig noch einmal auf den unglücklichen Hasen ausgewesen?"
„Nein, Ellen", sagte der Amtsrichter, „du weißt es wohl; das war es denn doch diesmal nicht; er hatte nur, wie du, auch keine Ruh gefunden; – aber nun hielt er den kleinen Schuh des Mädchens in der Hand; und Ellen hatte sich am Herd auf einen Stuhl gesetzt, mit geschlossenen Augen, die Hände gefaltet vor sich in den Schoß gestreckt. Es war kein Zweifel mehr, dass sie sich ganz verloren gab; denn sie wusste wohl, dass der Vetter alles gehört und gesehen hatte. Und weißt Du noch die Worte, die er zu ihr sprach?"– „Ja, Paul, ich weiß sie noch; und es war sehr grausam und wenig

edel von ihm. ‚Ellen', sagte er, ‚ist noch immer die Börse nicht für mich gemacht?' – Doch Ellen tat ihm auch diesmal den Gefallen nicht; sie stand auf und öffnete das Fenster, dass von draußen die Nachtluft und das ganze Sternengefunkel zu ihnen in die Küche drang." – „Aber", unterbrach er sie, „Paul war zu ihr getreten, und sie legte still den Kopf an seine Brust; und noch höre ich den süßen Ton ihrer Stimme, als sie so, in die Nacht hinaus nickend, sagte: ‚Gott grüß dich, Abendstern!'"

Die Tür wurde rasch geöffnet; ein kräftiger, etwa zehnjähriger Knabe trat mit einem brennenden Licht ins Zimmer. „Vater! Mutter!", rief er, indem er die Augen mit der Hand beschattete. „Hier ist Moos und Efeu und auch noch ein Wachholderzweig!" – Der Amtsrichter war aufgestanden. „Bist du da, mein Junge!", sagte er und nahm ihm die Botanisiertrommel mit den heimgebrachten Schätzen ab. Frau Ellen aber ließ sich schweigend von dem Schreibtisch herabgleiten und schüttelte sich ein wenig wie aus Träumen. Sie legte beide Hände auf ihres Mannes Schulter und blickte ihn eine Weile voll und herzlich an. Dann nahm sie die Hand des Knaben. „Komm, Harro", sagte sie, „wir wollen Weihnachtsgärten bauen!"

Joachim Ringelnatz
Vorfreude auf Weihnachten

Ein Kind – von einem Schiefertafel-
   Schwämmchen
Umhüpft – rennt froh durch mein Gemüt.

Bald ist es Weihnacht! –
   Wenn der Christbaum blüht,
Dann blüht er Flämmchen.
Und Flämmchen heizen. Und die Wärme
   stimmt
Uns mild. – Es werden Lieder, Düfte fächeln. –
Wer nicht mehr Flämmchen hat,
   wem nur noch Fünkchen glimmt,
Wird dann doch gütig lächeln.

Wenn wir im Traume eines ewigen Traumes
Alle unfeindlich sind – einmal im Jahr! –
Uns alle Kinder fühlen eines Baumes.

Wie es sein soll, wie's allen einmal war.

Leo Tolstoi

Wo Liebe ist, da ist Gott

*I*n einem einfenstrigen Stübchen im Erdgeschoß wohnte der Schuster Martyn Awdejewitsch; das Fenster ging auf die Straße. Durch das Fenster konnte man sehen, wie die Leute vorübergingen. Obgleich nur die Füße zu sehen waren, erkannte Martyn Awdejewitsch die Menschen an den Stiefeln. Seit langer Zeit lebte er hier und hatte eine große Bekanntschaft, es gab nur wenige Stiefel in der Nachbarschaft, die nicht ein- oder zweimal in seinen Händen gewesen wären. Oft sah er aufwärts bei seiner Arbeit durchs Fenster. Er hatte viel zu tun, denn seine Arbeit war dauerhaft, er nahm gutes Material, sein Preis war mäßig, und er hielt Wort: vermag er den bestimmten Termin nicht einzuhalten, so sagt er's im Voraus. Ein guter Mensch war er stets gewesen; wie er älter wurde, begann er mehr als früher an seine Seele zu denken und sich Gott zu nähern. Als er noch bei einem Meister arbeitete, war seine Frau gestorben. Sie hatte ihm ein Kind hinterlassen, einen Knaben von drei Jahren; die älteren Kinder waren früher gestorben. Martyn wollte das Söhnchen in das Dorf zu seiner Schwester schicken, er dachte aber: Meinem Kapitoscha wird es schwerfallen, in fremder Familie aufzuwachsen, ich lasse ihn bei mir. Und Awdejewitsch ging von dem Meister fort und wohnte mit dem Söhnlein zur Miete.

Gott aber gab Awdejewitsch in seinen Kindern kein Glück. Als der Knabe heranwuchs und dem Vater zu helfen begann, dass es eine wahre Freude war, befiel ihn eine Krankheit – er fieberte ein Wöchelchen, und dann starb er. Martyn begrub den Sohn und fiel in Verzweiflung. Und so wild war seine Verzweiflung, dass er auf Gott murrte; so eine Wehmut kam über ihn, dass er immer und immer wieder Gott um den Tod bat; dass er Gott vorwarf, statt des einzigen geliebten Sohnes nicht ihn, den alten Mann, zu sich genommen zu haben. Er ging sogar nicht mehr in die Kirche.

Einst sprach bei Awdejewitsch ein Landsmann vor, ein alter Mann, der schon das achte Jahrzehnt pilgerte und eben vom Trotzkij-Kloster kam. Im Laufe des Gespräches klagte Awdejewitsch seinen Kummer.

„Die Lust zum Leben ist mir sogar vergangen, nur um eins bitte ich Gott – zu sterben. Ich bin ein nutzloser Mensch."

Der Landsmann entgegnete: „Du sprichst nicht gut, Martyn. Gottes Tun zu beurteilen, geziemt uns nicht. Nicht Menschenverstand, es gebeut Gottes Wille allzeit. Gott hat beschlossen, dein Sohn solle sterben, dich aber ließ er am Leben – also ist es besser so. Und wenn du verzweifelst, so ist es deshalb, dass du leben willst zu deiner Freude."

„Wozu leben?", seufzte Martyn.
Der Alte sagte: „Für Gott, Martyn, muss man leben. Er gibt dir das Leben, für ihn muss man auch leben. Wenn du für ihn lebst, wirst du über nichts trauern, und alles erscheint dir leicht."
Nach kurzem Schweigen lieg sich Martyn vernehmen: „Aber wie lebt man für Gott?"
„Christus hat es uns gezeigt. Kannst du lesen, so kaufe dir das Evangelium und lies: du wirst erkennen, wie man für Gott lebt."
Diese Worte fielen in das Herz Awdejewitschs. Noch am selben Tag kaufte er das Neue Testament mit großer Schrift und begann zu lesen.
Er wollte nur an Feiertagen lesen; aber das heilige Buch gab ihm solchen Frieden, dass er jeden Abend las. Manchmal vertiefte er sich so, dass er sich nicht losreißen konnte, wenn auch die Lampe schon im Verlöschen war. Und je mehr er las, je klarer wurde es ihm, was Gott von ihm wolle und wie man für Gott leben müsse; und er fühlte sich leichter und leichter auf dem Herzen. Vordem, wenn er sich niederlegte, stöhnte er und gedachte Kapitoschas; jetzt aber sagte er: „Dir sei Preis, Herr, Dein Wille geschehe."
Seit dieser Zeit war das ganze Leben Awdejewitschs verändert. An Feiertagen kehrte er früher manchmal im Kruge ein, trank Tee, ab und zu nahm er auch ein Schnäpschen. Mit einem Bekannten trank er zusammen – war er auch nicht gerade betrunken, so trat er doch stets aus dem Kruge mit einem leichten Rausch

und sprach nichtige Worte: fand alles zu tadeln und beurteilte lieblos seinen Nächsten.

Jetzt aber war eine Wandlung vor sich gegangen. Er führte ein ruhiges und freudiges Leben. Morgens ging er an die Arbeit und schaffte rüstig den Tag über. Dann nimmt er die Lampe vom Haken, stellt sie auf den Tisch, holt vom Regal das Buch, schlägt es auf und setzt sich nieder zum Lesen. Je mehr er liest, je mehr begreift er; klarer, heiterer wird es ihm auf der Seele.

Wieder einmal hatte sich Martyn bis spät in die Nacht in sein Lesen vertieft. Er las im Evangelium des Lukas das sechste Kapitel und kam an die Verse: Und wer dich schlägt auf einen Backen, dem biete den andern auch dar; und wer dir den Mantel nimmt, dem wehre nicht auch den Rock. – Wer dich bittet, dem gib; und wer dir das Deine nimmt, da fordere es nicht wieder. – Und wie ihr wollt, dass euch die Leute tun sollen, also tut ihnen gleich auch ihr. Weiter las er die Verse, wo der Herr spricht: Was heißet ihr mich aber Herr, Herr und tut nicht, was ich euch sage? – Wer zu mir kommt und höret meine Rede, und tut sie, den will ich euch zeigen, wem er gleich ist. – Er ist gleich einem Menschen, der ein Haus bauet, und grub tief und legte den Grund auf den Fels. Da aber Gewässer kam, da riss der Strom zum Hause zu, und mochte es nicht bewegen; denn es war auf den Fels gegründet. – Wer aber höret und nicht tut, der ist gleich einem Menschen, der ein Haus bauete auf die Erde ohne Grund; und der Strom riss zu ihm zu, und es fiel bald, und das Haus gewann einen großen Riss.

Awdejewitsch las diese Worte, und es wurde ihm so heiter auf der Seele. Er nahm die Brille ab, legte sie auf das Buch, lehnte sich an den Tisch und wurde nachdenklich. Und er begann sein Leben diesen Worten anzupassen.

Ist mein Haus auf Stein oder auf Sand gebaut?, denkt er bei sich. Gut, wenn es auf Stein ruht – und es lässt sich so leicht an, wenn man allein ist, dann scheint es, als ob man alles verrichtet habe, wie Gott befohlen. Zerstreut man sich aber, so sündigt man von Neuem. Ich will streben, des Höchsten Willen zu tun. Es ist zu schön. Gott helfe mir! – Mit diesen Gedanken wollte er sich niederlegen, aber es tat ihm leid, sich von dem Buche loszureißen, und er begann das siebente Kapitel zu lesen. Er las von des Hauptmanns Knecht, dem Jüngling zu Nain, er las die Antwort, welche Jesus den Jüngern Johannes des Täufers gab, er las die Stelle, wo der reiche Pharisäer den Herrn bat, dass er mit ihm äße, wie Er die Sünderin rechtfertigte, die seine Füße salbte und mit Tränen benetzte – und er kam bis zum vierundzwanzigsten Vers und las: Und er wandte sich zu dem Weibe und sprach zu Simon: Siehest du dies Weib? Ich bin gekommen in dein Haus: du hast mir nicht Wasser gegeben zu meinen Füßen; diese aber hat meine Füße mit Tränen genetzet und mit den Haaren ihres Hauptes getrocknet. – Du hast mir keinen Kuss gegeben; diese aber, nachdem sie hereingekommen ist,

hat sie nicht abgelassen, meine Füße zu küssen. – Du hast mein Haupt nicht mit Öl gesalbet; sie aber hat meine Füße mit Salben gesalbet. Er las diese Verse und dachte: Die Füße hat er nicht mit Wasser benetzt, keinen Kuss hat er gegeben, das Haupt nicht gesalbt ...
Wieder nahm er die Brille ab, legte sie auf das Buch und vertiefte sich in seine Gedanken.
Der Pharisäer war, wie ich vermute, wohl ein ebensolcher wie ich – daran denke ich: dass ich meinen Tee habe, dass ich gewärmt bin, dass ich mich pflege; aber auf meinen Nächsten achte ich nicht. Mich vergesse ich nicht, aber für den Gast treffe ich keine Sorge. Und wer ist der Gast? Der Herr selber. Kehrte er bei mir ein – würde ich so handeln?
Er stützte seinen Kopf auf beide Hände und bemerkte nicht, dass er einduselte.
„Martyn!", hörte er plötzlich ganz leise neben sich rufen.
Schlaftrunken reckte sich Martyn und fragte: „Wer da?" Er blickte sich um, sah auf die Tür – niemand war da. Wieder duselte er ein, deutlich vernahm er die Worte: „Martyn, Martyn! Blicke morgen auf die Straße, ich werde kommen."
Martyn erwachte, stand vom Stuhl auf und rieb sich die Augen. Er wusste nicht: hatte er diese Worte im Traum oder in Wirklichkeit gehört? Nachdem er die Lampe ausgelöscht hatte, legte er sich schlafen.
Früh am Morgen erhob sich Awdejewitsch, betete, heizte an, schob Kohlsuppe und Grütze in den Ofen,

stellte die Teemaschine auf, band seine Schürze vor und setzte sich an das Fenster zum Arbeiten. Bei der Arbeit denkt er an das, was er am Abend durchlebt. Hörte er die Stimme im Traum oder erklang sie ihm in Wirklichkeit?

Er blickt mehr durch das Fenster, als dass er arbeitet. Kommt jemand vorüber in unbekannten Stiefeln, so biegt er sich weit vor, um nicht die Füße allein, sondern auch das Gesicht zu sehen. In neuen Filzstiefeln ging der Hausknecht vorüber, dann kam der Wasserträger, und bald stellte sich der alte Nicolajew'sche Soldat in ganz alten geflickten Filzstiefeln, eine Schaufel in den Händen, vor das Fenster. An den Filzstiefeln erkannte ihn Awdejewitsch. Den Alten nannte man Stepanitsch. Er aß bei einem Kaufmann das Gnadenbrot und musste dem Hausknecht Hilfe leisten. Stepanitsch fing an, vor dem Fenster Schnee zu schaufeln. Awdejewitsch sah ihm zu, dann nahm er wieder seine Arbeit vor.

Ganz närrisch bin ich auf meine alten Tage geworden, lachte Awdejewitsch sich selbst aus. Stepanitsch schaufelt Schnee, und ich denke, Christus kommt zu mir. Ich bin wahrhaftig ein närrischer alter Kauz. Nachdem er an zehn Stiche gemacht, drängt es ihn, wieder durch das Fenster zu blicken: Stepanitsch hatte die Schaufel an die Wand gelehnt – er wärmt seine Hände oder ruht sich aus.

Ein alter, gebrochener Mann, er scheint nicht mehr die Kraft zum Schaufeln zu haben. Awdejewitsch dachte: Soll ich ihm nicht Tee geben? Die Teemaschine fängt schon an überzulaufen. Er steckte die Ahle ein, erhob sich, stellte die Teemaschine auf den Tisch, machte Tee und klopfte an das Glas. Stepanitsch sah sich um und näherte sich dem Fenster. Awdejewitsch winkte ihn zu sich und ging, die Tür aufzumachen.

„Komm herein, wärme dich – dir ist wohl sehr kalt?", fragte er.

„Christus stehe uns bei! Die Knochen schmerzen", entgegnete Stepanitsch.

Er trat ein, schüttelte sich den Schnee ab und wischte sich die Füße; sein Gang war unsicher.

„Mühe dich nicht ab, deine Füße zu reinigen", rief ihm Awdejewitsch entgegen, „setze dich, trinke Tee."

Awdejewitsch goss zwei Gläser ein, schob das eine dem Gast zu, von seinem Tee goss er auf die Untertasse und begann zu blasen.

Stepanitsch trank sein Glas leer, stellte es hin, mit dem Boden nach oben, legte das Stück Zucker, das er beim Trinken benagt hatte, auf den Tisch und dankte. Wie indes zu bemerken war, hätte er gern noch ein Glas gehabt. „Trinke", forderte Awdejewitsch den Stepanitsch auf und goss sich und dem Gaste ein.

Awdejewitsch trank seinen Tee und blickte dabei auf die Straße.

„Du erwartest jemand?", erkundigte sich der Gast.

„Ob ich jemand erwarte? Ich muss mich schämen zu sagen, wen ich erwarte. Ich warte auf etwas, und ich warte auch nicht ... aber ein Wort ist mir in die Seele gefallen ... ich hatte eine Erscheinung ... ach, ich weiß

selber nicht. Siehst du, Brüderchen, gestern habe ich das Evangelium vom Herrn Christus gelesen, wie er auf Erden ging. Du hast's doch wohl gehört?"
„Gehört wohl. Aber wir sind dunkle Leute, können nicht lesen."
„Nun, ich habe eben gelesen, wie er auf Erden ging ... wie er zu dem Pharisäer kam, weißt du, und der empfängt ihn ohne Feier. Und ich denke, während ich lese, dass er den Herrn Christus nicht mit aller Ehre empfangen habe: geschähe es mir, denke ich, ich wüsste gar nicht, was alles ich tun sollte, um ihn zu empfangen. Ich dachte darüber nach und duselte ein. Und wie ich duselte, höre ich mich beim Namen rufen; ich erhebe mich, und es ist mir, als höre ich flüsternde Worte: ‚Warte, ich komme morgen.' Und so geschah es zweimal. Ich muss mich selber auslachen – aber dennoch erwarte ich den Herrn."
Stepanitsch sagte nichts, trank seinen Tee aus und legte das Glas hin, Awdejewitsch aber stellte es wieder aufrecht und goss ein.
„Trinke zur Gesundheit. Ich meine, dass unser Herr, als er auf Erden wandelte, keinen verachtete und zumeist mit einfachem Volk umging. Aus unsereinem nahm er am liebsten seine Jünger, aus Arbeitsleuten, aus solchen, wie wir sind. Wer sich erhebt, sagte er, der soll erniedrigt werden, und wer sich erniedrigt, der soll erhöht werden. Ihr, so redete er, nennt mich den Herrn, und ich werde euch die Füße waschen. Wer der Erste sein will, soll allen ein Diener sein.

Selig sind die Armen, die Demütigen, die Sanftmütigen, die Milden."

Stepanitsch dachte nicht an sein Glas, er war ein alter weich gestimmter Mensch. Er sitzt, hört zu, und über sein Gesicht fließen Tränen.

„Trinke noch", sagte Awdejewitsch, aber Stepanitsch bekreuzte sich, dankte, schob sein Glas fort und stand auf.

„Ich danke dir, Martyn Awdejewitsch, du tatest mir wohl, hast Seele und Körper gesättigt."

„Kehre ein andermal wieder bei mir ein, Stepanitsch."

Stepanitsch ging fort. Martyn goss sich den letzten Tee ein, trank aus, räumte das Geschirr auf und machte sich daran, einen vertragenen Schuh zurechtzuflicken. Während der Arbeit blickte er durch das Fenster – er wartet auf Christus, denkt immer an ihn, an seine Reden und Taten.

Zwei Soldaten gingen vorüber, einer in Regimentsstiefeln, der andere in seinen eigenen; dann kam, in sauber geputzten Galoschen, der Wirt des Nachbarhauses; ein Bäcker mit einem Korbe folgte.

Bald kam ein Weib in wollenen Strümpfen und Dorfschuhen. Sie blieb am Fensterpfeiler stehen. Awdejewitsch blickte auf; er sieht ein fremdes Weib, schlecht gekleidet, ein Kind auf dem Arm; es stellt sich an die Wand, mit dem Rücken gegen den Wind, und wickelt das Kind ein – und hat doch nichts zum Einwickeln. Durch das Fenster hört Awdejewitsch das Kind schreien; sie will es beruhigen und kann es gar nicht be-

ruhigen. Awdejewitsch ging zur Tür und rief von der Treppe aus: „Gute Frau, gute Frau!"
Das Weib sah sich um. „Was stehst du da mit dem Kindchen in der Kälte? Komm in die Stube, in der Wärme wirst du es besser einwickeln können. Da – hierher." Verwundert sah ihn das Weib an – ein alter Mann mit einer Schürze und einer Brille auf der Nase ruft sie zu sich. Sie folgte ihm in die Stube, und der Alte führte sie zum Bett. „Hierher setze dich, gute Frau, näher zum Ofen; erwärme dich und stille das Kind." „Hab' keine Milch in der Brust, seit dem Morgen habe ich nichts gegessen", sagte das Weib, legte aber dennoch das Kind an die Brust.
Bedauernd schüttelte Awdejewitsch den Kopf, ging zum Tisch, holte Brot und einen Napf, öffnete die Ofentür, goss in den Napf Kohlsuppe und nahm auch den Topf mit der Grütze heraus; da dieselbe aber noch nicht gar war, goss er nur Suppe ein und stellte sie auf den Tisch. Auch nahm er vom Haken das Handtuch und breitete es aus. „Setz dich", sagte er, „und iss, gute Frau. Mit dem Kinde werde ich inzwischen sitzen. Ich habe eigene Kinder gehabt und verstehe sie zu warten."
Das Weib bekreuzte sich, setzte sich an den Tisch und begann zu essen. Awdejewitsch setzte sich auf das Bett zu dem Kinde. Er schmatzt und schmatzt – aber es schmatzt sich schlecht, denn er hat keine Zähne. Das Kind hörte nicht auf zu schreien. Da dachte sich Awdejewitsch aus, den Schreihals mit dem Finger zu beruhigen – er führt einen Finger gerade zu dessen Munde

und wieder zurück; aber in den Mund gibt er ihm den Finger nicht, denn derselbe ist von Pech ganz schwarz. Und das Kind betrachtete den Finger, beruhigte sich und fing sogar an zu lachen. Awdejewitsch freute sich darüber. Und das Weib isst und erzählt, wer sie ist und wohin sie gegangen war.

„Ich bin eine Soldatenfrau", sagte sie, „vor acht Monaten hat man meinen Mann fortgebracht, weit von hier, und seit dieser Zeit erhielt ich kein Lebenszeichen von ihm. Während ich einen Dienst als Köchin hatte, kam ich nieder. Mit dem Kinde wollte man mich nicht behalten. Schon den dritten Monat schlage ich mich ohne Stelle durch, habe alles fortbringen müssen, was ich hatte. Ich wollte als Amme dienen, aber man nimmt mich nicht – ich sei zu mager, sagt man. Eben war ich zu einer Kaufmannsfrau gegangen; bei der dient ein Weib aus unserem Dorfe; man hatte versprochen, mich zu nehmen, und ich dachte, ich würde gleich dableiben können; aber sie befahl mir, in der nächsten Woche zu kommen, und sie wohnt so weit, ich bin ganz abgemattet, und auch das Kind ist so geschwächt. Gott sei Lob, dass die Wirtin Mitleid hat – sie hält uns um Christi willen im Quartier, sonst wüsste ich nicht, wie zu leben."

Awdejewitsch seufzte und sagte: „Du hast wohl auch keine warme Kleidung?"

„Wie sollte ich warme Kleidung haben, Väterchen. Gestern musste ich das letzte Tuch für einen Dwugriwennyj (20 Kopeken) versetzen."

Sie ging zum Bett und nahm das Kind.

Awdejewitsch stand auf und holte von der Wand einen alten Halbrock. „Nimm", sagte er. „Zwar ist es ein schlechtes Stück, aber zum Einwickeln wird es noch taugen."

Das Weib sah auf das Kleidungsstück und auf den Alten, nahm den Halbrock und weinte. Awdejewitsch duckte sich auf die Diele, schob den Kasten unter dem Bett vor, wühlte darin und setzte sich wieder zu dem Weibe.

„Christus beschütze dich", hob sie an. „Er hat mich wohl an dein Fenster geschickt, Väterchen. Ohne dich würde mein Kind erfroren sein. Als ich fortging, war es warm, und jetzt ist die Kälte gekommen. Er, der Herr, hat dich gelehrt, durch das Fenster zu blicken und mit mir Elendem Mitleid zu haben."

Lächelnd entgegnete Awdejewitsch: „Er hat es mich gelehrt, gute Frau. Nicht, um den Tag dem lieben Herrgott zu stehlen, blicke ich durch das Fenster." Und Martyn erzählte auch der Soldatenfrau seinen Traum: wie er die Stimme gehört und der Herr versprochen, noch heut zu ihm zu kommen.

„Es kann so geschehen", meinte das Weib, stand auf, nahm den Halbrock, wickelte das Kind darin ein, verbeugte sich zum Dank, und immer wieder dankte sie.

„Nimm um Christi willen.", sagte Awdejewitsch und reichte ihr, damit sie das Tuch einlöse, einen Dwugriwennyj. Sie bekreuzte sich, auch Awdejewitsch bekreuzte sich und geleitete sie hinaus.

Als das Weib gegangen war, aß Awdejewitsch seine Kohlsuppe, räumte ab und setzte sich wieder zur Arbeit. Und während der Arbeit denkt er immer an das Fenster. Wie es zu dunkeln beginnt, späht er hinaus, wer wohl vorüberginge. Bekannte und Fremde gingen vorüber – nichts Besonderes war dabei. Jetzt bleibt gerade vor seinem Fenster ein altes Hökerweib stehen. Sie trägt einen Korb mit Äpfeln; es waren nur wenig geblieben; sie hatte fast alle verkauft; über der Schulter hängt ihr ein Sack mit Spänen – wahrscheinlich hatte sie dieselben auf einem Bau gesammelt, und nun geht sie nach Hause. Aber der Sack drückte ihr wohl die Schulter ab; sie wollte ihn über die andere Schulter hängen, weshalb sie ihn auf das Trottoir niederließ; auch den Korb mit den Äpfeln setzte sie ab und schüttelte die Späne im Sack.
Währenddessen rannte ein Junge mit zerrissener Mütze herbei, griff aus dem Korb einen Apfel und wollte fortlaufen. Die Alte bemerkt ihn, dreht sich um und fasst den Jungen am Ärmel. Der Junge duckt sich, will entschlüpfen, die Alte aber packt ihn fester, wirft ihm die Mütze ab, zaust ihn am Haar. Der Junge schreit, das Weib schimpft.
Awdejewitsch hatte nicht Zeit, die Ahle einzustecken, er wirft sie auf die Diele und springt zur Tür hinaus, wobei er stolpert, so dass die Brille abfällt. Wie er auf die Straße kommt, hat die Hökerin den Jungen gerade am Schopf, sie schimpft und will ihn zur Polizei führen. Der Junge müht sich aus Leibeskräften, um loszukommen.

„Ich habe nichts genommen", plärrt er. „Weshalb schlägst du mich? Lass mich los."
Awdejewitsch versucht, sie auseinanderzubringen, er fasst den Jungen bei der Hand und sagt: „Lass ihn, Mütterchen, verzeihe ihm um Christi willen."
„Ich werde ihm so verzeihen, dass er's braun und blau haben soll. Der Lümmel muss auf die Polizei."
Awdejewitsch bat: „Lass ihn laufen, Mütterchen, er wird's in Zukunft nicht wieder tun. Gib ihn frei um Christi willen."
Die Alte ließ ab, der Junge wollte sich fortmachen, aber Awdejewitsch hielt ihn zurück.
„Bitte das Mütterchen um Verzeihung, und künftig tu's nicht wieder. Ich habe gesehen, wie du den Apfel genommen hast."
Der Junge weinte und bat um Verzeihung.
„So ist's recht, hier hast du einen Apfel."
Und Awdejewitsch nahm aus dem Korb einen Apfel und gab ihn dem Jungen.
„Ich werd' ihn dir bezahlen", sagte er dabei.
„Verwöhnst sie, diese Taugenichtse", rief die Alte. „Man muss ihn so belohnen, dass er eine Woche lang nicht sitzen kann."
„Eh, Mütterchen, Mütterchen, so würde es sein, wenn es nach uns ginge. Aber nach Gottes Willen ist es nicht so. Was sollte wohl, wenn man ihm wegen eines Apfels die Rute gäbe, mit uns geschehen für unsere Sünden?"
Und er erzählte der Alten das Gleichnis, wie der Gutsherr dem Zinsbauern die ganze Schuld erließ, und der

Zinsbauer ging hin und begann, seinen Schuldner zu würgen.

Die Alte horchte auf, auch der Junge hörte zu.

„Gott befahl, zu vergeben", sagte Awdejewitsch, „sonst wird auch uns nicht vergeben werden. Allen muss man verzeihen, und dem Unvernünftigen um so mehr."

Die Alte nickte und seufzte: „Jaja, aber sie sind zu unbändig geworden."

„So müssen wir, Alte, sie belehren."

„Auch ich sage ja so. Hatte selbst sieben Kinder – nur meine Tochter ist mir geblieben."

Die Alte erzählte, wo und wie sie bei ihrer Tochter lebt, wie viele Enkel sie hat.

„Wenn ich auch nicht mehr viel Kraft habe, so mühe ich mich doch noch ab. Die Enkel tun einem leid, es sind gute Kinder; so herzig wie sie ist keiner zu mir. Besonders Akßjutka lässt gar nicht von mir ab. Großmutter, traute Großmutter ..." Die Alte wurde ganz weich. „Es ist ja nur eine Kinderei mit dem Jungen da. Gott mit ihm."

Bei diesen Worten wirft sie den Sack über die Schulter. Der Junge springt herzu und sagt: „Lass mich den Korb tragen, Großmütterchen, wir haben denselben. Weg."

Nebeneinander gingen sie jetzt auf der Straße. Die Alte hatte vergessen, das Geld für den Apfel zu fordern. Awdejewitsch sah ihnen nach und hörte, wie sie zusammen sprachen.

Als sie fortgegangen waren, kehrte Awdejewitsch zurück, fand die Brille auf der Treppe nicht zerbrochen, nahm die Ahle und setzte sich wieder an seine Arbeit. Er arbeitete ein wenig, die Dunkelheit hatte sich schon recht bemerklich gemacht. Der Anstecker ging vorüber und steckte die Laterne an. Es ist Zeit, Licht anzuzünden, dachte Awdejewitsch, machte sein Lämpchen zurecht, hängte es auf und arbeitete wieder. Einen Stiefel machte er fertig, beguckte ihn von allen Seiten und sah, dass er gut war. Er legte seine Instrumente zusammen, fegte aus, stellte die Lampe auf den Tisch und holte vom Regal das Evangelium.

Wo er gestern einen Saffianschnitzel eingelegt hatte, wollte er das Buch aufmachen, aber es schlug sich an einer anderen Stelle auf. Und wie das heilige Buch aufgeschlagen vor ihm lag, entsann er sich des gestrigen Traumes. Und da war es ihm plötzlich, als höre er hinter sich Schritte. Er schaut sich um und sieht: Menschen stehen in der dunklen Ecke, aber er vermag sie nicht zu erkennen. Und eine Stimme flüsterte ihm ins Ohr:

„Martyn, Martyn! Hast du mich nicht erkannt?"

„Wen?", fragte Awdejewitsch.

„Mich", sagte die Stimme. „Ich bin es."

Und es trat aus der dunklen Ecke Stepanitsch – er lächelte und zerrann wie ein Wölkchen.

„Das bin ich auch", sagte die Stimme, und aus der dunklen Ecke trat das Weib mit den Kindchen – das Weib lächelte und zerrann wie ein Wölkchen.

„Das bin ich auch", sagte die Stimme, und es näherte

sich die Alte mit dem Knaben – der Knabe hielt den Apfel, beide lächelten und verschwanden.

Fröhlich war es Awdejewitsch auf der Seele, er bekreuzte sich, setzte die Brille auf und las im Evangelium, wo es aufgeschlagen war. Oben auf der Seite las er Matthäus 25: Denn ich bin hungrig gewesen, und ihr habt mich gespeiset. Ich bin durstig gewesen, und ihr habt mich getränket. Ich bin ein Gast gewesen, und ihr habt mich beherberget. Und unten auf der Seite las er noch: Wahrlich, ich sage euch: Was ihr getan habt einem unter diesen meinen geringsten Brüdern, das habt ihr mir getan.

Und Awdejewitsch begriff, dass der Traum ihn nicht betrogen, dass zu ihm an diesem Tage sein Heiland gekommen war und er ihn empfangen hatte.

Anton Teschechow
Wanka

Wanka Shukow, ein neunjähriger Junge, der seit drei Monaten bei dem Schuhmacher Aljachin in der Lehre war, legte sich in der Nacht vor dem Weihnachtsfest nicht schlafen.

Er wartete, bis der Meister, die Meisterin und die Gesellen zum Gottesdienst gegangen waren; dann nahm er ein Fläschchen Tinte und einen Federhalter einer rostigen Feder aus dem Schrank des Meisters, bereitete ein zerknittertes Stück Papier vor sich aus und begann zu schreiben. Doch ehe er den ersten Buchstaben auf das Papier malte, blickte er ängstlich zur Tür und zum Fenster, schaute zu der dunklen Ikone hinüber und seufzte tief. Das Papier lag auf der Bank, und Wanka kniete davor.

„Liebes Großväterchen Konstantin Makaritsch", begann er, „ich schreibe Dir einen Brief. Ich wünsche Dir ein frohes Weihnachtsfest und Gottes Segen. Ich habe weder Vater noch Mutter, Du bist alles, was ich habe." Wanka schaute zu den dunklen Fensterscheiben, in denen sich der Schein der Talgkerze spiegelte, und sah Großvater deutlich vor sich. Konstantin Makaritsch diente bei den Herren Shiwarew als Nachtwächter. Er war ein kleiner, magerer, ungewöhnlich lebhafter Mann von fünfundsechzig Jahren, der immer lachte und scherzte und kleine Trinkeraugen hatte. Am Tag schlief er in der Gesindeküche oder neckte die Mägde. In der Nacht machte er die Runde um das Gut, in einen weiten Schafspelz gehüllt, und bei jedem Schritt stieß er seinen Knüttel auf die Erde. Die alte Hündin Kaschtanka und der Hund Wjun trotteten mit hängenden Köpfen hinter im her. Dieser Wjun war besonders brav und zutraulich und sah seine eigenen Leute genauso freundlich an wie Fremde, aber man konnte ihn nie trauen. Hinter seiner Sanftheit und Demut verbarg sich eine wahrhaft jesuitische Bosheit. Kein anderer Hund brachte es so gut fertig wie Wjun, sich lautlos heranzuschleichen und die Leute in die Wade zu zwicken, in den Vorratskeller zu schlüpfen oder einem Bauern ein Huhn zu stehlen. Es verging keine Woche, ohne dass er halbtot geprügelt wurde, und die Bauern hatten ihn schon zweimal aufhängen wollen, aber er kam immer wieder davon.

In diesem Augenblick stand der Großvater gewiss vor dem Tor, blinzelte zu den leuchtend roten Fenstern der Dorfkirche hinüber, stampfte mit den Füßen, die in Filzstiefeln steckten, und trieb seine Possen mit den Bauern auf dem Hof. Er hat seinen Knüttel am Gürtel hängen, klatschte in die Hände, krümmte sich vor Kälte zusammen und kneift mit greisenhaftem Kichern bald das Stubenmädchen, bald die Köchin.

„Wollen wir vielleicht eine Prise nehmen?", fragte er und hält den Mägden seine Tabakdose hin.
Die Weiber nehmen ein bisschen Schnupftabak und niesen. Das macht dem Alten ein unbeschreibliches Vergnügen, er bricht in schallendes Gelächter aus und schreit: „Schnell fort damit, sonst friert's dir an der Nase fest!"
Er lässt auch die Hunde schnupfen. Kaschtanka niest, verzieht die Schnauzte und trottet beleidigt davon. Wjun niest nicht vor lauter Respekt und wedelt nur mit dem Schwanz. Das Wetter ist herrlich kalt und klar, kein Windhauch regt sich. Es ist dunkle Nacht, aber das ganze Dorf, seine weißen Dächer und Rauchfahnen aus dem Schonstein, die raureifversilberten Bäume und die Schneewehen – all das kann man deutlich sehen. Am Himmel funkeln glitzernde Sterne, und die Milchstrasse zeichnet sich so klar ab, als sei sie für die Feiertage mit Schnee abgerieben und blankgeputzt worden. Wanka seufzt, taucht die Feder in die Tinte und schreibt weiter: „Gestern Abend habe ich eine schwere Trachtprügel bekommen. Der Meister hat mich an den Haaren auf den Hof geschleift und mich mit dem Riemen geschlagen, weil ich eingeschlafen war, als ich sein kleines Kind wiegen sollte. Und in dieser Woche musste ich für die Meisterin einen Hering putzen. Ich hatte am Schwanz angefangen, und da hat sie den Hering genommen und mir seine Schnauze in den Mund gesteckt. Die Gesellen hänseln mich, schicken mich ins Wirtshaus Schnaps holen, und ich muss

die Gurken des Meister für sie stehlen. Dann schlägt mich der Meister mit dem ersten besten Ding, das ihm unter die Finger kommt. Ich habe fast nichts zu essen. Morgens gibt es Brot, mittags Grütze und abends wieder Brot. Tee und Kohlsuppe bekommen nur der Meister und die Meisterin. Ich muss in Hausflur schlafen. Lieber Großvater, nimm mich um Gottes willen weg von hier, hol mich heim ins Dorf, und ich will auch mein Leben lang für Dich beten. Hole mich, oder ich muss sterben ..."

Wanka verzog den Mund, rieb sich mit seiner schmutzigen, kleinen Faust die Augen und schluchzte.

„Ich will Dir auch den Tabak reiben", fuhr er fort, „ich will für Dich beten und wenn ich etwas Böses tut, dann schlag mich mit der Peitsche wie Sidors Ziege. Und wenn Du meinst, dass ich keine Arbeit finde, dann will ich den Verwalter bitten, dass er mich die Schuhe putzen lässt, oder ich helfe dem Hirten Fedja. Liebes Großväterchen, ich kann es hier nicht mehr aushalten, ich sterbe noch. Ich wollte schon heimlaufen ins Dorf, aber ich habe keine Stiefel, und ich fürchte mich vor Kälte. Wenn ich groß bin, will ich für Dich sorgen, und keiner soll Dich kränken; und wenn Du stirbst, dann will ich für die Ruhe Deiner Seele beten, wie ich auch für Mutter Pelageja bete. Moskau ist eine große Stadt, hier gibt es viele vornehme Häuser und viele Pferde, aber keine Schafe, und die Hunde hier sind nicht böse. Hier gehen die Kinder zu Weihnachten nicht vor die Häuser singen, und in der Kirche darf niemand auf die

Empore und singen, und in einem Schaufenster habe ich Angelhacken und Angel für alle Fische gesehen, die es überhaupt gibt. Ein Haken war so groß, dass man einen Wels von dreißig Pfund damit fangen kann. Ich habe Geschäfte gesehen, wo man Gewehre kaufen kann, genau solche, wie unser Herr eins hat, und ich glaube, so ein Gewehr kostet hundert Rubel. Und in den Fleischerläden gibt es Birkhühner, Rebhühner und Hasen, aber wer sie geschossen hat, das haben mir die Leute in dem Laden nicht gesagt.

Liebes Großväterchen, wenn unser Herr und einen Weihnachtsbaum gibt, dann nimm eine von den goldenen Walnüssen und leg sie in meine grüne Schachtel. Bitte die junge Herrin Olga Ignatjewna darum und sag ihr, es sei für Wanka."

Wanka stöhnte und starrte wieder auf das Fenster. Er musste dran denken, dass der Großvater vor dem Fest immer in den Wald ging, um den Weihnachtsbaum für die Herrschaft zu holen, und dabei nahm er Wanka jedes Mal mit. Bevor der Großvater den Baum fällte, rauchte er eine Pfeife, nahm eine Prise und trieb seine Späße mit dem halb erfrorenen Wanka. Die junge Tannen, ganz in Raureif gehüllt, standen regungslos da und warteten, welche von ihnen nun sterben müsste. Irgendwo in der Nähe sprang ein Hase auf und hüpfte über eine Schneewehe. Dann schrie Großvater: „Fang ihn, fang ihn! O, du kurzschwänziger Teufel!" Wenn der Baum gefällt war, schleppte ihn Großvater ins Herrenhaus, und dort wurde er prächtig geschmückt. Die junge Herrin, Olga Ignatjewna, die Wanka besonders gerne hatte, half eifrig mit. Als Wankas Mutter Pelageja noch lebte und Hausmädchen auf dem Gut war, steckte Olga Ignatjewna dem Kleinen Zuckerwerk zu, und wenn sie nichts zu tun hatte, lehrte sie ihn lesen und schreiben und sogar Quadrille tanzen. Als Pelageja starb, wurde der Waisenknabe Wanka zu seinem Großvater in die Gesindeküche gebracht und dann nach Moskau zu dem Schuhmacher Aljachin in die Lehre gegeben.

„Komm bald, lieber Großvater!", schrieb Wanka. „Ich bitte Dich um Christi willen, nimm mich weg von hier! Habe Mitleid mit einem armen Waisenkind! Hier schlagen sie mich, und ich bin furchtbar hungrig und so traurig, dass ich es gar nicht sagen kann. Ich weine den ganzen Tag. Gestern hat mich der Meister mit dem Leisten auf den Kopf geschlagen. Mein Leben ist ein einziges Elend, schlimmer als ein Hundeleben ...

Grüß Aljona, den einäugigen Jegorka und den Kutscher, und gib niemanden meine Harmonika.

Ich bleibe Dein Enkel Iwan Shukow. Lieber Großvater, bitte, bitte komm!"

Wanka faltete das Blatt viermal zusammen und steckte es in einen Umschlag, den er am Tag zuvor für eine Kopeke gekauft hatte. Er dachte eine Weile nach, tauchte die Feder in die Tinte und schrieb die Adresse: „An das Dorf. An meinen Großvater."

Dann kratze er sich am Kopf und überlegte wieder und fügte hinzu: „Konstantin Makaritsch."

Glücklich, dass ihn niemand beim Schreiben gestört hatte, setzte er seine Mütze auf und rannte, ohne seinen Pelz anzuziehen, auf die Strasse hinaus. Gestern hatte er in der Geflügelhandlung erfahren, dass man Briefe in den Briefkasten steckt und dass sie von dort mit der Posttroika mit den bimmelnden Glöckchen von betrunkenen Kutschern in die ganze weite Welt gebracht würden. Wanka lief zum nächsten Briefkasten und steckte seinen kostbaren Brief hinein ...

Eine Stunde später schlief er fest, von freudiger Hoffnung in Schlummer gewiegt. Im Traum sah er einen großen Ofen. Auf dem Ofen saß sein Großvater, baumelte mit den Füßen und las den Köchinnen seinen Brief vor, und der Hund Wjun schlich schweifwedelnd um den Ofen.

Theodor Fontane
Verse zum Advent

Noch ist Herbst nicht ganz entfloh'n,
Aber als Knecht Ruprecht schon
Kommt der Winter hergeschritten,
Und alsbald aus Schnees Mitten
Klingt des Schlittenglöckleins Ton.

Und was jüngst noch, fern und nah,
Bunt auf uns herniedersah,
Weiß sind Türme, Dächer, Zweige,
Und das Jahr geht auf die Neige,
Und das schönste Fest ist da.

Tag du der Geburt des Herrn,
Heute bist du uns noch fern,
Aber Tannen, Engel, Fahnen
Lassen uns den Tag schon ahnen,
Und wir sehen schon den Stern.

JOHANN WOLFGANG VON GOETHE
Am Weihnachtsmorgen 1772
Brief an Johann Christian Kestner

Frankfurt, den 25. Dezember 1772
Christtag früh. Es ist noch Nacht, lieber Kestner, ich bin aufgestanden, um bei Lichte morgens wieder zu schreiben, das mir angenehme Erinnerungen voriger Zeiten zurückruft; ich habe mir Coffee machen lassen, den Festtag zu ehren, und will euch schreiben, bis es Tag ist. Der Türmer hat sein Lied schon geblasen, ich wachte darüber auf. Gelobet seist du, Jesus Christ! Ich hab diese Zeit des Jahrs gar lieb, die Lieder, die man singt, und die Kälte, die eingefallen ist, macht mich vollends vergnügt. ich habe gestern einen herrlichen Tag gehabt, ich fürchtete für den heutigen, aber der ist auch gut begonnen, und da ist mir's fürs Enden nicht angst.

Der Türmer hat sich wieder zu mir gekehrt; der Nordwind bringt mir seine Melodie, als blies er vor meinem Fenster. Gestern, lieber Kestner, war ich mit einigen guten Jungens auf dem Lande; unsre Lustbarkeit war sehr laut und Geschrei und Gelächter von Anfang zu ende. Das taugt sonst nichts für de kommende Stunde. Doch was können die heiligen Götter nicht wenden, wenn's ihnen beliebt; sie gaben mir einen frohen Abend, ich hatte keinen Wein getrunken, mein Aug war ganz unbefangen über die Natur. Ein schöner Abend, als wir zurückgingen; es ward Nacht. Nun muss ich Dir sagen, das ist immer eine Sympathie für meine Seele, wenn die Sonne lang hinunter ist und die Nacht von Morgen heraus nach Nord und Süd um sich gegriffen hat, und nur noch ein dämmernder Kreis von Abend herausleuchtet. Seht, Kestner, wo das Land flach ist, ist's das herrlichste Schauspiel, ich habe jünger und wärmer stundenlang so ihr zugesehn hinabdämmern auf meinen Wanderungen. Auf der Brücke hielt ich still. Die düstre Stadt zu beiden Seiten, der stilleuchtende Horizont, der Widerschein im Fluss machte einen köstlichen Eindruck in meine Seele, den ich mit beiden Armen umfasste. Ich lief zu den Gerocks, ließ mir Bleistift geben und Papier und zeichnete zu meiner großen Freude das ganze Bild so dämmernd warm, als es in meiner Seele stand. Sie hatten alle Freude mit mir darüber, empfanden alles, was ich gemacht hatte, und da war ich's erst gewiss, ich bot ihnen an, drum zu würfeln, sie schlugen's aus und wollen, ich soll's Mercken schicken. Nun hängt's hier an meiner Wand und freut mich heute wie gestern. Wir hatten einen schönen Abend zusammen, wie Leute, denen das Glück ein großes Geschenk gemacht hat, und ich schlief ein, den Heiligen im Himmel dankend, dass sie uns Kinderfreude zum Christ bescheren wollen.

Als ich über den Markt ging und die vielen Lichter und Spielsachen sah, dacht ich an euch und meine Bubens, wie ihr ihnen kommen würdet, diesen Augenblick ein himmlischer Bote mit dem blauen Evangelio, und wie aufgerollt sie das Buch erbauen werde. Hätt ich bei euch sein können, ich hätte wollen so ein Fest Wachsstöcke illuminieren, dass es in den kleinen Köpfen ein Widerschein der Herrlichkeit des Himmels geglänzt hätte. Die Torschließer kommen vom Bürgermeister und rasseln mit den Schlüsseln. Das erste Grau des Tags kommt mir über des Nachbarn Haus, und die Glocken läuten eine christliche Gemeinde zusammen. Wohl, ich bin erbaut hier oben auf meiner Stube, die ich lang nicht so lieb hatte als jetzt.

ADALBERT STIFTER
Das Fest der Weihnacht

Eines der schönsten Feste feiert die Kirche fast mitten im Winter, wo beinahe die längsten Nächte und kürzesten Tage sind, wo die Sonne am schiefsten gegen unsere Gefilde steht, und Schnee alle Fluren deckt, das Fest der Weihnacht.

Wie in vielen Ländern der Tag vor dem Geburtsfeste des Herrn der Christabend heißt, so heißt er bei uns der Heilige Abend, der darauf folgende Tag der heilige Tag und die dazwischen liegende Nacht die Weihnacht. Die katholische Kirche begeht den Christtag als den Tag der Geburt des Heilands mit ihrer allergrößten kirchlichen Feier, in den meisten Gegenden wird schon die Mitternachtsstunde als die Geburtsstunde des Herrn mit prangender Nachtfeier geheiligt, zu der die Glocken durch die stille winterliche Mitternachtsluft laden, zu der die Bewohner mit Lichtern oder auf dunkeln wohlbekannten Pfaden aus schneeigen Bergen an bereiften Wäldern vorbei und durch knarrende Obstgärten zu der Kirche eilen, aus der die feierlichen Töne kommen, und die aus der Mitte des in beeiste Bäume gehüllten Dorfes mit den langen beleuchteten Fenstern emporragt.

Mit dem Kirchenfeste ist auch ein häusliches verbunden. Es hat sich fast in allen christlichen Ländern verbreitet, dass man den Kindern die Ankunft des Christkindleins – auch eines Kindes, des wunderbarsten, das je auf der Welt war – als ein heiteres glänzendes feierliches Ding zeigt, das durch das ganze Leben fortwirkt und manchmal noch spät im Alter bei trüben schwermütigen oder rührenden Erinnerungen gleichsam als Rückblick in die einstige Zeit mit den bunten schimmernden Fittichen durch den öden traurigen und ausgeleerten Nachthimmel fliegt.

Man pflegt den Kindern die Geschenke zu geben, die das heilige Christkindlein gebracht hat, um ihnen Freude zu machen. Das tut man gewöhnlich am Heiligen Abende, wenn die tiefe Dämmerung eingetreten ist. Man zündet Lichter und meistens sehr viele an, die oft mit den kleinen Kerzlein auf den schönen grünen Ästen eines Tannen- oder Fichtenbäumchens schweben, das mitten in der Stube steht. Die Kinder dürfen nicht eher kommen, als bis das Zeichen gegeben wird, dass der heilige Christ zugegen gewesen ist und die Geschenke, die er mitgebracht, hinterlassen hat. Dann geht die Tür auf, die Kleinen dürfen hinein, und bei dem herrlichen schimmernden Lichterglanze sehen sie die Dinge auf dem Baume hängen oder auf dem Tische herumgebreitet, die alle Vorstellungen ihrer Einbildungskraft weit übertreffen, die sie sich nicht anzurühren getrauen, und die sie endlich, wenn sie sie bekommen haben, den ganzen Abend in ihren Ärmchen herumtragen und mit sich in das Bett nehmen. Wenn sie dann zuweilen in ihre Träume hinein die Glockentöne der Mitternacht hören, durch welche die Großen in die Kirche zur Andacht gerufen werden, dann mag es ihnen sein, als zögen jetzt die Englein durch den Himmel, oder als kehre der heilige Christ nach Hause, welcher nunmehr bei allen Kindern gewesen ist und jedem von ihnen ein herrliches Geschenk hinterbracht hat.

Wenn dann der folgende Tag, der Christtag, kömmt, so ist er ihnen so feierlich, wenn sie frühmorgens mit ihren schönsten Kleidern angetan in der warmen Stube stehen, wenn der Vater und die Mutter sich zum Kirchgang schmücken, wenn zu Mittage ein feierliches Mahl ist, ein besseres als in jedem Tage des ganzen Jahres, und wenn nachmittags oder gegen den Abend hin Freunde und Bekannte kommen, auf den Stühlen und Bänken herumsitzen, miteinander reden und behaglich durch die Fenster in die Wintergegend hinausschauen können, wo entweder die langsamen Flocken niederfallen, oder ein trübender Nebel um die Berge steht, oder die blutrote kalte Sonne hinabsinkt. An verschiedenen Stellen der Stube, entweder auf einem Stühlchen oder auf der Bank oder auf dem Fensterbrettchen liegen die zauberischen, nun aber schon bekannteren und vertrauteren Geschenke von gestern Abend herum.

Hierauf vergeht der lange Winter, es kommt der Frühling und der unendlich dauernde Sommer – und wenn die Mutter wieder vom heiligen Christe erzählt, dass nun bald sein Festtag sein wird, und dass er auch diesmal herabkommen werde, ist es den Kindern, als sei seit seinem letzten Erscheinen eine ewige Zeit vergangen, und als liege die damalige Freude in einer weiten nebelgrauen Ferne. Weil dieses Fest so lange nachhält, weil sein Abglanz so hoch in das Alter hinaufreicht, so stehen wir so gerne dabei, wenn die Kinder dasselbe begehen und sich darüber freuen.

Marie von Ebner-Eschenbach
Das Weihnachtsfest

Das Weihnachtsfest war nahe, wir konnten die Tage bis zum 24. Dezember schon an den Fingern abzählen, als sich etwas begab, das uns in die größte Aufregung versetzte. Vor unsern Nasen gleichsam verschwanden unsere Puppen. Auf einmal waren alle fort.

Eine vollständige Puppenauswanderung hatte stattgefunden. Das Bett, in das Fritzi gestern noch ihre älteste Tochter, die große Christine, schlafen gelegt hatte – leer. Die Angehörigen Christinens hinweggefegt, als ob sie nie dagewesen wären. Meine blonde Fanchette, die freilich von der Blondheit nur noch den Ruf besaß – denn eine geduldige Friseurin war ich nicht –, ebenfalls unauffindbar. Wir kramten vergeblich nach ihr in unsern Laden, durchforschten alle Schränke und Winkel. Wir liefen ins Kinderzimmer und klagten die armen kleinen Brüder des Raubes unserer Puppen an. Dass wir auch im vorigen Jahre kurze Zeit vor Weihnachten denselben Jammer erlebt und dann unter dem Christbaum ebenso viele Puppen, als wir vermisst hatten, mit glänzend lackierten Gesichtern, reichem Gelock und schön gekleidet sitzen sahen, fiel uns nicht

ein. Oh, wir waren dumme Kinder! Ich glaube nicht, dass es heutzutage noch so dumme Kinder gibt.
Pepinka, ärgerlich über die Nachgrabungen, die wir nun auch in dem von ihr beherrschten Reiche zu unternehmen begannen, ließ sich zu einem unvorsichtigen Worte hinreißen. „Geht, geht! sucht eure Puppen dort, wo sie sind."
„Weißt du, wo sie sind? ... Ja, ja, du weißt es! Wo sind sie?" Wir ließen nicht nach, gaben ihr keine Ruhe, bis sie endlich, um uns loszuwerden, sagte: „Die kleine Greißlerin hat sie gestohlen. Grad ist sie mit der Christine über die Gasse gelaufen."
Gestohlen also! unsere Kinder gestohlen! durch die kleine Greißlerin – oh, das leuchtete uns ein. Der konnte man alles Schlechte zutrauen. Ihre Mutter hatte einen Laden, gerade unter einem der Fenster des Kinderzimmers. Wir kauften dort die Glas- und Steinkugeln, mit denen wir eine Art Kriegsspiel spielten. Von der Mutter erhielten wir immer fünf Stück für einen Kreuzer, von der Tochter nur drei. Genügte das nicht, um uns ein Licht aufzustecken über das ganze Wesen dieser Person? Sie, natürlich, war die Puppenentführerin, sie lief herum mit der Christine, an ihr musste Rache genommen werden. Es musste! Ich war Feuer und Flamme dafür, und es gelang mir, meine Schwester davon zu überzeugen. Auch die sanfteste Mutter kann grausam werden, wenn es Kindesraub zu bestrafen gilt. Am liebsten würden wir die Missetäterin durchgeprügelt haben – woher aber die Gelegenheit dazu

nehmen? Sie bei der Frau Greißlerin verklagen? Ach, die tut ihr nichts, die fürchtet sich selbst vor ihr. Was also soll geschehen? Was für ein Gesicht soll unsere Rache haben? Ein schwarzes! machten wir endlich aus. Es war beschlossen, was der Diebin geschehen soll: Wir werden ihr Tinte auf den Kopf gießen.

Pepi war ins Nebenzimmer zu den Kleinen gegangen und hatte die Tür geschlossen; wir glaubten unser nichtsnutziges Vorhaben ungestört ausführen zu können. Ich holte eilends das Fläschchen herbei, das unsern Tintenvorrat enthielt; wir schoben in das Fenster, unter dem der Greißlerladen sich befand, einen Schemel und bestiegen ihn. Fritzi öffnete den inneren Fensterflügel und mit Mühe nur ein wenig den äußeren, und ich steckte den mit der Tintenflasche bewaffneten Arm durch den Spalt. Jetzt – hinunter mit dem Guss! Hinunter auf die Greißlerin, die natürlich nichts Besseres zu tun hat, als dazustehen und ihm ihr schuldiges Haupt darzubieten.

Die spanische Armada war einst nicht siegesgewisser ausgezogen als wir zu unserer Unternehmung – und ihr Schicksal teilten wir. Die Elemente erhoben sich wider uns. Es stürmte an dem Tage im Rotgässchen wie anno 1588 auf dem Atlantischen Ozean, und noch dazu gab's ein Gestöber von weichem Schnee. Ein Windstoß entriss meiner Schwester den Fensterflügel und schlug ihn gleich darauf so schnell wieder zu, dass ich kaum Zeit hatte, meinen ausgestreckten Arm zurückzuziehen und das Tintenfläschchen vor dem Sturze zu retten.

Sein Inhalt übersprühte die Glasscheibe, tropfte, mit Schnee und Regen vermischt, vom Fenstersimse herab, umhüllte meine Finger mit der Farbe der Trauer.
Laut und lebendig gestaltete sich der Schluss des ganzen Abenteuers. Pepinka musste etwas von unserm Treiben vernommen haben, denn plötzlich stürzte sie herbei. Ihr Antlitz glich dem rot aufgehenden Monde, ihre Haubenbänder flogen – ich weiß noch recht gut, dass sie eidottergelb waren.
„Ihr Verdunnerten!", rief sie. „Jesus, Maria und Josef! Fenster aufreißen, mitten im Winter! Was fällt euch ein, ihr, ihr ..." Der Rest sei Schweigen. Mögen die Ehrentitel, mit denen sie uns ausstattete, der Vergessenheit anheimfallen. Sie bildeten eine relativ milde Einleitung zu den in prophetischem Tone ausgesprochenen Worten: „Ihr könnt euch freuen. Gleich wird die Polizei über euch kommen!"
Da war mit einemmal alles erloschen, jeder Funke des Hasses gegen die Greißlerin und bis aufs letzte Flämmchen unsere lodernde Racheglut. Nur noch einen heißen Wunsch hatten wir, nur mit einer Bitte bestürmten wir Pepinka: Nur die Polizei nicht hereinlassen! Nur der Polizei nicht erlauben, dass sie komme, uns „einzuführen"!

Ludwig Anzengruber
Vereinsamt
Eine Weihnachtsstudie

Wer lobsänge dem Süden mit ungeheuchelter Begeisterung, wenn nicht sein Widerpart der Norden wäre? Was hätte ein ewiger Frühling, über die ganze weite Erde gebreitet, noch Besonderes? Aber da kommen die Kinder des Südens zu uns und hauchen in die Hände und sagen: „O, welch trauriges Land! Ihr habt eigentlich nur eine Jahreszeit sieben Monate weißen und fünf Monate grünen Winter. Wie Ihr das nur aushalten könnt!" Und dann ziehen die Kinder des Nordens mitten im weißen Winter hinab nach dem Süden und sagen begeistert: „Ihr habt nur eine Jahreszeit, den Frühling. Wie glücklich seid Ihr!"
Das ist wohl ein wenig übertrieben, der Norden weiß das ganz gut. Er sagte einmal: „Pah, ich will mir eine ordentliche vierte Jahreszeit anschaffen; ich kann mir diesen Luxus erlauben, das riesige Polarmeer habe ich zur Hand, und dort bekomme ich um Billiges, was ich dazu brauche." Sprach's und ließ sich einen ordentlichen Winter kommen.
Es ist das ein Patron, dem viel Übles nachgesagt wird, nicht mit Unrecht. Anfangs beginnt er die Leute mit dichten Nebeln zu necken, er verhängt ihnen die lufti-

ge Ferne, Wege und Stege, Gruben und Rinnen. „So, da findet euch zurecht!" Jeder hat seinen eigenen Schatten verloren und glaubt auf einen entlaufenen Fremden zu stoßen, wenn aus dem dichten Grau ein anderer Mensch auf ihn vorsichtig zuschreitet. Dann wieder macht er glatte Wege, um alles zu Fall zu bringen, oder er sagt: „Wie wär's, wenn wir's mit einem trockenen Regen versuchten?" Und da ballt er die Regentropfen zu Sternchen, Kügelchen und Pelzchen und lässt sie herunterrieseln, und da legt sich auf die Hüte, je breiter die Krempe, um so schwerer, auf die Ärmel, als legte der Winter selbst seine Hand auf unsern Arm, um uns recht freundschaftlich an seine Anwesenheit zu erinnern, was ihm jedoch niemand recht Dank wissen will.

Nebel, Eis und Schnee breitet er über Stadt und Land; aber in der ersteren macht er sich kleine Nebenpläsirchen. Da sieht er die großen Fabrikschlote rauchen. „Ach, das ist ja prächtig", sagt er, „wie hübsch, wenn ich diese braunen Wolken unter meine Nebelmassen steckte." Und er steckt sie darunter, dass den Leuten die Augen brennen und sie zu ersticken vermeinen. Oder er sieht das schöne Pflaster, ob Würfel oder Platten, Granit oder Klinker, das ist ihm ganz gleich. „Herrlich! Wie nett sich das übereisen lässt!" Er tut's und die Leute rennen aus den Häusern und streuen Asche und Sand auf die Wege.

Aber ganz unausstehlich will er sich doch nicht machen; oft nach einem tüchtigen Schneegestöber lässt er den Himmel hell und rein, die Luft klar und kalt und hält den Menschen die Schlittenbahn bereit. Da jagen diese über Land. Weit – weit liegt alles blendend weiß, ruhig, still, feierlich. Der tiefdunkle Tannenwald hält auf den Ästen weiße Streifen und an den Bärten schimmernde Zapfen, die Häuschen haben Hauben auf, der kleinste Pfahl im Zaune trägt eine solche, Weiher und Teiche sind mattsilberne Spiegel, an den Menschen schmiegt sich die Kälte, drängt das warme Leben mehr nach innen und schränkt es ein, als wollte sie nur die Wärme des Herzens gelten lassen, die man denn auch mit doppeltem Behagen verspürt, und da sagen alle: „Es ist doch schön!"

Es ist doch schön. Der Winter hat etwas Märchenhaftes. Die Welt liegt weit und klar, die Wege sind schmal und Wanderer darauf wenige, man erwartet daher in jedem etwas Besonderes, in jedem Häuschen, das man betritt, ein Abenteuer, denn außen liegt die Welt so still, innen schlägt das Herz so froh, so erwartungsvoll. Je nun, man kann sich täuschen, und man täuscht sich auch, bis zu der Zeit, wo der leuchtende Tannenbaum in die Stube kommt, da lebt jeder ein Märchen. Selbst wenn er den Baum mit eigenen Händen geschmückt hat, wenn er ganz gut weiß, wieviel Thaler, Groschen und Pfennige auf all die Herrlichkeiten darauf gegangen; der Baum rauscht mit seinen Schleifen gar geheimnisvoll, die Herrlichkeiten wollen nicht Ware werden, sie bleiben ganz ungewöhnliche Dinge, die erst im Kinderjubel lebendig werden wollen; in diesem Jubel aber erwacht das Kind noch einmal in jedem, auch der kälteste trockenste Geselle lebt – für einen Augenblick ein Märchen – seine Kindheit noch einmal!

Sie ist ein Märchen, wie nur eines sein soll. Vor den kaum erschlossenen Sinnen geschieht täglich, stündlich ganz Unerwartetes, immer Geheimnisvolles, aber das Kind beträgt sich, wie man von dem Helden eines Märchens billig erwarten kann, es wird leidvoll oder freudvoll überrascht – sei es auch nur, weil ihm ein böser Schrank eine Beule schlägt, oder weil ein ganz gewöhnliches Stück Holz plötzlich anheimelnde, zum Spielen einladende Gestalt gewinnt – aber es ist nie erstaunt darüber, dass sich irgend etwas ereignen kann, es vermag von den Wundern der Christnacht hingerissen zu werden, aber es wird sie ganz in der Ordnung finden; doch in dem brausenden Kinderjubel klingt in dem Herzen der Erwachsenen die verwandte Saite an. Gewiss, Weihnachten ist eine frohe Zeit, und sie macht alle fröhlich. Alle? Viele, die meisten, alle wohl nicht. Ich kenne einen, der sie fürchtet.

Er hat seine Wohnung neben der meinen, ist noch ein ziemlich junger, hoch aufgeschossener Mensch, den man immer gleich still, ernst und bescheiden seiner Wege gehen sieht. Auf einen freundlichen Gruß oder ein Scherzwort erwidert er wohl mit einem verbindlichen Lächeln, aber er scheint jede Annäherung zu vermeiden. Was seine Stellung anbelangt, so soll er in einer der vielen Teehandlungen Buch und Korrespondenz führen.

Jahrüber war er der gleich höfliche wie freundliche Nachbar, bis jenes Fest herankam, das man bezeichnend Christabend nennt, denn der Tag zählt nicht, alles bis zum Abende ist Erwartung, ungeduldige, still träumerische oder behaglich vorkostende, je nach Temperament, aber immer nur Erwartung; kam dieser Festabend heran, dann wich der Mann jeder Ansprache aus und bezeigte sich fast menschenscheu. Es ist früh am Morgen, fahles Licht fällt durch die Gangfenster, die Treppe, die in Krümmungen von Stockwerk zu Stockwerk läuft, liegt noch dunkel, der Nachbar steht vor seiner Tür und schließt sie eben hinter sich ab, neben ihm steht ein altes, ärmlich gekleidetes Weib, das Tag für Tag ihn bedienen kommt, das Frühstück kocht, die Kleider reinigt, das Essen holt; sie führt Bürste und Ausklopfstäbchen mit sich, schiebt sie von einer Hand in die andere, sie scheint etwas auf dem Herzen zu haben, aber einigermaßen verlegen zu sein, wie sie es vorbringe, endlich sagt sie leise: „Ich tät' bitten, schaffen der gnädige Herr heut' noch etwas?"
Im Kreise der Enkel wollte sie den heutigen Tag zubringen, das war's.
Der Gefragte schiebt den Quartierschlüssel in die Tasche, er blickt nicht auf, sondern antwortet in demselben halben Tone: „Nein, kommen Sie nur morgen früh rechtzeitig wieder."
„Ich küss' die Hand", sagte das Weib, „ich wünsch' recht" – vergnügte Feiertage, lag ihr wohl schon auf der Zunge, aber es schien sie zu gereuen, und da es schon

halb heraus war, so wiederholte sie es und ergänzte es, wie es ihr unverfänglicher schien: „Ich wünsch' recht gute Unterhaltung!"

Der Mann nickte und schritt rasch der Treppe zu. Das alte Weib schüttelte den Kopf, wohl über sich selbst und sah ihm, wie bekümmert, nach. „Dass ich mir's nie ermerken kann! Immer rutscht es mir so heraus."

Der Mann eilt in das Geschäft, hastig durchschreitet er schmutzige Nebengässchen, biegt von allen belebten Straßen ab und erreicht auf einem Umwege die Handlung, in der er bedienstet ist, dort setzt er sich an sein Pult, nimmt die Feder zur Hand, rechnet, schreibt, blättert in den Büchern und sieht nicht auf, bis gegen Abend – früher als sonst an irgend einem Tage im Jahre – der Laden geschlossen werden soll, dann legt er seufzend die Feder hin, zieht den warmen Winterrock über, nimmt den Hut vom Haken und tritt hinaus in die Dämmerung.

Wieder nimmt er den Weg durch die Nebengässchen; aber so menschenleer es dort auch ist, hie und da hüpft doch ein Kind mit munteren Äuglein über den Weg, hastet ein Erwachsener daher, der einen Pack halb versteckt trägt, oder rauscht gar ein Bäumchen vorbei, und die Goldstreifen knistern und die bunten Papierbänder flattern, unser Mann achtet nicht darauf, er drückt sich nur näher an die Mauer, um Platz zu machen.

Vor seiner Wohnung angelangt, zieht er bedächtig den Schlüssel aus der Tasche, öffnet, tritt ein, sperrt hinter sich ab und geht nach dem im Halbdunkel liegenden Zimmer. Helle Streifen von der Straßenbeleuchtung fallen durch die Fenster, liegen über der Wand und zittern an der Decke. In dem dämmernden Raume geht er in kurzen und hastigen Schritten ein paar Mal auf und nieder, dann, als versagten ihm die Füße, wirft er sich müde auf den Diwan. Er deckt die Augen mit den Händen und stützt den Kopf darein und seufzt tief auf.

Vor vier Jahren war es gewesen, da leuchtete in seiner Stube ein Baum, ein übermütiger Knirps kutschierte mit einem Wägelchen rasselnd auf und nieder, und auf dem Arme einer kleinen niedlichen Frau guckte ein Kleinstes mit groß, gar groß aufgerissenen Augen in die Lichter, es streckte die Ärmchen danach und zog sie lächelnd wieder zurück.

Und vor drei Jahren, da tollte der Knirps wieder durchs Zimmer, aber die Frau saß neben dem Manne auf dem Diwan und sie drückte seine Hand und sie sah mit feuchten Augen lächelnd nach dem Kleinen. „Unser Einziger! Der ist ja noch da!"

Und wieder ein Jahr, da leuchtete kein Baum in der Stube, da war es düster wie heute; aber in seiner Hand lag eine andere, an seiner Wange lehnte eine andere Wange, er fühlte die Wimpern des nahen Auges seine Schläfe streifen und feucht rann ein Tropfen nieder. „O liebes Weib –"

Und noch ein Jahr – ja, da war es ganz wie heute, – es überkommt ihn, als sollte er sich über das Kissen des

Diwans werfen, die Hände vors Gesicht geschlagen ... aber er erhebt sich langsam, tritt an das Fenster, er schiebt die Riegel zurück, er öffnet einen Flügel und lehnt sich hinaus in die stille Nacht.

Draußen liegt die Straße. Langsam wie durch einen zündenden Funken, der die Häuserzeile entlang läuft, glimmen die Fenster an, da, dort, nah, näher wird es Licht. Nicht alle Leute sind so neidisch gegen die Nacht und die andern Menschen außen, dass sie ihre Fenster mit Tüchern verhängen, nein, manche lassen die Lichter hell und ungedämpft hinausleuchten auf die Straße.

Und der Mann am Fenster blickt hinein in das Leben und Treiben der nahen Stuben – lange, lange; dann zieht er leise das Fenster an sich, und bevor er es schließt, nickt er hinaus und sagt still und wehmütig: „Fröhliche Weihnacht!"

Fröhliche Weihnacht!

Das Fenster drückt sich in den Rahmen, er wendet sich zurück. Was ist das? Will es nicht in seiner eigenen Stube aufleuchten? Es ist ihm, als laste ihm etwas gar leicht auf seinem rechten Arme, als wäre etwas rasch herangekommen und schmiege sich an sein linkes Knie.

Nichts! Im Auge wirken ja grelle Lichteindrücke für eine kurze Weile noch im Dunkeln nach, und als er aus dem Fenster sah, da hatte er auf dem rechten Arme gelegen und das linke Knie gegen das Sims gestemmt. Es erklärt sich das so natürlich, aber er senkte doch sachte den Arm herab, er rückte leise den Fuß vor, wie um nichts fallen zu lassen oder umzustoßen, – was es auch sei.

Dann verlässt er eilig die Wohnung. Jetzt war es auf den Straßen wie ausgestorben, er durchschreitet sie hastig; wo er in einem öffentlichen Lokale eine Zechgesellschaft lärmen hört, da tritt er ein, setzt sich in eine Ecke und sieht stille dem Treiben zu, er fühlt eine Art Behagen, wie unter seinesgleichen. Vereinsamte, Ausgeschlossene und Ausgestoßene. Je lärmender die Gesellschaft, je besser; die hatten nie, was er besaß und selbst verloren nicht in der Erinnerung missen möchte, oder sie hatten's verspielt, sie waren elender wie er, dem die heilige Nacht noch heiligen Schmerz weckte.

Kalt und nüchtern, bleigrau liegt der Morgen über der Stadt, wenn der Mann heimkehrt. Es ist vorbei, wieder auf ein Jahr vorbei, was ihn im dämmernden Zimmer überkommt, als sollte er sich über das Kissen des Diwans werfen, die Hände vors Gesicht geschlagen – was ihn hinaustreibt in die Nacht, gleich Vereinsamten nachzuspüren, nachdem er vorher den Glücklichen still und wehmütig zugerufen:

„Fröhliche Weihnacht!"

Hermann Löns

Der allererste Weihnachtsbaum

D er Weihnachtsmann ging durch den Wald. Er war ärgerlich. Sein weißer Spitz, der sonst immer lustig bellend vor ihm herlief, merkte das und schlich hinter seinem Herrn mit eingezogener Rute her.
Er hatte nämlich nicht mehr die rechte Freude an seiner Tätigkeit. Es war alle Jahre dasselbe. Es war kein Schwung in der Sache. Spielzeug und Esswaren, das war auf die Dauer nichts. Die Kinder freuten sich wohl darüber, aber quieken sollten sie und jubeln und singen, so wollte er es, das taten sie aber nur selten.
Den ganzen Dezembermonat hatte der Weihnachtsmann schon darüber nachgegrübelt, was er wohl Neues erfinden könne, um einmal wieder eine rechte Weihnachtsfreude in die Kinderwelt zu bringen, eine Weihnachtsfreude, an der auch die Großen teilnehmen würden. Kostbarkeiten durften es auch nicht sein, denn er hatte soundsoviel auszugeben und mehr nicht.
So stapfte er denn auch durch den verschneiten Wald, bis er auf dem Kreuzweg war. Dort wollte er das Christkindchen treffen. Mit dem beriet er sich nämlich immer über die Verteilung der Gaben.
Schon von weitem sah er, dass das Christkindchen da

war, denn ein heller Schein war dort. Das Christkindchen hatte ein langes weißes Pelzkleidchen an und lachte über das ganze Gesicht. Denn um es herum lagen große Bündel Kleeheu und Bohnenstiegen und Espen- und Weidenzweige, und daran taten sich die hungrigen Hirsche und Rehe und Hasen gütlich. Sogar für die Sauen gab es etwas: Kastanien, Eicheln und Rüben.

Der Weihnachtsmann nahm seinen Wolkenschieber ab und bot dem Christkindchen die Tageszeit. „Na, Alterchen, wie geht's?", fragte das Christkind. „Hast wohl schlechte Laune?" Damit hakte es den Alten unter und ging mit ihm. Hinter ihnen trabte der kleine Spitz, aber er sah gar nicht mehr betrübt aus und hielt seinen Schwanz kühn in die Luft.

„Ja", sagte der Weihnachtsmann, „die ganze Sache macht mir so recht keinen Spaß mehr. Liegt es am Alter oder an sonst was, ich weiß nicht. Das mit den Pfefferkuchen und den Äpfeln und Nüssen, das ist nichts mehr. Das essen sie auf, und dann ist das Fest vorbei. Man müsste etwas Neues erfinden, etwas, das nicht zum Essen und nicht zum Spielen ist, aber wobei alt und jung singt und lacht und fröhlich wird."

Das Christkindchen nickte und machte ein nachdenkliches Gesicht; dann sagte es: „Da hast du recht, Alter, mir ist das auch schon aufgefallen. Ich habe daran auch schon gedacht, aber das ist nicht so leicht."

„Das ist es ja gerade", knurrte der Weihnachtsmann, „ich bin zu alt und zu dumm dazu. Ich habe schon richtiges Kopfweh vom vielen Nachdenken, und es fällt mir doch nichts Vernünftiges ein. Wenn es so weitergeht, schläft allmählich die ganze Sache ein, und es wird ein Fest wie alle anderen, von dem die Menschen dann weiter nichts haben als Faulenzen, Essen und Trinken."

Nachdenklich gingen beide durch den weißen Winterwald, der Weihnachtsmann mit brummigem, das Christkindchen mit nachdenklichem Gesicht. Es war so still im Wald, kein Zweig rührte sich, nur wenn die Eule sich auf einen Ast setzte, fiel ein Stück Schneebehang mit halblautem Ton herab. So kamen die beiden, den Spitz hinter sich, aus dem hohen Holz auf einen alten Kahlschlag, auf dem große und kleine Tannen standen. Das sah wunderschön aus. Der Mond schien hell und klar, alle Sterne leuchteten, der Schnee sah aus wie Silber, und die Tannen standen darin, schwarz und weiß, dass es eine Pracht war. Eine fünf Fuß hohe Tanne, die allein im Vordergrund stand, sah besonders reizend aus. Sie war regelmäßig gewachsen, hatte auf jedem Zweig einen Schneestreifen, an den Zweigspitzen kleine Eiszapfen, und glitzerte und flimmerte nur so im Mondenschein.

Das Christkindchen ließ den Arm des Weihnachtsmannes los, stieß den Alten an, zeigte auf die Tanne und sagte: „Ist das nicht wunderhübsch?"

„Ja", sagte der Alte, „aber was hilft mir das?"

„Gib ein paar Äpfel her", sagte das Christkindchen, „ich habe einen Gedanken."

Der Weihnachtsmann machte ein dummes Gesicht, denn er konnte es sich nicht recht vorstellen, dass das Christkind bei der Kälte Appetit auf die eiskalten Äpfel hatte. Er hatte zwar noch einen guten alten Schnaps, aber den mochte er dem Christkindchen nicht anbieten.
Er machte sein Tragband ab, stellte seine riesige Kiepe in den Schnee, kramte darin herum und langte ein paar recht schöne Äpfel heraus. Dann fasste er in die Tasche, holte sein Messer heraus, wetzte es an einem Buchenstamm und reichte es dem Christkindchen.
„Sieh, wie schlau du bist", sagte das Christkindchen. „Nun schneid' mal etwas Bindfaden in zwei Finger lange Stücke, und mach mir kleine Pflöckchen."
Dem Alten kam das alles etwas ulkig vor, aber er sagte nichts und tat, was das Christkind ihm sagte. Als er die Bindfadenenden und die Pflöckchen fertig hatte, nahm das Christkind einen Apfel, steckte ein Pflöckchen hinein, band den Faden daran und hängte den an einen Ast.
„So", sagte es dann, „nun müssen auch an die anderen welche, und dabei kannst du helfen, aber vorsichtig, dass kein Schnee abfällt!"
Der Alte half, obgleich er nicht wusste, warum. Aber es machte ihm schließlich Spaß, und als die ganze kleine Tanne voll von rotbäckigen Äpfeln hing, da trat er fünf Schritte zurück, lachte und sagte; „Kiek, wie niedlich das aussieht! Aber was hat das alles für'n Zweck?"
„Braucht denn alles gleich einen Zweck zu haben?",

lachte das Christkind. „Pass' auf, das wird noch schöner. Nun gib mal Nüsse her!"

Der Alte krabbelte aus seiner Kiepe Walnüsse heraus und gab sie dem Christkindchen. Das steckte in jedes ein Hölzchen, machte einen Faden daran, rieb immer eine Nuss an der goldenen Oberseite seiner Flügel, dann war die Nuss golden, und die nächste an der silbernen Unterseite seiner Flügel, dann hatte es eine silberne Nuss und hängte sie zwischen die Äpfel.

„Was sagst nun, Alterchen?", fragte es dann. „Ist das nicht allerliebst?"

„Ja", sagte der, „aber ich weiß immer noch nicht..."

„Komm schon!", lachte das Christkindchen. „Hast du Lichter?"

„Lichter nicht", meinte der Weihnachtsmann, „aber 'nen Wachsstock!"

„Das ist fein", sagte das Christkind, nahm den Wachsstock, zerschnitt ihn und drehte erst ein Stück um den Mitteltrieb des Bäumchens und die anderen Stücke um die Zweigenden, bog sie hübsch gerade und sagte dann: „Feuerzeug hast du doch?"

„Gewiss", sagte der Alte, holte Stein, Stahl und Schwammdose heraus, pinkte Feuer aus dem Stein, ließ den Zunder in der Schwammdose zum Glimmen kommen und steckte daran ein paar Schwefelspäne an. Die gab er dem Christkindchen. Das nahm einen hell brennenden Schwefelspan und steckte damit erst das oberste Licht an, dann das nächste davon rechts, dann das gegenüberliegende. Und rund um das Bäumchen gehend, brachte es so ein Licht nach dem andern zum Brennen.

Da stand nun das Bäumchen im Schnee; aus seinem halbverschneiten, dunklen Gezweig sahen die roten Backen der Äpfel, die Gold- und Silbernüsse blitzten und funkelten, und die gelben Wachskerzen brannten feierlich. Das Christkindchen lachte über das ganze rosige Gesicht und patschte in die Hände, der alte Weihnachtsmann sah gar nicht mehr so brummig aus, und der kleine Spitz sprang hin und her und bellte.

Als die Lichter ein wenig heruntergebrannt waren, wehte das Christkindchen mit seinen goldsilbernen Flügeln, und da gingen die Lichter aus. Es sagte dem Weihnachtsmann, er solle das Bäumchen vorsichtig absägen. Das tat der, und dann gingen beide den Berg hinab und nahmen das bunte Bäumchen mit.

Als sie in den Ort kamen, schlief schon alles. Beim kleinsten Hause machten die beiden halt. Das Christkindchen machte leise die Tür auf und trat ein; der Weihnachtsmann ging hinterher. In der Stube stand ein dreibeiniger Schemel mit einer durchlochten Platte. Den stellten sie auf den Tisch und steckten den Baum hinein. Der Weihnachtsmann legte dann noch allerlei schöne Dinge, Spielzeug, Kuchen, Äpfel und Nüsse unter den Baum, und dann verließen beide das Haus so leise, wie sie es betreten hatten.

Als der Mann, dem das Häuschen gehörte, am andern Morgen erwachte und den bunten Baum sah, da staunte er und wusste nicht, was er dazu sagen sollte. Als er aber an dem Türpfosten, den des Christkinds Flügel gestreift hatte, Gold- und Silberflimmer hängen sah, da wusste er Bescheid. Er steckte die Lichter an dem Bäumchen an und weckte Frau und Kinder. Das war eine Freude in dem kleinen Haus wie an keinem Weihnachtstag. Keines von den Kindern sah nach dem Spielzeug, nach dem Kuchen und den Äpfeln, sie sahen nur alle nach dem Lichterbaum. Sie fassten sich an den Händen, tanzten um den Baum und sangen alle Weihnachtslieder, die sie wussten, und selbst das Kleinste, das noch auf dem Arm getragen wurde, krähte, was es krähen konnte.

Als es helllichter Tag geworden war, da kamen die Freunde und Verwandten des Bergmanns, sahen sich das Bäumchen an, freuten sich darüber und gingen gleich in den Wald, um sich für ihre Kinder auch ein Weihnachtsbäumchen zu holen. Die anderen Leute, die das sahen, machten es nach, jeder holte sich einen Tannenbaum und putzte ihn an, der eine so, der andere so, aber Lichter, Äpfel und Nüsse hängten sie alle daran.

Als es dann Abend wurde, brannte im ganzen Dorf Haus bei Haus ein Weihnachtsbaum, überall hörte man Weihnachtslieder und das Jubeln und Lachen der Kinder.

Von da aus ist der Weihnachtsbaum über ganz Deutschland gewandert und von da über die ganze Erde. Weil aber der erste Weihnachtsbaum am Morgen brannte, so wird in manchen Gegenden den Kindern morgens beschert.

JOSEPH ROTH

Weihnachten moderner Junggesellen

Vor einem halben Jahr noch war diese Bar nicht vorhanden. Damit sie entstehe, bedurfte es eines modernen Architekten mit einem sadistischen Zug, einer jener Männer, denen es vollkommen gleichgültig ist, ob sie ein Mausoleum, eine elektrische Hinrichtungsstätte, ein Warenhaus oder ein Nachtlokal bauen sollen, ein Maschinenhaus oder eine Gartenlaube, einen Musiksalon oder ein Badezimmer. Ein gewisser sakraler Komfort verbindet sich mit einer grausamen Nüchternheit, und das Zweckmäßige ist bis zu einem so vollendeten Grade vorausbedacht, dass es bereits die Wirkung des Schaurigen auszuüben beginnt. Es gibt in manchen Warenhäusern stahlblau beleuchtete Fahrstühle, in die man nicht ohne eine starke Erschütterung einsteigt und in denen man der Täuschung verfällt, dass sie, die sich so bemühen, das Metaphysische nicht in Betracht kommen zu lassen, dennoch in eine Art Himmel aus Violett, Chromsilber, Magnetstahl und Gift emporführen. Diese Bar erinnert an eine kahle Gruft unter einer Kapelle. Das hängt vielleicht mit dem sarkophagförmigen Bartisch zusammen, der ein massives, dunkelbraunes Halbrund bildet, mit einer Platte aus einem neuerfundenen schimmernden Metall. Es ist ein Metall, das sich dem Glas nähert und gleichzeitig dem Marmor und ich zweifle sehr, ob es mir möglich sein wird, es deutlich zu beschreiben. Zwar hat man die Empfindung, dass es eher elastisch sein könnte als porös. Aber seine Oberfläche ist schlüpfrig, eisig etwa, und man könnte sich vorstellen, dass es, bis zu einer Durchsichtigkeit gewalzt, eine Fensterscheibe zu ersetzen imstande wäre. Es glänzt stählern und schimmert glasig und ist dennoch lautlos. Und das Wunderbarste: ein Glas, auf dieses Metall heftig gestellt, gibt gar keinen Klang, es ist, als stelle man Gummi auf Gummi! Und diese Lautlosigkeit vervollständigt den Gruftcharakter der Bar und weil ein unhörbarer, polierter, gut geölter Betrieb ohne viele und ohne laute Worte auskommt, Gläser nicht klirren können, Türen automatisch schließen, die neuen Wasserhähne nicht rinnen, die Bargetränke, als wären sie flüssiges Linoleum, ohne einen gurgelnden Laut aus den Flaschen in die Gläser schlüpfen: ist der Eindruck des Toten, Erstarrten, Schattenlosen in dieser modernen Bar vollkommen. Selbstverständlich kommen die Gäste um Mitternacht. Sie kommen so unhörbar, dass sie auftauchen, erscheinen, herbeigezaubert werden. Es sind lauter moderne Gäste. Sie haben strenge und markante Gesichter, theoretisch könnte jeder von ihnen, obwohl er nur sein Automobil hierher gesteuert hat, soeben den Ozean überquert haben, mittels eines Aeroplans; Rekordbrecher, einer wie der andere, Köpfe wie Lederhauben, Augen wie Autobrillen, Stoppuhren in der Brust, Tempo im Leib. Sie setzen sich, sagen gar nichts und schon stehen Becher auf ihren Tischen, Mentholflüssigkeiten für die Zahnpflege, hygienischer Alkohol, angelsächsische Rauschmittel für Ozeanflieger. Sie reden gar nichts. Höchstens sagt einer zum anderen: „Haben Sie schon?" Und der andere ergänzt: „gelesen". Es ist Mitternacht, alle Zeitungen von morgen sind schon erschienen, morgen kann höchstens übermorgen sein. Merkwürdig ist nur, dass plötzlich ein Klavier ertönt. Ein Mann aus einem vergangenen Jahrhundert, er erinnert an einen Walzer, keine Spur von Lederhaube oder Aeroplan, nur Leierkasten und Harfe, verkörperte Drehbewegung, ein erstarrter Schnörkel, viele schwarze Haare, Falten im Gesicht; dieser Mann beginnt zu singen. Dass er aus Wien stammt, dass ein nationaler Anschlusswille ihn hierher getrieben hat: Wer kann es bezweifeln? Schon singt er das „Fiakerlied". Schon den „Schönbrunner Park". Schon „Wien, nur du allein". Und schon erglüht auf dem Klavier ein bengalischer Weihnachtsbaum, hergeholt aus einem Wald von Pappe, ausgesägt aus einer Theaterdekoration (die man jetzt nicht mehr braucht), ein Baum aus Karton, mit Nadeln aus Filz, mit Sternen aus Glühlampen. Auf der Baumspitze steckt eine Tafel: Hier können Junggesellen Weihnachten feiern. Schon feiern sie: wehmütig geworden, der Baum rührt an ihr

Innerstes, dort, wo die Stoppuhr eingebaut ist, vergessen den Ozeanflug, Marzipan herrscht vor, man war einmal ein Kind, bevor man ein Gespenst geworden, die Zeit war einmal eine Zeit, nicht immer ein Tempo. Wenn Gespenster Tränen hätten, würden sie weinen. So aber schweigen sie. Leise nur sagt einer zum anderen: „Haben Sie schon …?" Und der andere antwortet: „morgen gelesen!"

Georg Trakl
Ein Winterabend

Wenn der Schnee ans Fenster fällt,
Lang die Abendglocke läutet,
Vielen ist der Tisch bereitet
Und das Haus ist wohlbestellt.
Mancher auf der Wanderschaft
Kommt ans Tor auf dunklen Pfaden.
Golden blüht der Baum der Gnaden
Aus der Erde kühlem Saft.
Wanderer tritt still herein;
Schmerz versteinert die Schwelle.
Da erglänzt in reiner Helle
Auf dem Tische Brot und Wein.

LUDWIG THOMA
Der Christabend
Eine Familiengeschichte

Bei Oberstaatsanwalt Saltenberger hatten sie drei Töchter, Emerentia, Rosalie und Marie. Alle im höchsten Grade fähig und entschlossen, dem ledigen Stande zu entsagen.

Das herannahende Weihnachtsfest brachte die geliebten Eltern auf den Gedanken, dass sie ihre Kinder am besten mit Männern bescheren würden, und sie überlegten lange, wie dieses zu ermöglichen wäre.

Mama Saltenberger meinte, ihr Mann sollte seine hervorragende Beamtenstellung in die Waagschale werfen und jüngere Kollegen durch die Macht seines Ansehens an ihre staatsbürgerlichen Pflichten erinnern. Saltenberger war nicht prinzipiell abgeneigt, aber er betonte, dass dieser Einfluss nur in ganz familiären Grenzen ausgeübt werden dürfe, und dass man in der Wahl der Objekte sehr vorsichtig sein müsse.

In geheimer Beratung wurde zur engeren Wahl der zukünftigen Familienmitglieder geschritten. Beide Eheleute einigten sich zunächst auf Karl Mollwinkler, zweiter Staatsanwalt. Er war ziemlich abgelebt, und sein kränklicher Zustand ließ hoffen, dass er sich nach der Pflege einer geliebten Frau sehne. Als zweiter ging Sebald Schneidler, königlicher Landgerichtssekretär, durch.

Nicht ohne Widerspruch. Frau Saltenberger fand die Stellung denn doch etwas subaltern. Ihr Mann hatte Mühe, sie zu überzeugen, dass die gegenwärtige Zeitrichtung die Standesunterschiede einigermaßen nivelliert habe, und dass speziell in Heiratsfragen eine zu strenge Auffassung von Übel sei. Schließlich kam man dahin überein, dass Schneidler sich in Anbetracht seiner sozialen Verhältnisse mit der ältesten Tochter, der vierunddreißigjährigen Emerentia zu begnügen habe.

Die Aufstellung des dritten Kandidaten bereitete Schwierigkeiten. Unter den Juristen fand sich trotz sorgfältigster Prüfung keiner mehr, der des Vertrauens würdig gewesen wäre. Man musste wohl oder übel in eine andere Sparte hinübergreifen.

Aber auch da zeigten sich überall unüberwindliche Schwierigkeiten, und schon wollte der Oberstaatsanwalt an der gestellten Aufgabe verzweifeln, als im letzten Moment Frau Saltenberger den rettenden Gedanken fasste. „Weißt du was, Andreas", sagte sie, „wir nehmen einfach einen von der Post. Da sind die meisten Chancen, denn fast alle Verlobungen, welche man an Weihnachten in der Zeitung liest, gehen von Postadjunkten aus." Dieses leuchtete ihrem Manne ein, und er gab seine Zustimmung zur Wahl des Postadjunkten Jakob Geiger. Somit war die Sache gediehen; es galt nunmehr, die zur Bescherung Vorgemerkten unter die drei Töchter zu verteilen.

Und das war das Schwierigste. Der Friede wich aus dem Hause des Oberstaatsanwalts Saltenberger. Emerentia brach in Tränen aus, als die Eltern von dem Plane sprachen; sie sei immer das Stiefkind gewesen, die anderen Fratzen habe man verhätschelt und verzogen, nur sie sei misshandelt worden und jetzt solle sie sich mit einem Sekretär begnügen.

Vielleicht müsse sie noch Komplimente machen vor dem ekelhaften Ding, der Rosalie, die man natürlich zur Frau Staatsanwalt nehme, obwohl sie die Dümmste von allen sei. Aber nein! nein! und nein! Da kenne man sie schlecht. Sie lasse nicht auf sich herumtrampeln, und lieber verhindere sie den Plan, sodass gar keine einen Mann erwische, als dass sie sich mit dem Affen von einem Sekretär abfinden lasse. Ihr Widerstand war leidenschaftlich, aber nicht schlimmer als derjenige von Marie, welcher man den Postadjunkten zugedacht hatte. Sie war die Jüngste und durfte billig annehmen, dass sie auf dem Heiratsmarkte die besten Preise erzielen könne. Allerdings schielte sie, aber sie sagte sich, dass ein verständiger Mann solche Kleinigkeiten nicht beachte. Zudem, lieber schielen, als einen Kropf haben, wie Emerentia oder schlechte Zähne, wie Rosalie.

Papa Saltenberger hatte böse Tage; während er auf dem Bureau weilte, sammelte sich daheim eine unglaubliche Menge Sprengstoff an, welcher regelmäßig beim

Mittagstisch explodierte. So ging das nicht. Die Eltern beschlossen, die drei Herren als Ganzes zu bescheren und die Wahl den Kindern zu überlassen. Auf diese Weise hatten wenigstens sie Ruhe gefunden, wenngleich der Krieg unter den Schwestern fortdauerte. Emerentia stickte in heimlicher Abgeschlossenheit an einem Paar Pantoffeln, und bei jedem Stich wurde sie fester entschlossen, dieselben nur dem zweiten Staatsanwalt Mollwinkler zum Zeichen ihrer Liebe an die Füße zu stecken. Rosalie häkelte einen Tabakbeutel, Marie strickte wollene Handschuhe. Und jede wusste, wem sie die Gabe weihen würde. Alle drei zogen die Mutter ins Vertrauen, und da Frau Saltenberger einen gutmütigen Charakter hatte, sagte sie zu jeder verstohlen: „Kindchen, Kindchen, ich seh' dich noch als Frau Staatsanwalt." Und jede war glücklich darüber. Erstens überhaupt, und dann, weil die zwei anderen Maulaffen vor Neid bersten würden.

So kam allmählich das heilige Weihnachtsfest heran mit seinem unvergesslichen Zauber für die Familie, jener Tag, an welchem die Junggesellen so ganz besonders Sehnsucht empfinden nach einem schöneren Lose, nach einer liebenden Gattin und nach Kindern, welche mit ihren Spielzeugen um den Christbaum tanzen. O, welche Gefühle warteten in dem Hause des Oberstaatsanwalts Andreas Saltenberger! Das war ein Raunen und Flüstern, ein geheimnisvolles Weben, ein Hin und Her, von einem Zimmer in das andere, bis endlich um sieben Uhr Vater, Mutter und die drei Töchter sich

im Salon versammelten, festlich geschmückt und sehr erwartungsvoll. Jede der Schwestern erregte durch ihr reizendes Aussehen die Freude der Eltern und das verächtliche Mitleid der beiden anderen.
Es läutete. Das Dienstmädchen eilte zur Türe, im Salon hielten fünf Menschen den Atem an. Wer kam? Eine tiefe Stimme, unverständlich, dann schlurfte das Mädchen zurück und übergab dem hastig öffnenden Papa einen Brief. Aufreißen und lesen. Sekretär Schneidler sagt mit bestem Dank ab, da er heimreise. Die drei Schwestern atmeten auf. Auf diesen Menschen hatte keine reflektiert. Es läutete wieder. Das Dienstmädchen überbrachte einen zweiten Brief. Die Absage des Herrn Staatsanwalts Mollwinkler wegen Unwohlseins.
Drei Lebenshoffnungen waren vernichtet; der Vater blickte die Mutter an, die Schwestern bissen sich auf die Lippen, und ihr Schmerz wäre unerträglich gewesen, wenn sich nicht ein klein wenig Freude an der Enttäuschung der anderen darein gemengt hätte.
Was tun? Papa Saltenberger raffte sich auf und sagte mit erzwungener Höflichkeit: „Wozu auch fremde Menschen? Nun wollen wir das Fest so recht unter uns begehen! Da läutete es wieder. Und diesmal kam der königliche Postadjunkt Geiger, welcher noch niemals abgesagt hatte.
Er hatte es nicht zu bereuen. Er war der verhätschelte Liebling der Familie; er bekam ein Paar Pantoffeln, einen Tabakbeutel und wollene Handschuhe, viele Sü-

ßigkeiten, Äpfel und Nüsse. Er trank einen sehr guten Wein und einen famosen Punsch, er aß Rheinsalm, Rehbraten und Pudding und bewunderte die Freigebigkeit der Familie, welche für ihn allein so reichlich auftragen ließ. Er sagte allen Damen Liebenswürdigkeiten und ließ sich von jeder in der gehobenen Stimmung auf die Füße treten.

Und als er ziemlich betrunken den Heimweg antrat, sagte er sich, dass das Familienleben doch sein gutes, besonders hinsichtlich der leiblichen Genüsse habe. Und er verlobte sich am Sylvesterabend mit der wohlhabenden Witwe Reisenauer, welche ein gut gehendes Geschäft am Marktplatz hatte.

Moritz Gottlieb Saphir
Weihnachtsabend –
Das Fest des Lebens

*E*s ist ein schöner, rührender, Heiliger Abend! Die Menschen begehen ein Fest der Liebe! Die Menschen gönnen sich heute gegenseitig Freude, sie überraschen sich mit Freude, mit Zärtlichkeit, mit Gaben der Liebe, der Freundschaft, der Innigkeit!
Der liebe Vater oben hat die ganze Welt dem Menschen gegeben zu einem einzigen, siebzigjährigen Weihnachtsfeste! Er hat ihnen das Leben reich besetzt, wie einen Weihnachtstisch. Er hat am Himmel angezündet den unendlichen Christbaum mit goldnen Lichtern, und von diesem flammenden Christbaum flattern herab alle Gnadenbänder des Lebens: Liebe, Glaube, Hoffnung! Er hat den Menschen beschert einen ganzen Tisch voll bunter Gaben: Abendröten, Morgenröten, Frühlinge, Nachtigallen, Dichtungen, Tränen, Liebe, Freundschaft, Religion, Kunst, Wohltätigkeit und tausend andere Dinge, die uns beglücken können! Er hat den Menschen beschert ein große Herzschachtel voll eitel Spielzeug, voll güldenem Schnitzwerk, voll flatternden Wünschen, voll flackernden Träumen, voll gedrechselten Hoffnungen; kurz, der

ewige Vater des großen Erden-Waisenhauses hat das ganze Menschenleben zu einem einzigen schönen, heiligen, rührenden Weihnachtsfeste machen wollen, zu einem einzigen Liebesfeste, zu einer einzigen lauen, lieblichen, magischen, wundersam gemütlichen Dämmerstunde zwischen dem Sonnenuntergange des diesseitigen, und dem Sonnenaufgange des jenseitigen Lebens.

Der Mensch aber hat dieses einzige große Festgeschenk des Lebens, wie ein Kind, zerbrochen und abgeteilt in siebzig kleine, ausgemessene, vorherberechnete Festtage! – Er hat das Geschenk der unendlichen, ewigen, lebenslänglichen Liebe zerspaltet in kleine Teilchen, in siebzig Teilchen, und feiert alle Jahre eine kalte Dezembernacht der Liebe, und findet sich ab mit den Nebenmenschen, mit den Freunden, mit den Kindern, mit allen Empfindungen, und vertröstet sie und sich und sein Herz und alle seine Gefühle auf diese einzige, kleine, abgemessene Liebesstunde!

Zwischen diesen siebzig bunt angestrichenen, einzelnstehenden, auseinandergerissenen Wegweisern in das heilige Land der Liebe, in die veröden Zwischenräume dieser siebzig Jubelminuten säet der Mensch das ganze Jahr die Nesselsaat des Hasses, die Stechäpfel der Lieblosigkeit, den Schierling des Neides und tausend andere Giftpflanzen, die das Glück des Nebenmenschen zerstören, aufreiben, vergiften. Dann, wenn er diesen Raum ausgefüllt hat mit Hass, Verfolgung, Lieblosigkeit, Stumpfheit, Zerstörung aller andern Freuden, Verhöhnung aller Ewigkeit dann, dann gelangt er alle Jahre einmal an den alten, herkömmlichen, seit hervorgesteckten Pfahl und Wegweiser der Liebe, und hängt seine Laterne und seinem Augenblickslicht, und streicht diesen einzelnen Wegweiser an bunterlei Zeug, und das nennt der Mensch: den Weihnachtsabend feiern!

PETER ROSEGGER
Christfest im Waldschulhaus

Zur Weihnachtszeit des Jahres 1903 fuhr eines Sonntag morgens eine Reihe von Schlitten durch das Mürztal und bog die Alpsteigstraße hinan. Die geschmückten Pferde schellten lustig und lautlos glitten die Kufen auf glatter Bahn dahin, während die Insassen heiter plauderten, lachten und Rufe des Entzückens hören ließen über die Winterlandschaft ringsum. Sie kamen aus großen Städten, wo schmutziger Rauch auf den klebrigen Boden sank und stinkender Brodem niederschlug in die belebten Straßen, die Lichter des Weihnachtsmarktes fast erstickten. Hier war der stille, weite Winter. Auf reinem Schnee lag dichter blasser Nebel, sodass die Schlitten dahinglitten in einer weißen Finsternis, man kann's nicht anders sagen. Die Bauernhöfe kamen erst wie verschwommene Flecken hervor, als sie schon auf zehn Schritte nahe waren, und die Bäume, deren lange Äste von Schneewuchten tief niedergedrückt wurden, tauchten ihre Wipfel so hoch in den Nebel, dass man sie nicht mehr sah.
Als wir – ich war natürlich auch dabei – eine Höhe von acht- bis neunhundert Metern erreicht hatten, wurde der Nebel dünner und enthüllte weite Wald-

strecken, um uns – grauenhaftes Unheil zu zeigen. Als wir den ersten frisch gebrochenen Baum sahen, erhob sich besonders bei den Frauen schon ein Wehklagen. Was sollten wir noch sehen! Die herrlichen Wälder meiner Waldheimat waren stellenweise ein ungeheures Schlachtfeld geworden, auf dem noch die Toten lagen zu Tausenden und Tausenden. In Adalbert Stifters Erzählung „Aus der Mappe meines Urgroßvaters" wird von einem Waldbruch durch Schneedruck im Böhmerwald erzählt, den ich oft mit Teilnahme und Betrübnis gelesen hatte, ohne zu ahnen, dass auch meiner engsten Heimat eine solche Katastrophe bevorstehen sollte. Ein Elementarereignis, wie an ein ähnliches sich niemand in der Gegend erinnern kann. Hatte der Sturm gewütet? Ach hätte er nur, es wären wenigstens geschützte Striche verschont geblieben. Nun ist aber die Vernichtung überall, in den Schluchten wie auf den Höhen. Die Windstille war es gewesen, die das Unheil angerichtet. In der ersten Dezemberwoche gab es im ganzen Land große Niederschläge. In den Niederungen war es Regen mit Schnee, auf den Höhen war es Schnee mit Regen. In den Nadelwäldern legte der weiche Schnee sich ans Geäste und blieb daran kleben. Denn es war ganz windstill, tage- und wochenlang. In der Nacht fror der Schnee fest, am Tage regnete es drauf, die Lasten vereisten sich und verbackten sich mit dem Astwerk. Dann begann es zu schneien, auch dieser Neuschnee blieb hängen, es kam Tauwetter und es kam Frost, sodass von den

Schneewuchten auf den Bäumen Eismäntel und Eiszapfen niederhingen. Endlich kam wieder Schneefall und deckte die Bäume so gründlich zu, dass die einzelnen Astpartien nicht mehr zu erkennen waren und die Gestalten dastanden wir Riesenzuckerhüte. In den dichten Beständen klebten ganze Baumgruppen aneinander und wer von Berggipfeln niederschaute, dem schien es, als ob weite Waldflächen mit einem einzigen Tuche bedeckt wären.

Das war eine Weile so gestanden in der Ruhe der Last. Und dann hat es allmählich begonnen. Hier ein Knistern, da ein Schnalzen. Dort ein dumpfer Schlag Bisweilen brach ein Wipfel nieder, dann brach ein Stamm, dann neigte sich ein Zuckerhut und legte sich gelassen um – bei der gänzlichen Windstille ganz gespensterhaft zu sehen. Stellenweise brachen viele Stämme auf einmal wie die Säulen eines Domes, die das gemeinsame Dach nicht mehr zu tragen vermögen. Der Waldstraßenwanderer sah, wie hinter ihm dröhnend die Lasten stürzten und vor ihm die hundertjährigen Stämme über den Weg fielen. Auf der Alpsteigstraße waren an einem Tag viel hundert Bäume so hingebrochen, als gelte es, die arme kleine Gemeinde Alpl da hinten vor anrückenden Türken zu verschanzen. Und so währte es Tag und Nacht, eine Woche lang in den Wäldern, das Krachen und Dröhnen. Den Leuten in ihren einsamen Häusern wurde angst und bang, viele wussten nicht, was das bedeuten sollte, dass bei der größten Windstille der Wald niederbrach. Auch manches Scheunendach hat seine Schneewucht nicht ertragen können und ist eingeknickt wie ein armes Tier, dem zu viel aufgeladen worden war. Die Wälder sprenkelten sich allmählich in dunkle Flecken. Der Stamm, dem es nicht gelang, sich der Schneelast zu entledigen, musste sterben.

Und durch diese Verwüstung führte nun unsere Straße. Von vielen Arbeitern war sie ausgeräumt und fahrbar gemacht worden. Aber zu beiden Seiten und so weit man hinausblicken konnte, lag gebrochener Wald. Stellenweise nur einzelne Stämme, aber stellenweise ganze Reihen und Partien niedergelegt. Die einen Bäume waren wipfellos, die anderen in der Mitte gebrochen, die meisten aber mitsamt der Wurzel umgelegt worden. Denn dasselbe laue Wetter, das den Schnee oben anklebte, weichte unten den Boden auf, der sonst zur Winterszeit hart gefroren dem Stamm mit seinen Schneelasten eine gute Stütze gibt. Wenn sonst bei Windbrüchen die Stämme zumeist in gleicher Richtung hin liegen, so gab es hier ein verworrenes Durcheinander von Schäften, aufragenden Wurzelballen, Astwerk, Wipfeln und Splittern. Über den Bäumen, die tief im weichen Schnee lagen, war vieles aneinander verklemmt, vieles schief lehnend, noch hängend in der Luft. Aber es rührte sich nichts, nur große Raben flatterten hin und her und ein betäubender Harzgeruch erfüllte die Luft.

Die früher so fröhliche Schlittengesellschaft war umso mehr betroffen, als von diesen Verwüstungen kaum ein

Wort in die Welt gedrungen war, so gewaltiger Schaden sich auch über das weite Land erstrecken musste.
Die Gesellschaft fuhr dem Waldschulhause zu, aber noch bevor wir es erreichten, war für etwas gesorgt, das unseren Sinn zu Fröhlichem wendete. Am Höllkogel, dort wo der Alplweg die Straße verlässt und rechts talwärts biegt, wurden von unserem sechssitzigen Schlitten die Pferde losgespannt. Dafür setzte sich zum „nordischem Spiel" ein junger, strammer Holzknecht zwischen die Kufenhörner und nun ging wegshin eine verwegene Talfahrt los, die uns Neulingen in der ersten Minute nachgerade für das süße Leben bangen ließ. Wäre neben uns nicht der Veranstalter dieser wildlustigen Fahrt, Freund Toni Schruf, gesessen mit seiner heiteren Ruhe, so hätten wir kaum schon in der zweiten Minute das Gefühl der Sicherheit gefunden. In der dritten ging uns sogar eine leise Ahnung davon auf, was in unseren Ländern die „nordischen Spiele" zu bedeuten haben werden. – Eine Strecke von ungefähr zwei Kilometern legten wir in vier Minuten zurück und glitten dabei in Übermut noch ein Stück über den Platz des Waldschulhauses hinaus.
Klang vom Glockentürmchen nicht ein Willkommgruß hin in das winterliche Hochtal, wo die Leute von allen Seiten herankamen? Die Schulkinder, die Eltern und Verwandten derselben eilten herbei, Gäste aus dem Mürztal, aus Graz und an dreißig Personen aus Wien vom Österreichischen Touristenklub, die gekommen waren, um im Namen dieses großen und überall wohl-

tätig wirkenden Vereines den Kindern von Krieglach-Alpl einen Weihnachtsbaum zu bescheren. Die Schulstube konnte alle nicht fassen, die erschienen waren und bei unserem Eintritt leuchtete schon der Tannenbaum, der in seinem Lichterstrahle und mit seinen Liebesgaben mir vorkam wie ein Seliger, ein ins Himmelreich Erhobener, im Vergleich zu jenen draußen, die von irdischen Lasten so grausam niedergeworfen in der Erde modern sollen.

Und dann hat im Waldschulhaus ein rührender Gottesdienst begonnen. Begrüßungsansprachen und Weihereden so hehr und christlich, wie sie in keinem Bischofdome schöner gehört werden können, dann herzige Mundartgedichte, vom wackeren Waldschulmeister verfasst und von Kindern vorgetragen. Freude und Dank sprachen sie aus.

So traten zwei Mädchen vor den Baum und hielten folgende Wechselrede: „Do steh' i holt wieda wia just vor an Johr." – „Und i dechta a, so san ma glei zwoar." – „Der Bam steht a grod am nämlich'n Fleck."

„Jo und von die schön Sacherln is a no nix weck." – „Schön is er, der Bam, dö muaß i schon sogn." – Wirst leicht an sölch'n do ninascht dafrog'n." – „I frog a wühl nit, bin z'fridn mit dem oan."

„Jo moanst, er g'hört für die glei alloan und is just wegen deiner so schön bei der Hond?" – „A freili, er g'hört uns allen mitanond."

„Ui jegerl und jerum, do schau amol her!" – „Jo schau amol do, sölchi Sacherln san mehr!" – „Gelt Lini, wer

hätt' sich dos denkt wieda heut'?" – „Mei Angerl, i hob da a narrische Freud" – „Wos moanst, wia dös wühl zuaganga is?" – „I glaub', dös is vom Christ-kindl g'wiß." – „I möchte's do amol as a wirkliga seg'n". – „Jo mei, dos kann so leicht wühl nit g'scheg'n. Aber schau, do siachst jo die Boten oll, dös Christkindl g'schickt hot in unser Tol." – „Jo, jo, dö Leut hob'n in Christkindlsinn wühl g'wiß im guat'n Herz'n drinn."
„D'rum muaß ma a donk'n den guat'n Herr'n." – „A freili, a freili, dös tua i recht gern". – „So donk i holt enka." – „Und a nit wenka." – „Und wir oll mitanond für enka guats Herz und d' mildtätig Hond."
Dann als gesungen war, torkelte ein altes Weiblein herein und aus zahnlosem Mund begann es sich zu verwundern darüber, dass neuzeit sogar in der Stube Bäume wachsen und zwar solche, die anstatt Blüten Lichter hätten. Zu ihrer Zeit hätte man von solchen Sachen nichts gehört und sie möchte am liebsten selbst wieder jung werden, um in einem so schönen Schulhaus in die Schule zu gehen.
Kaum das alte Weiblein so gesprochen, geschah ein Wunder: Die Hüllen des Alters fielen von ihr ab, das graue Haar sank zu Boden und ein junges frisches Mädchen stand da, das nun nach Herzenslust in die Schule gehen kann. Diese einfache sinnige Darstellung ergötzte und rührte alle Anwesenden. Dann sangen die Kinder unter des Waldschulmeisters Begleitung mit dem Harmonium Weihnachtslieder, so das alte, in Alpl einst so gern gesungene „Los nur, mei Nochbar mit Fleiß",

dann „O Tannenbaum!", hernach „O fröhliche, o selige, o gnadenbringende Weihnachtszeit!" und endlich das lieblichste aller Weihnachtslieder, in der Hütte wie im Palast daheim, „Stille Nacht, heilige Nacht!"
Schlicht, geistvoll und weihevoll war die Festrede, gehalten vom Präsidenten des Österreichischen Touristenklubs, Dr. Rudolf Spannagel. Um aus Anlass des sechzigsten Geburtstags den Stifter des Waldschulhauses zu ehren, seien sie hergekommen, die armen, braven Kinder zu beschenken. Ich kann die hochehrenden Worte hier ja nicht wiederholen, ich hörte sie ja eigentlich auch nur mit denn Ohr der Waldheimatkinder. Es war, als ob mein halb städtisch gewordenes Weltherz zu Hause in Graz geblieben wäre, als ob in meiner Brust wieder nur das einstige Waldbauernbub-Herzlein klopfe, freudig, freudig, dass es nun beschenkt werden wird.

Und *wie* beschenkt! Der Präsident selbst teilte die Gaben aus, legte sie in die Arme der Kinder, die bald ihre Reichtümer nicht mehr zu umfassen vermochten. Der Kinder waren einunddreißig. Jeder der Knaben erhielt einen vollständigen Steireranzug, jedes Mädchen ebenfalls ein graues, grün ausgeschlagenes Kleid. Ferner erhielt jedes Kind vollständige Wäsche, Strümpfe, Schuhe, Hauben, Hüte, in denen sich noch besondere Dinge vorfanden: Nüsse, Backwerk, Bürsten, Seife u.s.w. Die Mädchen bekamen, von einer edlen Wiener Dame besonders gespendet, hübsche Nähkästchen mit Zugehör. Dann gab es Bücher und mancherlei sonst. Ich

habe mir nicht einmal alles im Gedächtnis behalten können, was die kleinen Leutchen nun in den Armen halten und nach Hause tragen mussten. Ein ungenannter Gönner in Wien hatte für Musikunterricht Violinen geschickt und so hing den Alplkindern in jeder Beziehung der Himmel voll Geigen. Die jungen Augen leuchteten um die Wette mit den Christbaumkerzen und unsere Pulse schlugen um die Wette mit den Kinderherzen! Ja, meine Freunde vom Touristenklub, einen schöneren Aufstieg habt ihr noch nie gemacht, als an diesem Weihnachtstage. Höher kann man nicht steigen, als auf die lichten Höhen reiner Menschlichkeit. Ich werde diese Stunde nimmer vergessen.
Bevor wir Abschied nahmen von diesem wundersamen Christbaum, konnte noch mitgeteilt werden, dass ein hochherziger Mann in Wien die Suppenanstalt fürs Waldschulhaus auf Jahre hinaus gesichert hat. Von der gleichen Seite ist auch der armen Einleger und besonders bedürftiger Familien in Alpl gedacht worden.
Die Alplkinder, zumeist ganz kleine Wesen, haben kein Wort des Dankes zu sagen vermocht, aber in ihren rosigen Gesichtern mit den hellen Guckern hat man alle acht Seligkeiten lesen können. So haben sie nun, von ihren Eltern und Verwandten unterstützt, die reichen Spenden davongetragen, hin in ihre einsamen Höfe und Hütten, um es wohl erst daheim recht inne zu werden, was an diesem Tage ihnen geworden ist.
Die Festgesellschaft aber hat nun eine kleine Winterpartie gemacht zu Toni Schrufs Bergwirtshaus am

Alpsteig, wo ein Mittagessen stattfand, das wieder mit herrlicher Rede und fröhlichen Gesprächen gewürzt wurde. Mittlerweile hatte die liebe Sonne den Nebel überwunden und zeigte den Städtern eine prächtige Winterlandschaft mit dem leuchtenden Wechselgebirge im Hintergrund.

Nachdem zu Ehren des Touristenklub-Präsidiums noch ein Hörnerschlittenausflug nach dem nahen St. Kathrein am Hauenstein gemacht worden war, wurde es Zeit zur Rückkehr ins Mürztal. Auf der Höhe des Höllkogels nahte wieder der Nebel, um unsere Frohstimmung vor den traurigen Waldbildern zu schützen. Und in die Silberfäden des Nebels wob sich sachte das dunkle Tuch des Abends. Durch die blasse Dämmerung, in der man nicht zwanzig Schritte vor sich sah, sausten wir auf dem Hörnerschlitten, immer an Abgründen entlang, in wilder Jagd zu Tale. Neben mir saß eine junge Frau, der die Fahrt deshalb so besonders gut gefiel, weil sie damit gar schnell ihrem kleinen Büberl nahekam, das dort unten in einem Haus des Tales ihrer wartete. Es war zum Jauchzen, dieses Hinfliegen zwischen Zeit und Ewigkeit. Freund Toni Schruf jauchzte wirklich, er war dazu der Berechtigte, denn diese Fahrt war sein Werk. Der Präsident war so begeistert, dass er am Schlitten kein Einschleifen dulden wollte – flott darauf los und gehe es schnurgerade in die Hölle! Ich war nicht ganz dieser Meinung. Denn ich wusste jenes herzige Knäblein, das ein Waisenkind geworden wäre, wenn die junge Frau, die neben mir saß, mit uns in den

Abgrund geflogen wäre. Ich für meinen Teil schwieg und gab mich ganz dem Märchen hin, wie ein Weg, zu dem der Waldbauernbub einst länger als eine Stunde gebraucht hatte, jetzt auf diesem Zaubermantel in wenigen Minuten zurückgelegt wurde. Ja wahrlich, faustisch ist unser Leben geworden. Sollte der menschliche Geist, der heute kühn das Verwegenste wagt, sich wirklich dem Teufel verschrieben haben? Dann wüsste ich freilich keine bessere Erlösung als die, so der Österreichische Touristenklub praktiziert, da er in kalter Winterszeit arme unschuldige Kinder bekleidet oder sonst derer liebreich gedenkt, von denen der Heiland sagt: Was ihr ihnen tut, das tut ihr mir.

Opferfrohe Nächstenliebe! Da kann der Teufel schon machen was er will, solche Seelen kriegt er nicht.

Ludwig Thoma
Heilige Nacht

So ward der Herr Jesus geboren
im Stall bei der kalten Nacht.
Die Armen, die haben gefroren,
den Reichen war's warm gemacht.

Sein Vater ist Schreiner gewesen,
die Mutter war eine Magd.
Sie haben kein Geld nicht besessen,
sie haben sich wohl geplagt.

Kein Wirt hat ins Haus sie genommen,
sie waren von Herzen froh,
dass sie noch ins Stall sind gekommen.
Sie legten das Kind auf Stroh.

Die Engel, die haben gesungen,
dass wohl ein Wunder gescheh'n.
Da kamen die Hirten gesprungen
Und haben es angeseh'n.

Die Hirten, die will es erbarmen,
wie elend das Kindlein sei.
Es ist eine G'schicht' für die Armen,
kein Reicher war nicht dabei.

Peter Rosegger

Der erste Christbaum in der Waldheimat

„Bist doch noch kommen! Wir haben schon gmeint, 's Wetter! Der Nickerl hat schon gröhrt, hat glaubt, dukunntst im Schnee sein stecken blieben. Na, weil d' nur da bist. Was magst denn gleich? Ein Eierspeis'? Ein Kaffee? Weihnachtsguglhupf han ich ah schon."
Kennt ihr sie? Kennt ihr sie nicht? Das ist ja die Stimme der Mutter!
Es waren die ersten Weihnachtsferien meiner Studentenzeit. Wochenlang hatte ich schon die Tage, endlich die Stunden gezählt bis zum Morgen der Heimfahrt von Graz ins Alpl. Und als der Tag kam, da stürmte und stöberte es, dass mein Eisenbahnzug stecken blieb ein paar Stationen vor Krieglach. Da stieg ich aus und ging zu Fuß, frisch und lustig, sechs Stunden lang durch das Tal; wo der Frost mir Nase und Ohren abschnitt, dass ich sie gar nicht mehr spürte; und durch den Bergwald hinauf, wo mir so warm wurde, dass die Ohren auf einmal wieder da waren und heißer, als je im Sommer. Der Nase vergaß ich, doch stak sie sicher fest im Gesicht, wo sie heute noch steckt. Auch mein Bündel Bücher schleppte ich, denn die Professoren waren so

grausam gewesen, mir Hausaufgaben zu zeichnen, besonders in der Mathematik und Grammatik, die ich heute noch hassen könnte bis aufs Blut, wenn es nicht gar so blutlose Wissenschaften wären.

So kam ich, als es schon dämmerte, glücklich hinauf, wo das alte Haus, schimmernd durch Gestöber und Nebel, wie ein verschwommener Fleck stand, einsam mitten in der Schneewüste. Als ich eintrat, wie war die Stube so klein und niedrig und dunkel und warm – und urheimlich. In den Stadthäusern verliert man ja allen Maßstab für das Waldbauernhaus. Aber man findet sich gleich wieder hinein, wenn die Mutter den Ankömmling ohne alle Umstände so grüßt. „Na, weil d' nur da bist!"

Auf dem offenen Steinherd waberte das Feuer, in der guten Stube wurde eine Kerze angezündet.

„Mutter, nit!", wehrte ich ab, „tut lieber das Spanlicht anzünden, das ist schöner!"

Sie tat's aber nicht. Das Kienspanlicht ist für die Werktage. Weil der Sohn heimkam, war für die Mutter Feiertag geworden. Darum die festlichere Kerze.

Und für mich erst recht Feiertag!

Als die Augen an das Halblicht sich gewöhnt hatten, sah ich auch den Nickerl, das achtjährige Brüderl. Es war das jüngste und letzte. Es stand in seinem blädernden Höslein gerade wie ein Bäumchen da und hatte natürlich den Finger im Mund. Seine schwarzen Augen waren weit offen und ganz rund, so verwundert schaute er mich an. Der, um den er schon „gröhrt" hatte, war jetzt da und die Vertraulichkeit stellte sich erst allmählich ein. Selbst als ich ihn zum Kaffee einlud, war es noch nicht so weit, dass er den Finger für das Stück Guglhupf vertauschen wollte.

„Ausschaun tust gut!", lobte die Mutter meine vom Gestöber geröteten Wangen. Sie hatte ihr Gesicht, das nicht gut und nicht schlecht ausschaute – das alte, kummervolle und doch frohgemute Mutterantlitz. Ich schaute dieses Gesicht nie lange an, immer nur verstohlen – es war immer eine Schämigkeit da, bei ihr auch so, wie bei zwei heimlichen Liebsten. Zärtlich bin ich mit ihr nie gewesen, wohl auch nie grob – und diesmal bei der Heimkehr haben wir uns nur die Hände gegeben. Aber wohl war mir! Wohl zum Jauchzen und Weinen. Ich tat keines, ich blieb ganz ruhig und redete gleichgültige Dinge.

Der kleine Nickerl sah blass aus. „Du hast ja die Stadtfarb, statt meiner!", sagte ich, und habe gelacht.

Die Sache war so. Der Kleine tat husten, den halben Winter schon. Und da war eine alte Hausmagd. die sagte es – ich wusste das schon von früher – täglich wenigstens dreimal, dass für ein „hustendes Leut" nichts schlechter sei, als „der kalte Luft". Sie verbot es, dass der Kleine hinaus vor die Tür ging, sie hielt immer die Fenster geschlossen, ja auch die Tür durfte nur so weit und so kurz ausgehen, wie eben noch ein Mensch rasch aus- oder einschlüpfen kann. Die Eltern wussten es der Alten Dank, dass sie so gewissenhaft für den Kleinen mitsorgen half. So kam der Knabe nie ins Freie und kriegte auch in der Stube keine gute Luft zu schnappen. Ich glaube deshalb war er so blass, und nicht des Hustens halber. Gehustet hatte auch ich als Knabe, aber damals gab's noch diese alte Magd nicht und ich trieb mich mit meinen Geschwistern in der freien Weite um, wälzte Schneeballen, rodelte über Berglehnen, rutschte auf dem Eis die Hosen durchsichtig, so lange, bis der Husten wieder gut war. Aber der arme Nickerl hatte keinen gleichgesinnten Kameraden mehr, er war unter Großen das einzige Kind, das Hascherlein im Hause und fügte sich hilflos den Gesetzen. Ich nützte die wenigen Ferientage gewissenhaft, um ihn der lebensgefährlichen Fürsorge der Hausmagd abspenstig zu machen. Ich lockte ihn aus dem Hause, verleitete ihn zum Schneeballenwerfen, zum Schneemandelbauen, wobei er warme Hände und rote Wangen bekam. Und am Abende hustete er noch mehr. Mich schützte meine Stadtherrenwürde zwar vor dem Schlimmsten, aber das konnte die Alte nicht bei sich behalten, dass ich lieber in meinem Steinhaufen hätte bleiben sollen, als da herkommen, um Kinder zu verderben. Wir setzten munter unsere Winterfreuden fort und noch eh ich in die Stadt zurückkehrte, war beim kleinen Brüderl der Husten vergangen.

Aber ich laufe der eilenden Zeit voraus. Und will mich doch beim lieben Christfest aufhalten.

In der demselben vorhergehenden Nacht schlief ich wenig – etwas Seltenes in jenen Jahren. Die Mutter hatte mir auf dem Herde ein Bett gemacht mit der Weisung, die Beine nicht zu weit auszustrecken, sonst kämen sie in die Feuergrube, wo die Kohlen glosten. Die glosenden Kohlen waren gemütlich; das knisterte in der stillfinsteren Nacht so hübsch und warf manchmal einen leichten Glutschein an die Wand, wo in einem Gestelle die buntbemalten Schüsseln lehnten. Aber die Schwabenkäfer, die nächtig aus den Mauerlöchern hervorkrochen und zurzeit einmal Ausflüge über die Glieder und das Gesicht eines Studenten machten! Indes wird ein gesunder Junge auch die Schwabenkäfer gewohnt. Aber sie nicht ihn. – Da war's ein anderes Anliegen, über das er noch obendrein schlüssig werden musste in dieser Nacht, ehe die Mutter an den Herd trat, um die Morgensuppe zu kochen. Ich hatte viel sprechen gehört davon, wie man in den Städten Weihnacht feiert. Da sollen sie ein Fichtenbäumchen, ein wirkliches Bäumlein aus dem Walde auf den Tisch stellen, an seinen Zweigen Kerzlein befestigen, sie anzünden, darunter sogar Geschenke für die Kinder hinlegen und sagen, das Christkind hätte es gebracht. Auch abgebildet hatte ich solche Christbäume schon gesehen. Und nun hatte ich vor, meinem kleinen Bruder, dem Nickerl, einen Christbaum zu errichten. Aber alles im Geheimen, das gehört dazu. Nachdem es soweit taglicht geworden war, ging ich in den frostigen Nebel hinaus. Und just dieser Nebel schützte mich vor den Blicken der ums Haus herum arbeitenden Leute, als ich vom Walde her mit einem Fichtenwipfelchen gegen die Wagenhütte lief, dort das Bäumlein in ein Scheit bohrte und unter dem Karren- und Räderwerk versteckte. Dann ging ich nach Sankt Kathrein zum Krämer, um Äpfel zu kaufen. Der hatte aber keine, sie waren im selben Jahre zu Pöllau und Hartberg nicht geraten und so war kein Obstträger in die Gebirgsgegend gekommen.

Nun fragte ich den Krämer, ob er vielleicht Nüsse habe.

„Nüsse!", sagte er. „Zum Anschauen oder zum Aufschlagen? Ich habe ihrer noch ein Sackel, vom vorigen Jahr her. Aber die sind nur zum Anschauen. Schlagst sie auf, so hast einen schwarzen oder verdorrten Kern, der nit zum Essen ist."

Die Nüsse ließ ich ihm. Das wollte ich dem Brüderl nicht antun: Eine schöne Schale und kein Kern. Solche Sachen darf man ihm nicht angewöhnen.

Was sollte ich nun kaufen. Er hatte ja allerhand schöne Sachen; der Krämer. Rote Sacktücheln, Hosenträger, Handspiegel, Tabakspfeifen, sogar Maulwetzen (Mundharmoniken). Doch abgesehen davon, dass der angehende Pädagoge manches nicht passend fand, hatte ich mit meinem Geldvorrat zu rechnen, der mich ja auch wieder nach Graz bringen sollte.

„So wär' ich halt umsonst gegangen", sagte ich.

Darauf der Krämer: „Damit du nit umsonst gegangen bist – wenn man noch du sagen darf zum Herrn Studenten – so trink da ein Stamperl Roten." Damit goss er mir aus der Flasche süßen roten Schnaps in ein Gläschen.

Als ich den getrunken hatte, war mir der Mut gestiegen und die Geldsorge gesunken. Aber nicht beim Krämer wurde eingekauft, daraufhin war der Rote auch nicht gespendet vom alten braven Haselbauer (auch Haselgräber geheißen). Ich ging über das Brückerl zum Bäcker und kaufte einen Vierkreuzerwecken, den ich in die Brusttasche steckte, so dass der Fuhrmann Blasel, der mir nachher begegnete, lachend auf mich herrief: „Nau, der Waldbauernpeter hat ja eine Hühnerbrust bekemma!", denn die Vierkreuzerwecken in Sankt Kathrein waren damals nicht danach, dass sie unter dem zugeknöpften Rock unbeachtet bleiben konnten.

Ich kam nach Hause und nun war für den Christbaum alles beisammen. Aber kaum mir darob behaglich ward, fiel mir ein, dass gerade noch etwas sehr Wichtiges fehlte: die Kerzen. Ich hatte der kleinen Wachskerzen vergessen; wo nehme ich sie her?

Ich nahm sie einfach her.

In einem Bauernhause ist für alles Rat, nur gehört zur Herbeischaffung manchmal eine Notlüge. Sie ist nicht schwer zu machen. Zur Mutter ging ich und bat, ob sie mir nicht ihren roten Mariazellerwachsstock leihen wollte. Sie fragte wozu? Na, dann tat ich's halt. Ich ginge in der Nacht zur Christmette, wo in der Kirche alle Leute ihre Lichter hätten, so möchte ich auch eins haben. Sie langte nur in ihren Gewandkasten; da hatte ich den Wachsstock.

Dann ward es Abend. Die Gesindleute waren noch in den Ställen beschäftigt, oder in den Kammern, wo sie sich nach der Sitte des heiligen Abends die Köpfe wuschen, und ihr Festgewand herrichteten. Die Mutter in der Küche buk die Christtagkrapfen und der Vater mit dem kleinen Nickerl ging durch den Hof, um ihn zu beräuchern und dabei schweigend zu beten. Das schweigende Beten, sagte die Mutter gern, sei wirksamer als das laute.

Wenige Jahre vorher hatte ich dem Vater bei diesem priesterlichen Amte noch geholfen, nun tat es schon das Brüderl, und gewiss auch mit jener ehrfürchtigen Andacht, die den Geheimnissen dieser Nacht gebührt. Dieweilen also die Leute alle draußen zu tun hatten, bereitete ich in der großen Stube den Christbaum. Das Bäumchen, das im Scheite stak, stellte ich auf den Tisch. Dann schnitt ich vom Wachsstock zehn oder zwölf Kerzchen und klebte sie an die Ästlein. Das plagte ein wenig, denn etliche wollten nicht kleben und fielen herab.

Ich hätte sehr gern Geduld gehabt, um alles ordentlich zu machen, aber jeden Augenblick konnte die Tür aufgehen und vorzeitig wer hereinkommen. Gerade diese zitternde Hast, mit der sie behandelt wurden, benützten die Kerzchen, um mich ein wenig zu necken. Endlich aber wurden sie fromm, wie es sich für Christbaumkerzchen geziemt und hielten fest. Es war gut. Unterhalb, am Fuße des Bäumchens legte ich den Wecken hin.

Da hörte ich über der Stube auf dem Dachboden auch schon Tritte – langsame und trippelnde. Sie waren schon da und segneten den Bodenraum. Bald würden sie in der Stube sein, mit der wir den Rauchgang zu beschließen pflegten. Ich zündete die Kerzen an und versteckte mich hinter den Ofen. Noch war es still. Ich betrachtete vom Versteck aus das lichte Wunder, wie in dieser Stube nie ein ähnliches gesehen worden. Die Lichtlein auf dem Baum brannten so still und feierlich – als schwiegen sie mir himmlische Geheimnisse zu. Aber da fiel es mir ein – wenn sie niederbrannten, bevor die Leute kommen! Wie konnte ich's denn hindern? Wie sollte ich sie denn zusammenrufen? Da konnte ja alles ganz dumm misslingen! Es ist gar nicht so leicht, Christkindel zu sein, als man glaubt.

Endlich hörte ich an der Schwelle des Vaters Schuhe klöckeln – man wusste schon immer, wenn es so klöckelte, dass es der Vater war. Die Tür ging auf, sie traten herein mit ihren Weihgefäßen und standen still. „Was ist denn das?!", sagte der Vater mit leiser, langgezogener Stimme. Der Kleine starrte sprachlos drein. In seinen großen runden Augen spiegelten sich wie Sterne die Christbaumlichter. – Der Vater schritt langsam zur Küchentür und flüsterte hinaus: „Mutter! – Mutter! Komm ein wenig herein." Und als sie da war: „Mutter, hast du das gemacht?"

„Maria und Josef!", hauchte die Mutter. „Was lauter haben's denn da auf den Tisch getan?" Bald kamen auch die Knechte, die Mägde herbei, hell erschrocken über die seltsame Erscheinung. Da vermutete einer, ein Junge, der aus dem Tale war: Es könnte ein Christbaum sein. Sollte es denn wirklich wahr sein, dass Engel solche Bäumlein vom Himmel bringen? – Sie schauten und staunten. Und aus des Vaters Gefäß qualmte der Weihrauch und erfüllte schon die ganze Stube, so dass es war wie ein Schleier, der sich über das brennende Bäumchen legte.

Die Mutter suchte mit den Augen in der Stube herum: „Wo ist denn der Peter?"

„Ah", sagte der Vater, „jetzt schon, jetzt rait ich mir's schon, wer das getan hat."

Da erachtete ich es an der Zeit, aus dem Ofenwinkel hervorzutreten. Den kleinen Nickerl, der immer noch sprachlos und unbeweglich war, nahm ich an dem kühlen Händchen und führte ihn vor den Tisch. Fast sträubte er sich. Aber ich sagte – selber feierlich gestimmt – zu ihm: „Tu dich nicht fürchten, Brüderl. Schau; das lieb' Christkindl hat dir einen Christbaum gebracht. Der ist dein."

Und da hub der Kleine an zu wiehern vor Freude und Rührung, und die Hände hielt er gefaltet wie in der Kirche.

Öfter als vierzigmal seither hab' ich den Christbaum erlebt, mit mächtigem Glanz, mit reichen Gaben und freudigen Jubels unter Großen und Kleinen. Aber eine größere Christbaumfreude, ja eine so heilige Freude habe ich noch nicht gesehen; als jene meines kleinen Bruders Nickerl – dem es so plötzlich und wundersam vor Augen trat – ein Zeichen dessen, der vom Himmel kam.

So lange die Lichter brannten, war es wie ein Gottesdienst; während der Mutter auf dem Herde richtig ein paar Krapfen verschmorten. Erst als sie verloschen, eins ums andere, bis auch das letzte mit ein paar knisternden Flackern dahin war, huben die Leute an zu reden und einer brachte, weil es finster geworden war, von der Küche ein rötliches Spanlicht her ein.

„Was denn da drunter liegt!", sagte der Vater und zeigte auf den Wecken. „Nickerl mich deucht, das gehört auch dein."

Der schöne bräunliche Wecken, mit Weinberln gespickt – weil es Weihnachtsgebäck war – wurde dem Kleinen in die Hand gegeben. Er hielt ihn ganz hilflos vor sich. Die Freude wurde nicht größer, weil sie nicht mehr größer werden konnte. Der Christbaum allein hatte sein ganzes Herzlein ausgefüllt, sowie er auch unsere Kinder ausfüllen würde, wenn der himmlische Lichterbusch nicht so sehr mit irdischem Tand verweltlicht ware.

Nachher beim Nachtmahl wurden allerhand Meinungen laut.

„Heut' tat eigentlich 's Krippel auf den Tisch gehören", meinte die alte Magd.

„'s Krippel ist eh da oben", entgegnete der Vater und wies gegen den Wandwinkel, wo neben mehreren Heiligenbildern mit kleinen Figuren auch die Darstellung der Geburt Christi war.

„'s kommt halt eine neue Mod' auf", wusste der Junge aus dem Tal zu sagen. „Der lutherisch Verwalter in

Mitterdorf hat in ganz Mürztal den Christbaum aufgebracht. Aber da sind wenigstens gute Sachen darunter, und dass jeder was kriegt."

„Aha, wenn du Geschenke kriegst", sagte ich gereizt, „da magst auch einen lutherischen Christbaum, gelt!"

„Still seid's!", gebot der Vater, der solche Reden nie leiden konnte, und heut am wenigsten.

Also ist die Weihnachtsstimmung schön gewahrt geblieben. Und während wir gekochte Rüben und Sterz aßen, saß der Nickerl beim Christbaum und aß ein Stückchen Wecken, das ihm die Mutter herabgeschnitten hatte. Sich und dem Vater und mir, so war sein Wille, sollte sie auch ein Stück herabschneiden; aber mir war der lang entbehrte Sterz lieber. So zehrte der Kleine noch am Christtag und am Stephanitag und am Johannstage an seinem Wecken. Aber die Weinberln hatte er alle schon am ersten Tag aus der Rinde gekletzelt. Endlich war der ganze Wecken weg.

Aber das Bäumlein war noch da, wenn auch kahl und leer, wie sie im Walde stehen. Der Nickerl ließ es auf die Leiste über seinem Bettchen stellen. Und dort stand es gewisslich bis die Nadeln begannen zu fallen. Dann nahm es die Mutter heimlich weg, hackte es klein, und legte es fast zärtlich auf das prasselnde Herdfeuer.

Hans Christian Andersen
Der Tannenbaum

Draußen im Wald stand ein so niedlicher Tannenbaum. Er hatte einen guten Platz, Sonne konnte er bekommen, von Luft gab es genug, und ringsherum wuchsen viele größere Kameraden, sowohl Tannen wie Fichten. Aber der kleine Tannenbaum war so erpicht auf das Wachsen, er dachte nicht an die warme Sonne und die frische Luft, er kümmerte sich nicht um die Bauernkinder, die herumgingen und plauderten, wenn sie draußen waren, um Erdbeeren oder Himbeeren zu sammeln; oft kamen sie mit einem ganzen Topf voll, oder sie hatten Erdbeeren auf Grashalme aufgezogen, dann setzten sie sich zu dem kleinen Baum und sagten: „Nein, wie ist er niedlich klein!" Das wollte der Baum gar nicht hören.

Im Jahr danach war er ein langes Ende höher und im Jahr danach wieder um ein noch viel längeres; denn bei einem Tannenbaum kann man immer nach der Zahl der Glieder, die er hat, sehen, wie viele Jahre er gewachsen ist.

„Oh, wäre ich doch solch ein großer Baum wie die andern!", seufzte der kleine Baum, „dann könnte ich meine Zweige so weit im Umkreis ausbreiten und mit dem Wipfel in die weite Welt hinaussehen! Die Vögel würden dann Nester zwischen meinen Zweigen bauen, und wenn der Wind wehte, könnte ich so vornehm nicken wie die andern dort!"

Er hatte gar kein Vergnügen am Sonnenschein, an den Vögeln oder an den roten Wolken, die morgens und abends darüber hinsegelten.

War es nun Winter und der Schnee ringsum lag funkelnd weiß, dann kam oft ein Hase gesprungen und setzte über den kleinen Baum hinweg, – oh, das war so ärgerlich! – Aber zwei Winter vergingen, und im dritten war der Baum so groß, dass der Hase um ihn herumgehen musste. Oh, wachsen, wachsen, groß und alt werden, das war doch das einzig Schöne in dieser Welt, dachte der Baum.

Im Herbst kamen immer Holzhauer und fällten einige der größten Bäume; das geschah jedes Jahr, und der junge Tannenbaum, der nun ganz gut gewachsen war, zitterte dabei, denn die großen prächtigen Bäume fielen mit einem Knacken und Krachen zur Erde; die Äste wurden abgehauen, sie sahen ganz nackt, lang und schmal aus; sie waren beinahe nicht zu kennen, aber dann wurden sie auf Wagen gelegt, und Pferde zogen sie fort aus dem Wald.

Wo sollten sie hin? Was stand ihnen bevor?

Im Frühling, als die Schwalbe und der Storch kamen, fragte der Baum sie: „Wisst Ihr nicht, wo sie hingeführt wurden? Seid Ihr ihnen begegnet?"

Die Schwalben wussten nichts, aber der Storch sah

nachdenklich aus, nickte mit dem Kopfe und sagte: „Ja, ich glaube wohl! Ich begegnete manchem neuen Schiff, als ich von Ägypten herflog; auf den Schiffen waren prächtige Mastbäume; ich darf sagen, dass sie es waren, sie rochen nach Tanne; ich kann vielmals grüßen, sie ragen auf, sie ragen!"
„Oh, wäre ich doch auch groß genug, um über das Meer hinzufliegen. Wie ist es eigentlich, dieses Meer, und wem gleicht es?"
„Ja, das ist zu weitläufig zu erklären!", sagte der Storch, und dann ging er.
„Freue dich an deiner Jugend!", sagten die Sonnenstrahlen, „freue dich an deinem frischen Wachstum, an dem jungen Leben, das in dir ist!"
Und der Wind küsste den Baum, und der Tau weinte Tränen auf ihn, aber das verstand der Tannenbaum nicht.
Wenn die Weihnachtszeit kam, dann wurden ganz junge Bäume gefällt, Bäume, die nicht einmal so groß oder in einem Alter mit diesem Tannenbaum waren, der weder Rast noch Ruhe fand, sondern immer fort wollte; diese jungen Bäume, und es waren gerade die allerschönsten, behielten immer ihre Zweige, sie wurden auf die Wagen gelegt, und Pferde zogen sie fort aus dem Wald.
„Wohin sollen sie?", fragte der Tannenbaum. „Sie sind nicht größer als ich, da war sogar einer, der viel kleiner war; weshalb behielten sie alle ihre Zweige? Wo fuhren sie hin?"

„Das wissen wir! Das wissen wir!", zwitscherten die Sperlinge. „Wir haben unten in der Stadt in die Fenster geguckt! Wir wissen, wo sie hinfahren! Oh, sie kommen zu dem größten Glanz und der größten Herrlichkeit, die man denken kann! Wir haben bei den Fenstern hineingeguckt und gesehen, dass sie mitten in die warme Stube gepflanzt und mit den schönsten Dingen geputzt wurden, mit vergoldeten Äpfeln, Honigkuchen, Spielzeug und vielen hundert Lichtern!"

„Und dann – ?", fragte der Tannenbaum und zitterte an allen Zweigen. „Und dann? Was geschah dann?"

„Ja, mehr haben wir nicht gesehen! Das war unvergleichlich!"

„Wenn ich nun dazu geworden bin, um diesen strahlenden Weg zu gehen!", jubelte der Baum. „Das ist noch besser, als über das Meer zu fahren! Wie ich mich sehne! Wäre es doch Weihnachten! Nun bin ich hoch und breit wie die andern, die im letzten Jahr fortgefahren wurden! – Oh, wäre ich schon auf dem Wagen! Wäre ich doch in der warmen Stube mit all der Pracht und Herrlichkeit! Und dann – ? Ja, dann kommt etwas noch Besseres, noch Schöneres, weshalb sollten sie mich sonst so schmücken! Da muss etwas noch Größeres, noch Herrlicheres kommen – ! Aber was? Oh, ich leide! Ich sehne mich! Ich weiß selbst nicht, was mit mir ist!"

„Freue dich mit mir!", sagten die Luft und das Sonnenlicht; „freue dich an deiner frischen Jugend draußen im Freien!"

Aber er freute sich gar nicht; er wuchs und wuchs, Winter und Sommer stand er grün, dunkelgrün stand er; die Leute, die ihn sahen, sagten: „Das ist ein schöner Baum!" Und zur Weihnachtszeit wurde er als erster von allen gefällt. Die Axt traf tief hinein durch das Mark, der Baum fiel mit einem Seufzer hin zur Erde, er fühlte einen Schmerz, eine Ohnmacht, er konnte gar nicht an irgendein Glück denken; er war betrübt, sich von der Heimat zu trennen, von dem Fleck, wo er aufgewachsen war. Er wusste ja, dass er nie mehr die lieben alten Kameraden sehen würde, die kleinen Büsche und Blumen ringsum, ja, vielleicht nicht einmal die Vögel. Die Abreise war gar nicht behaglich.

Der Baum kam erst zu sich, als er im Hof, mit den andern Bäumen abgepackt, einen Mann sagen hörte: „Der ist prächtig! Wir brauchen keinen anderen!"

Nun kamen zwei Diener in vollem Staat und trugen den Tannenbaum in einen großen schönen Saal hinein. Ringsum an den Wänden hingen Porträts und auf dem großen Kachelofen standen große chinesische Vasen mit Löwen auf den Deckeln; da waren Schaukelstühle, Seidensofas, große Tische voll von Bilderbüchern und mit Spielzeug für hundert mal hundert Reichstaler – wenigstens sagten die Kinder das. Und der Tannenbaum wurde in ein großes Fass voll Sand gestellt, aber niemand konnte sehen, dass es ein Fass war, denn es wurde rundherum mit grünem Zeug behängt und es stand auf einem großen bunten Teppich. Oh, wie der Baum bebte! Was würde noch geschehen? Sowohl

Diener wie Fräuleins gingen und schmückten ihn. Auf die Zweige hängten sie kleine Netze, ausgeschnitten aus buntem Papier, jedes Netz war mit Zuckerzeug gefüllt; vergoldete Äpfel und Walnüsse hingen, als wären sie festgewachsen, und über hundert rote, blaue und weiße Lichtchen wurden an den Zweigen festgesteckt. Puppen, die leibhaftig wie Menschen aussahen – der Baum hatte so etwas nie zuvor gesehen –, schwebten in dem Grünen, und ganz zuoberst in den Wipfel wurde ein großer Stern aus Flittergold gesetzt; das war prächtig, unvergleichlich prächtig.

„Heute abend", sagten sie alle, „heute abend soll er strahlen!"

„Oh!", dachte der Baum, „wäre es doch Abend! wären nur die Lichter bald angezündet! Oh, was wohl dann geschieht? Ob dann die Bäume aus dem Walde kommen und mich ansehen? Ob die Sperlinge gegen die Scheiben fliegen? Ob ich hier festwachse und Winter und Sommer geschmückt stehe?"

Ja, der wusste gut Bescheid; aber er hatte nun ordentlich Rindenweh vor Sehnsucht, und Rindenweh ist ebenso schlimm für einen Baum, wie Kopfweh für uns andere!

Nun wurden die Lichte angezündet. Welcher Glanz, welche Pracht! Der Baum zitterte an allen Zweigen dabei, sodass eines der Lichte das Grüne ansteckte; er schwitzte ordentlich.

„Gott bewahre uns!", schrien die Fräuleins und löschten das Feuer schnell.

Nun durfte der Baum nicht einmal beben. Oh, das war ein Grauen! Er war so bange davor, etwas von all seinem Staat zu verlieren; er war ganz verwirrt von all dem Glanz -und nun gingen beide Flügeltüren auf und eine Menge Kinder stürzte herein, als wollten sie den ganzen Baum umreißen; die älteren Leute kamen besinnlich hinterher. Die Kleinen standen ganz still, aber nur einen Augenblick, dann jubelten sie wieder, so dass es hallte; sie tanzten rund um den Baum, und ein Geschenk nach dem andern wurde abgepflückt.

„Was tun sie nur?", dachte der Baum. „Was soll da geschehen?" Und die Lichte brannten bis auf die Zweige herab, und nachdem sie herabgebrannt waren, löschte man sie aus, und dann erhielten die Kinder Erlaubnis, den Baum zu plündern. Oh, sie stürzten auf ihn ein, so dass es in allen Ästen knackte; wäre er nicht mit der Spitze und dem Goldstern an der Decke festgebunden gewesen, so wäre er umgestürzt.

Die Kinder tanzten herum mit ihrem prächtigen Spielzeug, keiner sah den Baum an, außer dem alten Kindermädchen, das hinging und zwischen die Zweige guckte, aber das war nur, um zu sehen, ob nicht noch eine Feige oder ein Apfel vergessen war.

„Eine Geschichte! Eine Geschichte!", riefen die Kinder und zogen einen kleinen dicken Mann zum Baum hin, und er setzte sich grade darunter. „Denn dann sind wir im Grünen!", sagte er, „und dem Baum kann es noch besonders gut tun mit zuzuhören; aber ich erzähle nur eine Geschichte. Wollt Ihr von Ivede-Avede hören oder von Klumpe-Dumpe, der die Treppen herabfiel und doch auf den Hochsitz kam und die Prinzessin kriegte?"

„Ivede-Avede!", schrien einige, und „Klumpe-Dumpe!", schrien andere. Es war ein Rufen und Schreien, nur der Tannenbaum schwieg ganz stille und dachte: „Soll ich gar nicht dabei sein, gar nichts tun?" Er war ja dabei gewesen, hatte getan, was er tun sollte.

Und der Mann erzählte von „Klumpe-Dumpe", der die Treppen herabfiel und doch in den Hochsitz kam und die Prinzessin erhielt. Und die Kinder klatschten in die Hände und riefen: „Erzähle! Erzähle!" Sie wollten auch „Ivede-Avede" haben, aber sie bekamen nur „Klumpe-Dumpe" zu hören. Der Tannenbaum stand ganz still und gedankenvoll, niemals hatten die Vögel draußen im Wald so etwas erzählt. „Klumpe-Dumpe fiel die Treppen hinab und bekam doch die Prinzessin! Ja, ja! So geht es zu in der Welt!", dachte der Tannenbaum und glaubte, dass es wahr sei, weil es ein so netter Mann war, der erzählte. „Ja! ja! Wer kann wissen! Vielleicht falle ich auch die Treppen hinab und bekomme eine Prinzessin!" Und er freute sich auf den nächsten Tag, dass er wieder mit Eichten und Spielzeug, Gold und Früchten geschmückt werden solle.

„Morgen werde ich nicht zittern!", dachte er. „Ich will mich recht all meiner Herrlichkeit erfreuen. Morgen werde ich wieder die Geschichte von ‚Klumpe-Dumpe'

und vielleicht die von ‚Ivede-Avede' hören." Und der Baum stand still und gedankenvoll die ganze Nacht.
Am Morgen kamen Burschen und Mädchen herein. „Nun beginnt der Staat wieder!", dachte der Baum, aber sie schleppten ihn aus der Stube, die Treppen hinauf auf den Speicher und dort, in einer dunklen Ecke, wohin kein Tag schien, stellten sie ihn hin. „Was soll das bedeuten?", dachte der Baum. „Was habe ich wohl hier zu tun? Was werde ich wohl zu hören bekommen?" Und er lehnte sich gegen die Mauer und stand und dachte und dachte. – Und gut Zeit hatte er, denn Tage und Nächte vergingen; keiner kam herauf, und als endlich jemand kam, war es, um einige große Kasten in die Ecke hinzustellen; der Baum stand ganz verborgen, man hätte glauben können, dass er rein vergessen war.
„Nun ist es Winter draußen!", dachte der Baum. „Die Erde ist hart und mit Schnee bedeckt. Die Menschen können mich nicht einpflanzen; deshalb soll ich wohl hier im Schutz stehen bis zum Frühling! Wie ist das wohlbedacht! Wie sind die Menschen doch gut! – Wäre es hier nur nicht so dunkel und so schrecklich einsam! – Nicht einmal ein kleiner Hase! – Das war doch so hübsch draußen im Wald, wenn der Schnee lag und der Hase vorbeisprang; ja selbst, als er über mich hinwegsprang, aber das mochte ich damals nicht. Hier oben ist es doch schrecklich einsam."
„Pi! Pi!", sagte eine kleine Maus in diesem Augenblick und schlüpfte hervor; und dann kam noch eine kleine.

Sie schnüffelten am Tannenbaum und glitten zwischen den Zweigen auf ihm herum.

„Es ist eine grausame Kälte!", sagte die kleine Maus. „Sonst ist es hier herrlich zu sein! Nicht wahr, du alter Tannenbaum?"

„Ich bin gar nicht alt!", sagte der Tannenbaum, „es gibt viele, die viel älter sind als ich!"

„Wo kommst du her?", fragten die Mäuse, „und was weißt du?" Sie waren so schrecklich neugierig. „Erzähl' uns doch von dem schönsten Ort der Welt! Bist du dort gewesen? Warst du in der Speisekammer, wo Käse auf den Brettern liegen und Schinken unter der Decke hängen, wo man auf Talglichten tanzt und mager hineinkommt und fett herausgeht?"

„Das kenne ich nicht!", sagte der Baum, „aber den Wald kenne ich, wo die Sonne scheint und wo die Vögel singen!" Und dann erzählte er alles von seiner Jugend, und die kleinen Mäuse hatten nie zuvor so etwas gehört, und sie hörten zu und sagten: „Nein, wie viel hast du gesehen! Wie glücklich warst du!"

„Ich!", sagte der Tannenbaum und dachte über das, was er selbst erzählte: „Ja, es waren im Grunde ganz angenehme Zeiten!" – aber dann erzählte er vom Weihnachtsabend, als er mit Kuchen und Lichten geschmückt worden war.

„Oh!", sagten die kleinen Mäuse, „wie bist du glücklich gewesen, du alter Tannenbaum!"

„Ich bin gar nicht alt!", sagte der Baum, „es war ja in diesem Winter, dass ich aus dem Wald gekommen bin!

Ich bin in meinem allerbesten Alter, ich bin nur im Wachstum voraus!"

„Wie du schön erzählst!", sagten die kleinen Mäuse, und nächste Nacht kamen sie mit vier anderen kleinen Mäusen, die den Baum erzählen hören sollten, und je mehr er erzählte, desto deutlicher erinnerte er sich selbst und dachte: „Es waren doch ganz vergnügte Zeiten! Aber sie können noch kommen! Sie können kommen! Klumpe-Dumpe fiel die Treppen hinab und bekam doch die Prinzessin, vielleicht kann ich auch eine Prinzessin bekommen!" Und dann dachte der Tannenbaum an solch einen niedlichen Birkenbaum, der draußen im Walde wuchs, der war für den Tannenbaum eine wirkliche schöne Prinzessin.

„Wer ist Klumpe-Dumpe?", fragten die kleinen Mäuse. Und da erzählte der Tannenbaum das ganze Märchen, er konnte sich jedes einzelnen Wortes erinnern; und die kleinen Mäuse waren bereit, auf die Spitze des Baumes zu springen vor lauter Vergnügen! Nächste Nacht kamen viel mehr Mäuse, und am Sonntag kamen auch zwei Ratten; aber sie sagten, dass die Geschichte nicht amüsant sei, und das betrübte die kleinen Mäuse, denn nun gefiel sie ihnen auch weniger.

„Können Sie nur die eine Geschichte?", fragten die Ratten.

„Nur die eine!", antwortete der Baum, „die hörte ich an meinem glücklichsten Abend, aber damals dachte ich gar nicht, wie glücklich ich war!"

„Das ist eine über die Maßen jämmerliche Geschich-

te! Kennen Sie keine mit Speck und Talglichten? Keine Speisekammergeschichten?" „Nein!", sagte der Baum. „Ja, nun wollen wir Ihnen danken!", sagten die Ratten und gingen hinweg zu den Ihren.
Die kleinen Mäuse blieben zuletzt auch fort, und dann seufzte der Baum: „Das war doch ganz hübsch, als sie um mich herumsaßen, die zappligen Mäuschen, und hörten, was ich erzählte! Nun ist das auch vorbei! – Aber ich werde daran denken, mich zu freuen, wenn ich nun wieder hervorgeholt werde!"
Aber wann geschah das? – Ja doch! es war an einem Morgen, da kamen Leute und räumten auf dem Speicher auf. Die Kasten wurden weggehoben, der Baum hervorgezogen; sie warfen ihn freilich etwas hart auf den Boden, aber gleich schleppte ein Bursche ihn zur Treppe hin, wo der Tag schien.
„Nun beginnt wieder das Leben!", dachte der Baum; er fühlte die frische Luft, die ersten Sonnenstrahlen, – und nun war er draußen im Hof. Alles ging so schnell, der Baum vergaß ganz, sich selbst anzusehen, so viel war ringsum zu sehen. Der Hof stieß an einen Garten, und alles blühte darin; Rosen hingen da so frisch und duftend über das kleine Gitterwerk hinaus, und die Schwalben flogen umher und sagten: „Quirre-wirre-witt, mein Mann ist da!" Aber es war nicht der Tannenbaum, den sie meinten.
„Nun werde ich leben!", jubelte er und breitete seine Zweige weit aus; ach, sie waren alle vertrocknet und gelb; er war in der Ecke zwischen Unkraut und Nes-

seln, da lag er, der Goldpapierstern saß noch oben an der Spitze und schimmerte im hellsten Sonnenschein.
Im Hof spielten ein paar der lustigen Kinder, die zur Weihnachtszeit um den Baum getanzt hatten und über ihn so froh gewesen waren. Eines der Kleinsten eilte hin und riss den Goldstern ab.
„Seht, was da noch auf dem hässlichen alten Weihnachtsbaum sitzt!", sagte es und trampelte auf den Zweigen, so dass sie unter seinen Stiefeln knackten.
Und der Baum sah auf all die Blumenpracht und Frische im Garten, er sah sich selbst an, und er wünschte, dass er in seiner dunklen Ecke auf dem Speicher geblieben wäre; er dachte an seine frische Jugend im Wald, an den lustigen Weihnachtsabend und an die kleinen Mäuse, die so froh die Geschichte von Klumpe-Dumpe gehört hatten.
„Vorbei! Vorbei!", sagte der arme Baum. „Hätte ich mich doch gefreut, da ich es konnte! Vorbei! Vorbei!"
Und der Hausknecht kam und hackte den Baum in kleine Stücke, ein ganzer Bund lag da; prächtig flammte das auf unter dem großen Braukessel; und es seufzte so tief; jeder Seufzer war wie ein kleiner Schuss; deshalb liefen die Kinder, die spielten, herein und setzten sich vor das Feuer, sahen es an und riefen: „Piff! Paff!", aber bei jedem Knall, der ein tiefer Seufzer war, dachte der Baum an einen Sommertag im Wald, an eine Winternacht draußen, wenn die Sterne leuchteten; er dachte an den Weihnachtsabend und Klumpe-Dumpe, das einzige Märchen, das er gehört

hatte und zu erzählen wusste – und dann war der Baum ausgebrannt.

Die Jungen spielten im Hof, und der Kleinste hatte den Goldstern auf der Brust, den der Baum an seinem glücklichsten Abend getragen hatte. Nun war der vorbei, und der Baum war vorbei und die Geschichte auch! Vorbei, vorbei, und so geht es mit allen Geschichten!

Heinrich Hoffmann von Fallersleben
O schöne, herrliche Weihnachtszeit

O schöne, herrliche Weihnachtszeit,
was bringst du Lust und Fröhlichkeit!
Wenn der heilige Christ in jedem Haus
teilt seine lieben Gaben aus.

Und ist das Häuschen noch so klein,
so kommt der heilige Christ hinein,
und alle sind ihm lieb wie die Seinen,
die Armen und Reichen, die Großen
und Kleinen.

Der heilige Christ an alle denkt,
ein jedes wird von ihm beschenkt.
Drum lasst uns freu'n und dankbar sein!
Er denkt auch unser, mein und dein.

GUSTAV FREYTAG

Weihnachten im deutschen Hause beim Gelehrten und beim Bürgersmann

*D*er rollende Erdball wälzte sich dem letzten Himmelszeichen zu, welches die Seelen unseres Volkes mit magischer Gewalt auf das schönste Fest des Jahres richtet. Weihnachten war nahe und die Frauenwelt der Parkstraße fuhr in geheimnisvoller Tätigkeit einher. Der Verkehr mit guten Bekannten wurde unterbrochen, angefangene Bücher lagen im Winkel, Theater – und Konzertsaal wiesen leere Plätze, die Akkorde des Flügels und die neuen Bravourarien klangen selten in die rasselnden Wagen der Straße, innere Kämpfe wurden beschwichtigt, und böser Nachbarn ward wenig gedacht. Was eine Hausfrau oder Tochter zu leisten vermochte, das wurde auch in diesem Jahr auffällig. Vom Morgen bis zum Abend flogen kleine Finger zwischen Perlen, Wolle, Seide, Pinsel und Palette umher, der Tag wurde zu achtundvierzig Stunden ausgeweitet, selbst in den Minuten eines unruhigen Morgenschlummers arbeiteten dienstfertige Heimchen und andere unsichtbare Geister im Solde der Frauen. Je näher das Fest rückte, desto zahlreicher wurden die Geheimnisse, in jedem Schrank steckten Dinge, die Niemand sehen sollte, von allen Seiten wurden Pakete in das Haus getragen, deren Berührung verpönt war. Aber während die Hausgenossen geheimnisvoll an einander vorüberschlüpften, ist die Hausfrau stille Herrscherin in dem unsichtbaren Reich der Geschenke, Vertraute und kluge Ratgeberin aller. Sie kennt in dieser Zeit keine Ermüdung, sie denkt und sorgt für Jedermann, die Welt ist ihr ein großer Schrank geworden mit zahllosen Fächern, aus denen sie unablässig herausholt, in die sie Verhülltes nach weisem Plane einstaut. Wenn am Weihnachtsabend der Flitterstern blitzt, der Wachsstock träufelt und die goldene Kugel am Christbaum schimmert, da feiert die Phantasie der Kinder ihre große Stunde, aber die Poesie der Hausfrauen und Töchter füllt schon Monate vorher die Zimmer mit fröhlichem Glanz.

Wenn man das Urteil des Herrn Hummel als gemeingültig betrachten darf, ist leider auch den Männern, welche die Ehre eines Hauses zu vertreten haben, die Begeisterung dieser Wochen nicht vollständig entwickelt. „Glauben Sie mir, Gabriel", sagte Herr Hummel an einem Dezemberabend, während er einem Jungen nachblickte, der mit Brummteufeln umging, „in dieser Zeit verliert der Mann seine Bedeutung, er ist nichts als ein Geldspint, in dem sich der Schlüsselbart vom Morgen bis zum Abend dreht. Die beste Frau wird unverschämt und phantastisch, alles Familienvertrauen schwindet; Eines geht scheu an dem Andern vorüber, die Hausordnung wird mit Füßen getreten, die Nachtruhe gewissenlos ruiniert; wenn gegessen werden soll, läuft die Frau auf den Markt, wenn die Lampe ausgelöscht werden soll, fängt die Tochter eine neue Stickerei an. Und ist die lange Not ausgestanden, dann soll man sich gar noch freuen über neue Schlafschuhe, welche einen Zoll zu klein sind, und bei denen man später die grobe Schusterrechnung zu bezahlen hat und über eine Zigarrentasche von Perlen, die platt und hart sind, wie eine gedörrte Flunder. Endlich zu allerletzt, nachdem man goldenen Funken gespuckt hat wie eine Rakete, fordern die Frauen noch, dass man auch ihnen selbst durch eine Schenkung sein Gemüt erweist. Nun, die meinigen habe ich mir gezogen."

„Ich habe auch Sie selbst gesehen", wandte Gabriel ein, „mit Paket und Schachtel unter dem Arm."

„Dies ist wahr", versetzte Herr Hummel, „eine Schachtel ist unvermeidlich. Aber, Gabriel, das Denken habe ich mir abgeschafft. Denn das war das Niederträchtige bei der Geschichte. Ich gehe jedes Jahr zu der derselben Putzmacherin und sage: „eine Haube für Madame Hummel". Und die Person sagt: „Zu dienen, Herr Hummel", und die Architektur steht reisefertig vor mir. Ich gehe ferner jedes Jahr zu demselben Kaufmann und sage: „ein Kleid für meine Tochter Laura, so und so teuer, ein Taler Spielraum nach oben und unten", und das Kleid liegt preiswürdig vor mir. Im Vertrauen, ich habe den Verdacht, dass die Frauen hinter meine Schliche gekommen sind, und sich die Sachen vorher

selbst aussuchen, denn es ist immer alles sehr nach ihrem Geschmack, während in früheren Jahren Widersetzlichkeiten stattfand. Jetzt haben sie die Mühe, den Plunder auszuwählen, und am Abend müssen sie noch heucheln wie die Katzen, auseinanderfalten und ausprobieren, sich erstaunt stellen, und mein ausgezeichnetes Geschick loben. Das ist meine einzige Genugtuung bei dem ganzen Kindervergnügen. Aber sie ist dürftig, Gabriel."
So knarrte misstönend die Prosa des Hausherren, doch die Parkstraße achtete wenig darauf, und sie wird solchen Sinn immer mit gebührender Missachtung betrachten, so lange süßer ist für Andere sorgen als für sich selbst und Freude zu machen seliger als Freudiges zu empfangen.
Auch für Ilse wurde in diesem Jahr das Fest eine große Angelegenheit, sie trug wie eine Biene zusammen, und nicht nur für die Lieben in der Heimat. Denn auch in der Stadt hatten sich viele große und kleine Kinder an ihr Herz genestelt, von den fünf unmündigen Raschke's bis zu den kleinen Barfüßlern mit dem Suppentopf. Auch bei ihr wurden die Sofawinkel unheimlich für den Gatten, für Laura und den Doktor, wenn diese einmal unerwartet eintraten.
Als der Kammerherr einige Zeit vor dem Feste einen Besuch seines Prinzen bei dem neuen Rektor schicklich erachtete, fanden die Herren Ilse und Laura in eifriger Arbeit und den Salon der Frau Rektorin in eine große Marktbude verwandelt. Auf langen Ti-

schen standen Weihnachtsbäumchen, und gefüllte Säcke lehnten ihren schweren Leib an die Tischbeine, die Frauen aber arbeiteten mit Elle und Schere, zerteilten große Wollzöpfe und wickelten Linnenstücke auseinander, wie Kaufleute. Als Ilse den Herren entgegentrat und ihre Umgebung entschuldigte, bat der Kammerherr dringend, sich nicht stören zu lassen. „Wir dürfen nur hier bleiben, wenn wir das Recht erhalten, uns nützlich zu machen." Auch der Prinz sagte: „Ich bitte um die Erlaubnis zu helfen, wenn sie etwas für mich zu tun haben." „Das ist freundlich", versetzte Ilse, „denn bis zum Abend ist noch Vieles zu verteilen. Erlauben Eure Hoheit, dass ich Sie anstelle. Nehmen Sie den Sack mit Nüssen, Sie, Herr Kammerherr, haben Sie die Güte die Äpfel unter ihre Obhut zunehmen, du, Felix, erhältst den Pfefferkuchen. Und ich bitte die Herren, kleine Häufchen zu machen, zu jedem zwanzig Nüsse, sechs Äpfel, ein Packet Kuchen."

Die Herren gingen mit Feuer an die Arbeit. Der Prinz zählte gewissenhaft die Nüsse und ärgerte sich, dass sie immer wieder unter einander fuhren, machte aber die Erfindung, durch zusammengefaltete Papierstreifen die Portionen beisammen zu halten, die Herren lachten und erzählten, wie sie sich einst in fremden Lande die deutsche Festfreude verschafft haben. Der Duft der Fichtennadeln und Äpfel erfüllte die Stube und zog wie eine Festahnung in die Seelen der Anwesenden.

„Dürfen wir die gnädige Frau fragen, wem unsere angestrengte Tätigkeit zu gut kommt?", sagte der Kammerherr, „ich halte hier einen ungewöhnlich großen Apfel, durch den ich gern einen Ihrer Lieblinge bevorzugen möchte. Jedenfalls tun wir, was armen Kindern Freude machen soll."

„Zuletzt wohl", versetzte Ilse, „aber das geht uns nichts an, wir geben alles schon heut ihren Müttern. Denn die größte Freude einer Mutter ist doch ihren Kindern selbst einzubescheren, das Christbäumchen zu putzen, und zu arbeiten, was die Kleinen gerade bedürfen. Diese Freude soll man ihr nicht nehmen, und deshalb wird ihnen der Stoff unverarbeitet geschenkt. Auch die Weihnachtsbäumchen kaufen sie am liebsten allein, jede nach ihrem Geschmack; die hier stehen, sind nur für solche Kinder, denen die Mutter fehlt. Und diese Bäumchen werden auch von uns ausgeputzt. Heut zum Feierabend wird alles aus dem Haus getragen, damit die Leutchen zu guter Zeit das ihre erhalten und sich danach einrichten."

Der Prinz sah auf den Kammerherrn. „würden Sie uns erlauben," begann er zögernd, „auch etwas für die Bescherung zu kaufen?"

„Sehr gern", erwiderte Ilse freudig. „Wenn Hoheit befehlen, kann unser Diener das sogleich besorgen. Er weiß Bescheid und ist zuverlässig."

„Ich möchte selbst mit ihm gehen", sagte der Prinz. Der Kammerherr hörte verwundert auf diesen Einfall seines jungen Herrn, da der Einfall aber löblich und nicht gegen die Instruktion war, so lächelte er respektvoll. Gabriel wurde gerufen. Der Prinz ergriff freudig seinen Hut. „Was sollen wir kaufen?", fragte er aufbrechend.

„Kleine Wachsstöcke fehlen uns", versetzte Ilse „dann von Spielzeug Puppen, für die Knaben Bleisoldaten und für die Mädchen ein Kochgeschirr, aber alles hübsch handfest und sparsam." Gabriel verließ mit einem großen Korbe hinter dem Prinzen das Haus.

„Sie haben gehört, was die gnädige Frau befohlen hat", sagte der Prinz auf der Straße zu Gabriel. „Zuerst die Wachsstöcke, sie suchen aus, und ich bezahle, wir sollen sparsam einkaufen, geben Sie Achtung, dass wir nicht betrogen werden." „Das haben wir nicht zu fürchten, Eure Hoheit", versetzte Gabriel tröstend. „Und wenn wir ja einmal einige Pfennige zu viel bezahlen, das kommt wieder andern Kindern zu gut." Nach einer Stunde kehrte der Prinz zurück, Gabriel mit hochbeladenem Korb, auch der Prinz trug unter beiden Armen Puppen und große Tüten mit Naschwerk. Als der junge Herr so belastet eintrat, mit geröteten Wangen, selbst glücklich wie ein Kind, sah er so gut und liebenswert aus, dass sich alle über ihn freuten. Emsig packte er seine Schätze vor der Frau Professorin aus und schüttete zuletzt die Zuckertüten auf den Tisch. Sein Befangenheit war verschwunden, er spielte in kindlichem Behagen mit den hübschen Dingen, wies den Andern die kunstvolle Arbeit an Marzipanpflaumen, bat Laura einen Tempelherrn aus

Zucker für sich zu behalten und wirtschaftete zierlich und behend um den Tisch, bis die Andern ihm bewundernd zusahen und in seine Kinderscherze einstimmten. Als die Frauen den Ausputz der Fichtenbäumchen begannen, erklärte der Prinz, auch er werde dabei helfen. Er setzte sich vor die Untertasse mit Eiweiß, ließ sich die Handgriffe zeigen und wälzte die bestrichenen Früchte in Gold und Silberblättchen. Ilse setzte als Preis für den Herrn, der am meisten und besten arbeiten würde, eine große Dame von Pfefferkuchen mit Reifrock und Glasaugen, und es entstand ein löblicher Wetteifer unter den Herren, die besten Stücke zu liefern. Der Professor und Kammerherr wussten alte Kunstfertigkeiten zu verwenden, der Prinz aber arbeitete als Neuling etwas liederlich, es blieben einzelne leere Stellen, und an andern bauschte das Schaumgold. Er war mit sich unzufrieden, aber Ilse ermunterte ihn: „Nur müssen Eure Hoheit sparsamer mit dem Golde sein, sonst reicht es nicht." Zuletzt erhielt der Kammerherr die Dame im Reifrock, und der Prinz als außerordentliche Belohnung für seine Strebsamkeit ein Wickelkind, das aber auch durch zwei Glaskorallen in die Welt starrte.

Draußen auf dem Weihnachtsmarkt standen die kleinen Kinder um die Tannenbäumchen und Weihnachtsbuden und schauten ahnungsvoll und begehrlich auf die Schätze, und in Ilses Zimmer saßen die großen Kinder am Tische, spielend und glücklich; auch hier kam kein kluges Wort zu Tage, und der Prinz machte sich zuletzt mit Eiweiß die Umrisse eines Gesichtes auf die Handfläche und vergoldete sie mit den Metallblättchen. Als der Erbprinz aufbrach, fragte der Professor: „Darf ich fragen, wo Eure Hoheit den Weihnachtsabend verbringen?"

„Wir bleiben hier", versetzt der Prinz.

„Da seltene Musikaufführungen in Aussicht stehen", fügte der Kammerdiener hinzu, „hat des Fürsten Hoheit auf die Freude verzichtet, den Prinzen zum Fest in seiner Nähe zu haben, wir werden also stille Weihnacht im Quartier halten."

„Wir wagen nicht einzuladen", fuhr der Professor fort, „falls aber Eure Hoheit an diesem Abend nicht in anderer Gesellschaft verweilen, würde uns große Freude sein, wenn die Herren bei uns vorlieb nähmen."

Ilsa sah dankbar auf den Gatten, und der Prinz überließ diesmal nicht dem Kammerherr die Antwort, sondern nahm mit Wärme die Einladung an.

Als der Prinz zur geziemenden Stunde bei Werners eintrat, war die Bescherung vorüber, der Christbaum ausgelöscht. Ilse hatte das so gewollt, „es ist nicht nötig, dass die fremden Herrschaften sehen, wie wir uns über die Geschenke freuen". Der Prinz empfing den Dank Ilses über den Schmuck ihres Tisches mit Zurückhaltung und saß schweigend und zerstreut vor dem Teekessel. Ilse dachte: „Ihm tut es weh, dass er keinen frohen Weihnachtsabend hat, das ärmste Kind ist lustig vor seinem Fichtenbäumchen, und er sitzt wie ausgeschlossen von den Freuden der Christenheit." Sie winkte Laura und sagte dem Prinzen: "Wollen Eure Hoheit nicht unsern Christbaum ansehen? Die Lichter mussten gelöscht werden, sonst brannten sie auf einmal herunter. Ist's aber Eurer Hoheit recht, so zünden wir die ganze Herrlichkeit noch einmal an, und es wäre sehr gütig, wenn Hoheit und dabei helfen wollten."

Das war dem Prinzen doch willkommen, und er ging mit den Frauen in das Weihnachtszimmer. Dort erbot er sich den Stock zu nehmen, an dessen Spitze ein Wachstockende befestigt war, um die höchsten Lichter des mächtigen Baumes zu erreichen. Während er geschäftig an dem Baum arbeitete, wurde ihm das Herz etwas leichter, und er sah mit Anteil auf die Geschenke, welche unter dem Baum lagen. "Jetzt aber haben Eure Hoheit die Güte hinauszugehen", sagte Ilse, "und wenn ich klingele, so gilt es Ihnen und Herrn von Weidegg, das kann Eurer Hoheit nicht erspart werden."

Der Prinz eilte hinaus, die Schelle tönte. Als die Herren eintraten, fanden sie zwei kleine Tische gedeckt, darauf angezündete Bäumchen, und unter jedem eine große Schüssel mit Backwerk, das man nur in der Landschaft zu backen verstand, welcher sie angehörten. "Das soll eine Erinnerung an unsere Heimat sein", sagte Ilse, "und auf dem Bäumchen sind die Äpfel und Nüsse, welche die Herren selbst vergoldet haben; die mit den roten Flecken sind Eurer Hoheit Arbeit. Und dies ist eine respektvolle Sendung aus der Wirtschaft meines lieben Vaters. Ich bitte die Herren, die geräu-

cherte Gänsebrust mit gutem Appetit zu verzehren; wir sind ein wenig stolz auf diese Leistung. Hier aber, mein gnädigster Prinz, ist zur Erinnerung an mich ein kleines Model von unserm Butterfass, denn dabei habe ich als ein Kind vom Lande meine hohe Schule durchgemacht, wie ich neulich Eurer Hoheit erzählte." Und auf dem Platze des Prinzen stand dies nützliche Werkzeug aus Marzipan gefertigt. „Unten auf dem Boden habe ich Eurer Hoheit mein Sprüchel von damals aufgeschrieben. Und so nehmen die Herrschaften mit dem guten Willen vorlieb."
Sie sagte das mit so inniger Fröhlichkeit und bot dem Kammerherrn dabei so gutherzig die Hand, dass diesem seine Anstandsbedenken ruiniert wurden und er ihr recht wacker die Rechte schüttelte. Der Prinz aber stand vor seinem Fässchen und dachte: „Jetzt ist der Augenblick oder er kommt nie." Er las unten die anspruchslosen: „Hat man sich mit Einem recht Müh gegeben, so bleibt es Segen für das ganze Leben." Da bat er ohne alle Rücksicht auf die dräuenden Folgen seines Wagnisses: „Darf ich Ihnen einen Tausch vorschlagen? Ich habe auch eine kleine Buttermaschine gekauft, sie ist mit einem Rade und einer Scheibe zum Drehen, und man kann sich darin jeden Morgen seinen Bedarf selbst machen. Es wäre mir eine große Freude, wenn auch Sie diese annehmen wollten." Ilse verneigte sich dankend, der Prinz bat, den Diener sogleich in sein Quartier zu senden. Während der Kammerherr noch erstaunt den Zusammenhang überdachte, wurde der

Mechanismus in das Zimmer getragen, der Prinz setzte ihn mit eigenen Händen auf eine Ecke des Tisches, erklärte der Gesellschaft die innere Einrichtung, und war sehr erfreut, als Ilse sagte, dass sie Zutrauen zu der Erfindung habe. Wieder wurde er das fröhliche Kind von neulich, trank lustig sein Glas Wein und brachte mit gefälligem Anstand die Gesundheit des Hausherren und der Hausfrau aus, so dass der Kammerherr seinen Telemach gar nicht wieder erkannte. Und beim Abschiede packte er sich selbst den Marzipan ein und trug ihn in der Tasche nach Hause.

Friedrich Naumann
Der Heilige Abend

Es ist Weihnachtsabend, die letzten kleinen Lichter brennen noch am Tannenbaum, die Kinder spielen, allmählich ruhiger geworden, mit den neuen Sachen, die Bescherung ist vorbei; ist nun auch aller Weihnachtsgedanke fertig und vorbei? Geht es nun wieder in gleichem Schritt und Tritt durch alle Tage, bis wieder einmal die Lichter angesteckt werden? Ist alle innere Erhebung nur wie der kurze Glanz des Bäumchens auf dem Tisch? Fallen wir nun, nach dem Feste, sofort wieder in unser gemächliches Gewohnheitschristentum, von dem man überhaupt kaum recht weiß, ob es noch Christentum ist? Oder bleibt uns etwas? Und wenn etwas bleibt, so fragt es sich, was dieses Bleibende ist.
Es bleibt ein tiefer Eindruck davon, dass wir Christen eine Brudergemeinschaft sein sollten. Christi arme Krippe lässt uns nicht ganz zur Ruhe kommen. Wir hörten in der Kirche singen: „Er ist auf Erden kommen arm, dass er unser sich erbarm und in dem Himmel mache reich und seinen lieben Engeln gleich." Diese Liebe ist das heilige Weihnachtsgeschenk, das wir bis ins Innerste hinein fühlen. Jesus, der brüderlichste von

allen, die leibhaftige Liebe, ist uns geboren. Er ist vor vielen Jahrhunderten geboren und stirbt nun niemals. Die Liebe ist lebendig und klopft bei uns an, ob wir sie einlassen wollen. Das Weihnachtsfest hat uns wieder gefragt: wollt ihr zum Reiche Gottes gehören, zum Bunde der Hilfe und Liebe?

Ob wir wollen? Ja, Herr, wir möchten wohl, aber es ist uns zu schwer! Wir versuchen es, deine Liebe in unser Leben hineinzusetzen und machen dabei die beständige Erfahrung unserer großen Hilflosigkeit. Wo und wie soll man anfangen, um wirklich Liebe zu üben? Man versucht es mit einzelnen Menschen und merkt, wie viel dazu gehört, auch nur einigen anderen wirklich zu dienen. Hinter den einzelnen, die wir lieben möchten, stehen aber Tausende, grau und massenhaft, arme Menschen, mit armen Seelen. Liebst du die auch? Oder gehen diese dich nichts an? Ist die Masse nicht da für dich? wie kann man aber die Masse lieben? Soll man sie lieben in Zorn oder in Geduld? Soll man für sie kämpfen oder mit ihr leiden? Oder ist beides zugleich möglich? Was ist überhaupt allgemeine christliche Menschenliebe? Ist es etwas Wirkliches oder haben sich das fromme Leute nur so gedacht? Ach, lieber Heiland, der du aus Liebe in die Welt kamst und aus Liebe starbst, nimm du uns in der Stille der Weihnachtstage ruhig zur Seite und gib uns einen praktischen Unterricht in dem, worin du Meister bist! Herr, lehre uns Liebe haben!

Wenn wir die rechte Liebe hätten, dann würden wir dem Frieden auf Erden näher sein. Wo lebendige Liebe ist, da ist persönlicher innerer Friede, denn da fehlt die Zerrissenheit, die durch Hass und Neid in die Seelen hineinkommt. Wer wirklich liebt, der glaubt an Gott, denn er sieht sein Leben nicht als verloren an. Er hat einen Zweck, eine Aufgabe, er ist nicht ein Spiel des Zufalls und des blinden Ungefährs. Wer Christi Liebe versteht, der hat in sich das Verständnis gewonnen für den Zusammenklang: Ehre sei Gott in der Höhe und Friede auf Erden! Er ist herausgenommen aus der Welt der bloßen irdischen Nichtigkeiten. solche Personen aber sind die Vorboten besserer Zustände im menschlichen Gemeinschaftsleben. Aus ihrer Gottes – und Nächstenliebe heraus entwickelt sich ein Geist wahren Christentums, der wie eine seelische Elektrizität von einem auf den andern übergeht, von Eltern auf Kinder weiterströmt, und weiter wirkend viel hartes Menschenmetall schmilzt und viel frohe Botschaft vermittelt. Wir lernen zur heiligen Weihnacht daran glauben, dass auch die Liebe des kleinsten und ärmsten Menschenkindes nicht vergeblich ist zum Herbeiführen des Friedens auf Erden. Dieser Friede, nach dem eine tiefe Sehnsucht in jeder Brust schlummert, ist nicht ohne Kampf zu erreichen, er kommt auch nicht mit einem Male, aber niemand ist, hoch oder niedrig, der ihm nicht dienen könnte, wenn er nur will.

Guido Hammer
Weihnachten im Walde
Eine Jugenderinnerung

*L*anger trockener Dezemberfrost, den der dabei eisig stürmende Nord um so empfindlicher werden ließ, war vorhergegangen, bis endlich mildes Wetter folgte, welches sich bald zu ausdauerndem Schneefall anließ, so dass mit dem Hereinbrechen des Weihnachtstages der weite Wald in wunderbarer Pracht seines neuen Schmuckes prangte, besonders da sich vorher, etwas gegen Mitternacht, der Himmel völlig geklärt und so die unverhüllt aufgehende Sonne die Heide mit wundersamem Farbenschmelz übergoss. Purpurn angehaucht leuchteten da zuerst die schneebedeckten Fichten- und Tannenwipfel in rosigem Lichte, während weiter herab die frisch gefallene Last auf dem niedergedrückten Gezweig der sonst ungebeugt gen Himmel starrenden Baumwelt noch im Halbschatten lag; tiefer aber, unter dem beschneiten Nadeldache, herrschte noch grauendes Dämmern, dass trotz der überall ausgebreiteten lichten Decke das spähende Auge doch nur auf wenige Schritte in das verschwimmende Düster des Waldes eindringen konnte. Aber bald huschte das vergoldende Licht an den hohen

Waldwänden und einzelnen Bäumen hernieder, bis es den Boden erreichte und nun in flirrenden Punkten und langen Streifen eindrang in die Tiefen der geschlossenen Holzbestände, darinnen gleichsam vom Boden aus wieder an Stämmen hinanklimmend, dabei sich halb verlierend, um gleich darauf wieder von Neuem hell aufzuglänzen – fortwährend wechselnd, in nimmer rastender zauberischer Beweglichkeit. Wo aber der Lichtstrom ungehindert über weite Flächen hinflutete und deren gleichförmig darüber ausgebreiteten Teppich in seiner makellosen Reinheit grell beleuchtete, da ward das Auge um so mehr geblendet, als es hier mit angestrengter Sehkraft etwaiges Gefährt zu erspähen trachtete und solches wohl auch hier und da von den nach Aufhören des Schneefalls noch umhergezogene Wildgattungen gewahrte. Sonst aber, so weit die Blicke reichten, kein Tritt eines menschlichen Fußes, als der, welchen ich, der einsame Waldläufer, lautlos in das sonst noch so unberührte Edelweiß gefurcht. Aber vorwärts trieb es mich mit unwiderstehlicher Gewalt auf der pfadlosen Wanderung, hingerissen von immer neu auftauchenden Reizen, welche die mit phantastischen Formen umkleideten Bäume, Sträucher, Ranken und Gräser, wie der bestrickende Zauber von Farbenfrische in Wald und Luft mit jedem weiteren Schritte dem Auge boten.

Wie nun schon diese Herrlichkeit das Herz mit tiefster Wonne erfüllte, so steigerte sich der Hochgenuss für mich noch bedeutend durch das Erscheinen der lebendigen Tierwelt, welche bald die stille Einsamkeit belebte. Zuerst waren es der Krähen zahlreiche Züge, welche aus ihren Horst - und Schlafstätten kommend den weiten Wald überflogen, um Feld und Dorf und Stadt heimzusuchen, dort unter dem tiefen Schnee ihr kärgliches Mahl zu finden. Schweren Fluges und tristen Gekrächzes durchstrichen die geflügelten schwarzen Gesellen die eisige Luft in lang gedehnter Reihenfolge – wie Leidtragende hinter einem Leichenzug – und regten durch den Kontrast ihrer Erscheinung zur sonnig verklärten schneeprächtigen Natur das Menschengemüt unwillkürlich zu ernster Stimmung an. Um so mehr aber ward darnach das Herz erquickt, als die fröhlich zwitschernden und lustig pinkenden Stimmchen der Goldhähnchen und Meisen durch den sonst so tief schweigenden Wald an das Ohr schlugen; begierig suchte mein Auge nach den rastlosen niedlichen Urhebern, welche in den schneebehangenen Zweigen schwirrend hin und her huschten und bald hier, bald da, oben und unten in das Geäst sich einhingen, um Insekteneierchen und Larven zu suchen. Flogen die Leichtbeschwingten wieder davon, dann schnellten die kleinen Zweige den Schnee federgleich empor, andere Schneelagen wehten mit herab und im Nu war die Luft mit Tausenden sonnendurchschienener Kristalle erfüllt und ein entzückendes Glitzern und Flimmern durchglänzte das Dunkel des Waldes. So setzte ich meine Wanderung fort, bisweilen Wege überschreitend, die etwa zu einem Heidedorfe führten, oder den plumpen Fußspuren der Waldarbeiter begegnend, die in den Holzschlägen noch vollauf Arbeit fanden und deren eintönige Axtschläge den Forst durchhallten. Bald kam ich auch an einer solchen Blöße vorbei, wo die wackeren Leute schon fleißig ihrer schweren Arbeit oblagen, während hinter der haushohen Wurzelwand einer vom Sturme niedergeworfenen Riesenfichte ihr hell flackerndes Feuerchen brannte, dem die knisternden Funken lustig entstiegen, indes der blaue Rauch die umliegenden mächtigen Waldwände in hoher duftiger Säule überstieg. Von hier aus führte mich mein Weg hinab in ein erlenbestandenes Tal, wo das wilde, über die Kiesel seines Bettes noch ungefesselt rauschende Wasser in schäumender Flut die schneeigen und an ihren Säumen beeisten Ufer netzte. Später betrat ich wieder die Heerstraße; aus den einsam zur Seite gelegenen Heidedörfern klang der anheimelnde Dreiklang der Dreschflegel; aber weit ab von ihnen, tief im Forste einer meilenweit eingehegten Wildbahn, lag mein Ziel: eine jeglicher menschlichen Wohnung fern stehende Försterei.

Hier endlich angekommen ward ich auf's Herzlichste willkommen geheißen, und die Kinder, mit denen das Haus vollauf gesegnet war, umsprangen mich fröhlichen Mutes; war ja doch heute das liebe Weihnachtsfest und die Kleinen, Knaben wie Mädchen, die mir herzlich zugetan waren, ahnten wohl, dass ihr Gast an einem solchen Tage nicht leer gekommen sein würde.

So verbrachte ich denn den Nachmittag im traulichen, echt waidmännisch geschmückten Stübchen der Försterwohnung, hier und da helfende Hand mit anlegend, wo der Förster für seine Buben noch für den Abend zu schnitzen oder zu leimen hatte. So war der Abend bald herbeigekommen und nun ließen sich die gütigen Försterleute nicht länger bitten, und es ward die harzduftige, frisch glänzende Tanne, bereits geschmückt mit buntem Flitter und vergoldeten und silberbetupften rotwangigen Äpfeln und klappernden Nüssen, hereingebracht. Darunter aber wurden auf schneeweißem Tischtuch die Geschenke für die im Nebenstübchen jubelnden Wildfänge ausgebreitet, dann noch hurtig die Lichter des Baumes entzündet, worauf der Signalruf auf des Vaters Flügelhorn ertönte, der die jauchzenden, sich drängenden Geschwister im Nu zur Tür hereintosen ließ. Da gab's denn ein Freuen und Seligsein der staunenden Kleinen. Hier ward der niedliche, so naturgetreue Wildschuppen mit seinen daneben aufgestellten Tieren bewundert, dort die kleinen Flinten und Jagdtaschen gemustert; von den Mädchen aber mit gleicher Wonne die Puppen, Wägelchen, Kochgeschirre u.s.w in's Auge gefasst. Aber auch Höschen und Schürzchen, Strümpfe und Schuhe fanden vollsten Beifall, der sich natürlich auch ganz besonders auf die rosinenreichen Stollen und das andere Naschwerk erstreckte.

Draußen aber ward der Mond aufgegangen und beleuchtete die Winterlandschaft mit erst noch bleichem

Schein, der von dem lichtglänzenden Stübchen aus fast gespenstig erschien, bis er in hellstrahlender Pracht den grabesstillen Wald überstrahlte. Da rief plötzlich das älteste Mädchen freudig: „Die Hirsche, die Hirsche kommen!" Und schnell das Schürzchen voll Äpfel nehmend, öffnete es das Fenster, sie ihren Lieblingen zum Leckerbissen auf die äußere Brüstung desselben und die darunter stehende Gartenbank zu legen. Mich aber hatte der Ruf nicht wenig erregt, neugierig spähte ich hinaus und wirklich erblickte auch ich nun die Verkündeten: zwei geweihte stattliche Edelhirsche nebst einem dergleichen Spießer, die von Weitem vertraulich an die Försterei herangezogen kamen, beim Fensteröffnen aber doch verschüchtert ein paar Schritte zurückwichen. Doch nicht lange dauerte es, so kamen sie wieder näher, aber dabei immer erst wieder einmal Halt machend und sichernd, was jedoch, wie mir der Förster versicherte, von ihnen heute nur ausnahmsweise in so zögernder Art geschah, wahrscheinlich weil sie den ungewohnten Lichtglanz des Weihnachtsbaumes scheuten. Endlich, nach ziemlich langem Besinnen, kamen die Forschenden vorsichtig genug, langte der eine von den Hirschen, der, welcher nur sechs Enden auf dem Schädel trug, sofort zu, die schmackhaften Christäpfel sich trefflich munden lassend. Der Spießer hingegen wie der stolze Zwölfender (denn ein solcher war der dritte Mitgekommene) zögerte misstrauisch noch lange, ehe sie sich entschlossen, die verlockenden Früchte zu berühren. Ich aber schlich mich nun auf des Förster Rat zum Hinterpförtchen hinaus, den seltenen Anblick mit allen seinen Reizen unmittelbar im Freien zu genießen, was mir auch, da ich natürlich gegen den Wind mich stellte, die Hirsche aber überhaupt den Verkehr am Hause gewöhnt waren, im vollsten Maße gelang.

So stand ich dann draußen in monderhellter Waldesnacht, vor mir das malerische von Fichten umschlossene Jägerhaus mit den alten Linden, hinter deren einem Stamme hervor der Spießer neugierig nach dem lichtschimmernden kleinen Fensterchen der trauten Waidmannswohnung, welche so herzige Kinderlust in sich barg, äugte. Die beiden starken Hirsche aber, die sich seit Langem schon gewöhnt hatten, allabendlich von der nahen Wildfütterung herüber an die Wohnstätte ihres freundlichen Hüters zu kommen, wo ihnen durch dessen Kinder jedes Mal noch ein Mund voll Körner, Kastanien, Möhren oder Obst geboten wurde, ließen sich auch heute statt der gewöhnlichen Holzäpfel die süßere Christkost der kleinen Geber wohl schmecken, dabei aber mit nicht weniger Verwunderung, als ihr jungendlicher Kumpan, die außergewöhnliche Helle im heimischen Raume betrachtend.

Mir aber ward durch diese Szene eine seltene und unübertroffene Weihnachtsfreude bereitet, und nicht satt schauen konnte ich mich an dem so eigentümlich fesselnden, herrlichen Bilde. Schier zauberhaft waren die hochgeweihten Häupter der Hirsche von dem goldenen Glanz der Weihnachtslichter angestrahlt, dass die prunkenden Enden ihrer Kopfzier bei jeder Bewegung hell aufblitzten, während die dem Lichtstrom sonst abgewandten Gestalten bläulich glänzende Mondhelle umspielte. Dazu die Stille der geisterhafte durchhellten Waldesnacht, die nur zuweilen durch das laute Aufjubeln der Kinder drinnen im schmucken Stübchen unterbrochen wurde, während der mondbestrahlte Quell den ausgehöhlten Baumstamm im Gehöfte des Försters unter leisem Plätschern geschäftig füllte.

Lange, lange gab ich mich den bestrickenden eindrücken hin; dann aber rasch, fast wehmütig von der glücklichen Familie Abschied nehmend, trat ich den weiten einsamen Heimweg an, der mich erst in weit vorgeschrittener Nacht meiner stillen Behausung zuführte.

DORA SCHLATTER
Eine Weihnachtsgeschichte

„*O* du fröhliche, o du selige, gnadenbringende Weihnachtszeit!", klang es von frischen Kinderstimmen und einer tiefen, klaren Frauenstimme durch die Räume des Thalbacher Pfarrhauses. Als der letzte Ton verhallt, war's ein paar Augenblicke still in dem gemütlich warmen Wohnzimmer. Aber nicht lange!

„Warten wir nie meine Leidenschaft sein, auch wenn ich Methusalems Alter erreichen sollte!", hub Karl, der dreizehnjährige Gymnasiast an, der gestern zu den Ferien heimgekommen war.

„Es ist aber doch so notwendig, dass man warten lernt", erwiderte Lenchen mit weiser Miene; „wer diese köstliche Kunst nicht verstände, sagte die Mutter neulich, der käme ihr vor, wie ein Mensch, der ein Buch lesen wolle, ohne das ABC gründlich gelernt zu haben. Man würde eben nicht fertig im Leben ohne das Warten."

Johanna und Elsbeth, die beiden neunjährigen Zwillinge, rückten dich zu der Tante heran, die strickend in der Sofaecke sitzt, und Johanna bittet: „Ach, erzähle und doch etwas! Auch mir will der Nachmittag schon endlos erscheinen!"

„Und hätten wir nur", fährt Elsbeth fort, „unsere Weihnachtsbesuche bei den Kranken nicht schon mittags gemacht, da wäre jetzt die Zeit, bis der Vater zur Bescherung ruft, schön ausgefüllt. Ach ja erzähle, bitte, bitte!"

„Nun, erzählen will ich wohl, Kinder", sprach die Tante, indem ihre lieben Augen mit einem ihnen sonst fremden, träumerischen Asudruck in die frühe Dämmerung hinausschauten. „Ihr müsst aber heute mit ein paar Erlebnissen aus meinem eigenen Leben fürlieb nehmen – die Erlebnisse eines Weihnachtstages vor langen, langen Jahren! An Gedenktagen, wie Christkindchens Geburtstag, meinem eigenen und den Geburts – und Sterbetagen meiner Lieben, da wandern meine Gedanken zurück in vergangene Zeiten und vorwärts zu jenem großen Freuden- und Vereinigungstage, aber bei gelesenen und gehörten Geschichten wollen sie nicht gern weilen! Heut sind's neunzehn Jahre, seit ich mich mit Onkel Richard verlobte, den ihr beiden Älteren ja noch gut gekannt habt. Vor acht Jahren bin ich Witwe geworden!"

„O, dann ist's also eine wirkliche Liebesgeschichte!", meinte Karl, – ließ das Knäuel von Elsbeths Strickzeug, mit dem er sich eine Weile beschäftigt, achtlos fallen und setzte sich in lauschende Stellung. „Nun ja, eine Liebesgeschichte ist's", sagte die Tante, indem ein fast jugendliches Erröten über ihre feinen Züge flog. „Vor allem aber preist sie die Liebe und Freundlichkeit des Herrn, der die Menschenherzen lenkt wie Wasserbäche." Eben jetzt meldete sich der kleine fast vierjährige Paul, der ziemlich lange ruhig in der Zimmerecke mit einem defekten Schaukelpferd beschäftigt gewesen, und verlangte „etwas sehr Schönes zum Spielen, etwas, das nicht verrissen oder verbrochen wäre". Als man seine Wünsche erfüllt hatte, hub die Tante also an: „Ich war Lehrerin an einem Mädchenpensionat in London. Die Tage waren mühevoll und schwer. Die Arbeit wollte fast zu viel werden für Körper und Geist. Und was das Schwerste war in meiner dortigen Stellung – der Herr und sein Wort bildeten nicht den Mittelpunkt der Erziehung und des Unterrichts! Man beschäftigte sich zu viel mit Äußerlichkeiten, mit Nebendingen! Die zum Teil schon erwachsenen Mädchen wurden vollgestopft mit allerhand Kenntnissen und Wissenschaften, vor allem mit Zeichnen, Malen, Musik, Französisch und Italienisch. Von dem einen aber, was Not tut, wurde ihnen wenig gesagt, und das wenige in trockener, mechanischer Weise, ohne Lebenskraft und Lebenswärme. Die Vorsteherin, eine wohlwollende, feingebildete Frau, war allerdings kirchlich gesinnt, aber von einer Gebets -und Lebensgemeinschaft mit dem Herrn schien sie nichts zu wissen. Ich dagegen wollte ihm ja so gern angehören, doch wurde mir's schwer, bei dem unruhevollen, oberflächlichen Leben still und unverrückt mich an ihn zu halten.

Das Weihnachtsfest war herangekommen. die Pensionärinnen reisten für die Ferien ins Elternhaus. Mir war es als eine besondere Vergünstigung gestattet, während derselben in der Anstalt zu bleiben. Die Vorsteherin hatte für den ersten Weihnachtstag die Einladung einer befreundeten Familie in Syddenham, einer der zahllosen Vorstädte Londons, angenommen und gedachte schon am 24. früh dorthin aufzubrechen, obgleich dem lieben Heiligen Abend nicht sein Recht ward. Nach der kirchlichen nimmt bei der häuslichen Feier das Mittagessen am ersten Festtage entschieden den Hauptrang ein. Bei demselben dürfen in den einigermaßen wohlhabenden Ständen weder der Truthahn noch der Plumpudding fehlen.

Ich hatte zwar auch Bekannte in London – eine Familie, an die ich einen Empfehlungsbrief gebracht, und die mich seither häufig in ihr liebes, frommes, gastliches Haus aufgenommen. Es war die Familie des Bankiers Pfeiffer. Vater und Sohn waren im Geschäft tätig; die Mutter waltete – eine echte, deutsche Hausfrau – still und umsichtig im Hause, suchte aber auch außerhalb desselben Armut und Elend zu lindern, soviel sie vermochte. Eine Einladung aber zum Weihnachtsfest, auf die ich eigentlich sehnlich gehofft, war nicht erfolgt. Dachten sie meiner nicht in ihrer Feststimmung?

Der 24. brach trübe und neblig an. Schnee war nicht gefallen. Ich las in meinem Stübchen am offenen Fenster und zeichnete. Ein gutes Feuer brannte im Kamin. Ich fühlte mich unaussprechlich einsam! Wollte denn kein Weihnachtsglanz für mich leuchten, keine Weihnachtsfreude mein Herz erwärmen? Da klopfte es. Die Vorsteherin trat ein und fragte, ob ich nicht Lust hätte, sie bis Syddenham zu begleiten? Von Brixton, wo unser Pensionat lag, konnten wir's in wenigen Minuten mit der Bahn erreichen. Sie schlug mir vor, ein paar Stunden in den Syddenham-Kristallpalast zu gehen, den ich oft und gern zu besuchen pflegte. Nun, für den Weihnachtstag hätte ich mir allerdings eine andere Freude gewünscht, aber ich willigte ein, da Miss Salmon meine Begleitung zu wünschen schien.

Es ist ein herrliches Gebäude, dieser Kristallpalast! So vollendet und groß steht er da – mehr wie eine Schöpfung aus der Märchenwelt, als ein mühevolles Machwerk von Menschenhänden. Zu einer früheren Londoner Industrie-Ausstellung erbaut – ganz aus Glas ausgeführt, nur das Gerippe von Eisen – ist er jetzt zu eine Art Museum umgestaltet.

Langsam schlenderte ich durch die weiten Hallen. – Hier die schönsten einheimischen und ausländischen Gewächse, zwischen denen schillernde, prachtvoll gefärbte sowohl, als auch sangreiche Vögel umherflattern. Gruppen von ausgestopften Tieren (Dromedare, Gazellen usw.) und Menschen aus allen Zonen, denen man's wahrlich nicht ansieht, dass sie nur aus Holz gearbeitet sind, so natürlich sind ihre Stellungen, so ausdrucksvoll ihre Gesichter. Für ein paar Augenblicke glaubt sich der Beschauer in ferne Länder versetzt, die sein Fuß nie betrat.

Dort einzelne Gestalten und Gruppen aus Marmor. Weiterhin die Bildergalerie. Dann führt mich mein Weg in die Tropen. Riesige Wasserbassins, auf denen

sich Lotosblumen schaukeln. Auf dem Grunde des klaren Wassers schaut man die reichen Schätze, die der Mensch aus der Meerestiefe hervorgeholt. – Stolze Palmen, Bananen, schattige Bosketts aus Lorbeer, Zypressen, Orangen. Glänzende Blumen des Südens, zwischen denen ganze Scharen Kanarienvögel und schimmernde Kolibris sich tummeln. Ich ruhte ein paar Augenblicke auf einer der Moosbänke, dem Plätschern der Springbrunnen und den weichen Klängen der Musik lauschend, die aus dem Dunkel des Buschwerks ertönte, ohne dass man die Urheber derselben sah. Aber bald erhob ich mich wieder und trat in die großen, hochgewölbten Hallen des Bazars. Ein Laden neben dem andern! Und welche Überraschung. In der Mitte des Bazars erhob sich ein Riesentannenbaum, weihnachtlich geschmückt, der, wie mir einer der umstehenden Diener erklärte, am Abend für die vielen Deutschen die sich dann hier einfinden, angezündet werden sollte. Ein deutscher Weihnachtsbaum in fremden Lande! Sollte ich bis zum Abend im Palast bleiben und mich den Heimatlosen zugesellen? War ich doch einsam und heimatlos wie nur einer! Meine guten Eltern ruhten längst auf dem Friedhof; eure Mutter, meine einzige Schwester, war als Erzieherin in einem Pfarrhause – nähere Verwandte hatte ich nicht, die wenigen Freunde schienen mich vergessen zu haben!
Ich wollte die Frage noch nicht entscheiden. Vielleicht wär's besser, ich bliebe daheim in meinem Stübchen! So sinnend schritt ich weiter in andere Räume, in die

sich niemand der Schaulustigen verirrt hatte. Meine Gedanken stiegen bis an den Thron des Königs aller Könige, des Herrn aller Herren und flehte um Frieden, um Liebe, um volles Genüge, um Weihnachtssegen. Aber wundert euch nicht, Kinder, wenn ich erzähle, dass eure alte Tante dabei bitterlich geweint hat! Ich war ja dazumal noch ein armes, junges Ding, und schon so einsam und verlassen im Leben zu stehen, wollte mir gar nicht behagen! Wenn ich auch die Gnadennähe meines Herrn spürte, so ist doch mein Herz gleich dem anderer Menschenkinder verzagt und trotzig von Jugend auf. Aber wohl dem, der zum Herrn geht mit seinem Schmerz, welcher Art er auch sein mag, und bei ihm Hilfe sucht! Er erhört unsere Bitten, schon ehe wir es aussprechen! wie es Jes. 65,24 heiß: „Und soll geschehen, ehe sie rufen, will ich hören." Seine liebe Hand trocknet nur gerne die Tränen seiner Menschenkinder und schenkt ihnen, wonach ihr Herz sich sehnt

„Wusste ich doch wo ich meine kleine Freundin zu suche habe! Gott zum Gruß!", ertönte in meiner nächsten Nähe die herzliche, kräftige Stimme des Herrn Pfeiffer – und neben ihm stand sein Sohn, und auch aus seinem männlichen ernsten, aber freundlichen Antlitz leuchtete mir ein warmes Willkommen entgegen. Der Vater berichtete, dass sie mich schon in meiner Wohnung gesucht hätten, um mich für die ganze Dauer der Weihnachtsferien zu sich zu holen. Seine Frau habe früher schreiben wollen, es aber im Drang der Fest-

vorbereitungen versäumt. Wir müssten nun allerdings erst im Pensionat einkehren, meine Sache holen und der Haushälterin von meinem Fortgehen Mitteilung machen. „Und nun", fuhr er fort, „erwartet mich hier, ich habe im Lesezimmer noch mit einem Freunde zu sprechen, bin aber bald wieder bei euch."
„Ich möchte es schon einmal besuchen", sprach Richard, indem er sich in den stillen Hallen umschaute, „jenes Land mit seinen Zedern – und Palmenhainen, seinen endlosen Wüsten und seiner üppigen Fruchtbarkeit, seinen mächtigen Katarakten, seinen stillen Stromtälern, seinen Pyramiden und seinen Mumien! Nicht nur allein!" – Ich begegnete seinem Auge, das fragend auf mir ruhte. Er ergriff meine Hand und sagte, dass er mich lieb habe, und ob ich sein Weib werden und mit ihm nicht etwa nur eine Reise nach Ägypten, sondern die ganze Lebensreise zusammen machen wolle. Das war euer Onkel Richard, Kinder, und durch ihn hat der liebe Gott meine Armut reich und mein Leben köstlich gemacht.
An jenem Abend standen wir als glückliches Brautpaar unter dem Christbaum. Als wir am andern Morgen zur Kirche gingen, klang's in meinem Herzen: O du fröhliche, o du selige, gnadenbringende Weihnachtszeit!"
Die Mutter, die leise eingetreten war, hat schon ein Weilchen neben der Tante gestanden. „Es ist alles bereit!", sagt sie und nickt den Kindern freundlich zu. Der Vater tritt jetzt ein und liest die Weihnachtsbotschaft, durch die ein Jahr nach dem andern und ein

Jahrhundert nach dem andern den Menschenkindern große Freude bereitet wird. Dann stimmt die ganze Familie den Lobgesang an: „Vom Himmel hoch da komm ich her!" Die Tante begleitet auf dem Klavier. Und das Glück der Jahre, die vorüber sind – und die Weihnachtsfreude der Gegenwart – und die Hoffnung auf den Tag, wo der Weihnachtssegen: „Ehre sei Gott in der Höhe, Friede auf Erden und den Menschen ein Wohlgefallen!" erst in seine volle Kraft treten wird – das alles hat ihr noch immer schönes Antlitz mit hellem Schimmer übergossen. Während der zwei letzten Verse ist der Vater leise hinausgegangen. Nun öffnet sich die Tür des andern Zimmers:
Weihnachtsglanz! Weihnachtsfreude! Weihnachtsjubel!

Theodor Storm
Weihnachtslied

Vom Himmel in die tiefsten Klüfte
Ein milder Stern herniederlacht;
Vom Tannenwalde steigen Düfte
Und hauchen durch die Winterlüfte,
Und kerzenhelle wird die Nacht.

Mir ist das Herz so froh erschrocken,
Das ist die liebe Weihnachtszeit!
Ich höre fernher Kirchenglocken
Mich lieblich heimatlich verlocken
In märchenstille Herrlichkeit.

Ein frommer Zauber hält mich wieder,
Anbetend, staunend muss ich stehn;
Es sinkt auf meine Augenlider
Ein goldner Kindertraum hernieder,
Ich fühl's, ein Wunder ist geschehn.

Herman Bang
Einsam am Heiligen Abend

Jedesmal wenn Weihnachten kommt, muss ich an Herrn Sörensen denken. Er war der erste Mensch in meinem Leben, der ein einsames Weihnachtsfest feierte, und das habe ich nie vergessen können.

Herr Sörensen war mein Lehrer in der ersten Klasse. Er war gut, im Winter bröselte er sein ganzes Frühstücksbrot für die hungrigen Spatzen vor dem Fenster zusammen. Und wenn im Sommer die Schwalben ihre Nester unter den Dachvorsprung klebten, zeigte er uns die Vögel, wie sie mit hellen Schreien hin und her flogen. Aber seine Augen blieben immer betrübt.

Im Städtchen sagten sie, Herr Sörensen sei ein wohlhabender Mann. „Nicht wahr, Herr Sörensen hat Geld?", fragte ich einmal meine Mutter. „Ja, man sagt's." – „Ja ... ich hab' ihn einmal weinen sehen, in der Pause, als ich mein Butterbrot holen wollte ..."

„Herr Sörensen ist vielleicht so betrübt, weil er so allein ist", sagte meine Mutter. „Hat er denn keine Geschwister?", fragte ich. „Nein – er ist ganz allein auf der Welt..."

Als dann Weihnachten da war, sandte mich meine Mutter mit Weihnachtsbäckereien zu Herrn Sörensen.

Wie gut ich mich daran erinnere. Unser Stubenmädchen ging mit, und wir trugen ein großes Paket, mit rosa Band gebunden, wie die Mutter stets ihre Weihnachtspäckchen schmückte.

Die Treppe von Herrn Sörensen war schneeweiß gefegt. Ich getraute mich kaum einzutreten, so rein war der weiße Boden. Das Stubenmädchen überbrachte die Grüße meiner Mutter. Ich sah mich um. Ein schmaler hoher Spiegel war da, und rings um ihn, in schmalen Rahmen, lauter schwarz geschnittene Profile, wie ich sie nie vorher gesehen hatte.

Herr Sörensen zog mich ins Zimmer hinein und fragte mich, ob ich mich auf Weihnachten freue. Ich nickte.

„Und wo wird Ihr Weihnachtsbaum stehen, Herr Sörensen?" – „Ich? Ich habe keinen, ich bleibe zu Hause."

Und da schlug mir etwas aufs Herz beim Gedanken an Weihnachten in diesem „Zuhause". – In dieser Stube mit den schwarzen kleinen Bildern, den schweigenden Büchern und dem alten Sofa, auf dem nie ein Mensch saß – ich fühlte das Trostlose, das Verlassene in dieser einsamen Stube, und ich schlug den Arm vors Gesicht und weinte.

Herr Sörensen zog mich auf seine Knie und drückte sein Gesicht an meines. er sagte leise: „Du bist ein guter, kleiner Bub." Und ich drückte mich noch fester an ihn und weinte herzzerbrechend.

Als wir heimkamen, erzählte das Stubenmädchen meiner Mutter, ich hätte „gebrüllt".

Aber ich schüttelte den Kopf und sagte: „Nein, ich habe nicht gebrüllt. Ich habe geweint. Und weißt du, ich habe deshalb geweint, weil nie jemand zu Herrn Sörensen kommt. Nicht einmal am Heiligen Abend ..."

Später, als wir in eine andere Stadt zogen, verschwand Herr Sörensen aus meinem Leben. Ich hörte nie mehr etwas von ihm. Aber an jenem Tag, als ich an seiner Schulter weinte, fühlte ich, ohne es zu verstehen, zum ersten Male, dass es Menschen gibt, die einsam sind. Und dass es besonders schwer ist, allein und einsam zu sein an Weihnachten.

KARL FREIHERR V. SECKENDORFF

Weihnachtskorso in der Großstadt

*V*on allen Großstädten hat Wien das behäbigste Tempo. Flutet auf Piccadilly, in Oxford Street und auf den Pariser Boulevards der Strom des Weltverkehrs in vier Wagenreihen, spielt sich das Leben des New Yorkers auf der Suche nach dem Dollar in hastigem Jagen zwischen Ober- und Untergrundbahn, Kontor und den verschiedenen Börsen ab, Wien hat sich seine übrigens oft geschmähte Gemütlichkeit auch als Millionenstadt nicht nehmen lassen. Nur einmal im Jahr packt auch uns ein eiliges Fieber, eine Art Taumel, wen Weihnachten in Sicht ist. Denn dann scheint zu den Abendstunden ganz Wien auf den Beinen, man besieht sich die Auslagen und wählt, was wohl den Lieben die meiste Freude machen kann. Bepackte Dienstmänner mit Christbäumen oder ein Schaukelpferd unterm Arm drängen sich durch die Menge, elegante Damen in kostbaren Pelzen und mit Riesenhüten entsteigen ihrem Wagen, um Einkäufe zu besorgen. Jeder Mensch trägt ein oder mehrere Pakete. Sogar unsere Dandies, denen heilige Überlieferung das Tragen auch des geringsten Päckchens verbietet, sind während dieser Zeit des Jahres von diesem Zwang der Mode entbunden. „Biedermeier" ist heuer Trumpf. Herren- und Damenmode ist nach dieser Epoche zugeschnitten, man kopiert alle Einrichtungen und in allen Auslagen grüßen einem die zierlichen Sächelchen, die modernes Wiener Handwerk in seinem künstlerischen Verständnis der Kaiser Franz-Zeit nachempfunden hat. Uhren und Bronzeleuchter, Paravents, Schmuckfassungen bei den Juwelieren, alles im Biedermeierstil. Und in den Kunsthandlungen sind die berühmten Altwiener Stiche von Ziegler, Schütz, farbige Perspektiven von den öffentlichen Plätzen und Gärten nur um fabelhafte Preise zu haben. Wie stillvergnügt und sorglos sehen die Menschen darauf aus! Die dicken Bürger und Militärs mit hohem Tschako. Der Vormärz scheint überhaupt und nach allem, was die Tradition uns überliefert, doch nicht so übel gewesen zu sein, als man ihn uns jetzt schildert. Denn Österreich war damals Vormacht in Europa und auf die Parole, die der Fürst Metternich in der „Hof- und Staatskanzley" am Ballplatz für die äußere Politik gab, horchte die ganze Welt. In Kunst und Mode machte Wien der Stadt Paris den Rang streitig, beherbergte sie doch Männer wie den Giganten Beethoven, den ewig unzufriedenen (wäre er sonst ein echter Österreicher gewesen?) Raunzer und Poeten Grillparzer. Der Ruhm des Alt-Wiener Porzellans aus der kaiserlichen Manufaktur, der heute die Porzellangasse im 9. Bezirk ihren Namen dankt, drang bis zu den Maharadschas im Inderland. Waldmüller und Kupelwieser malen unsterbliche Bilder schöner Wienerinnen, den Maler Moritz v. Schwind verbanden innige Bande der Freundschaft mit Franz Schubert. Die graziöse Kunst eines Daffinger schuf ein ganz neues, leider wieder ganz in Vergessenheit geratenes Genre, die Miniaturmalerei. Ein Zug von Behagen und Zufriedenheit muss trotz der angeblichen „Knechtung der Geister" durch das ganze Leben und Treiben der Kaiserstadt gezogen sein. Waren doch die Leute eigentlich arm, die Napoleonischen Kriege und der Staatsbankrott hatten unermesslichen Schaden angerichtet und in vornehmen Häusern speiste man mit Bestecken, deren hölzerne Griffe mit Silberblech umkleidet waren. Denn das Familiensilber hatte der Staat gegen Bankozettel gekauft und zur Bezahlung des Soldes für die Truppen eingeschmolzen.

Aber eine innerliche Harmonie klang durch den Charakter dieser Menschen, die sich auch dem Verkehr untereinander mitteilte. Alle die Tassen und Geschenke mit den blumengeränderten Aufschriften „Aus Liebe" oder „Aus Freundschaft", welchen von Herzen kommenden Gefühlen danken sie ihre Entstehung? Was Wunder, wenn man mit diesem herzigen Tand, der für den Kenner so verlockend in den Vitrinen der Antiquitätenhändler steht, mit den zierlichen Tischchen und Miniaturen auch den Geist dieser alten, im wahrsten Sinne des Wortes guten Zeit miterwerben möchte. Ist es nicht wie Sehnsucht, wie die Erinnerung an eine längst verklungene Melodie, die sich in der heutigen Mode ausdrückt? Wie haben sich aber die Zeiten seitdem geändert, seitdem unsere Urgroßmütter, auf dem Glockenhut oder der Pelztoques einen mächtigen Reiherbuschen oder einen schön geschwungenen Paradiesvogel, in den Prater fuhren? Wir kopieren die Äußerlichkeiten dieser dahingegangenen Generation, ihr Geist ist aber für immer dahin. Uns armen Epigonen blieben nur schlechte Nerven, der furchtbare Kampf ums liebe Geld, Zinskasernen und Fabrikschlote zum Vermächtnis.

Viele von den herrlichen Palästen, in denen der geistreiche Prince de Ligne französischen Esprit auf Wiener Boden verpflanzte, sind verödet, zu Mietszwecken und Geschäftshäusern umgewandelt und erst in diesem Frühjahr schloss die letzte überlebende Repräsentantin der Glanzepoche Wiens die jedem Wiener aus dem Burgtheater her bekannte Fürstin Nani Trauttmansdorff geborne Fürstin Liechtenstein im hohen Alter von 88 Jahren ihre gütigen Augen für immer.

Doch kehren wir zur Gegenwart wieder zurück. Von den glänzenden Schaustellungen am Graben führt uns unser Weg am düsteren Palast des Kriegsministeriums vorüber auf den Christkindlmarkt mit seinen Wundern. Alles was ein Kinderherz begehrt, drängt sich dort zusammen, Sterne und Englein, die Krippe mit dem Jesuskind, Puppen und Soldaten erregen die laute Bewunderung der Kleinen. Hier kommt es uns so recht zum Bewusstsein, dass Weihnachten das Fest der Kindheit ist. Mögen sie in den teuren Spielwarenhandlungen exakte Modelle von Küchen, Puppenzimmern haben, den Kleinen ist für ach so kurze Zeit nur die gottbegnadete Fantasie gegeben, dass ihnen das rohgeschnitzte Pferderl geradeso viel Freude und Vergnügen macht, wie ums Eck herum die genaue Kopie eines berühmten Rennpferdes, mit wirklicher Pferdehaut überzogen und minutiös nachgebildetem Reitzeug.

Der Höhepunkt der Einkaufswoche ist der goldene Sonntag, alle Geschäfte sind in Licht und Glanz getaucht und ein mächtiger Menschenstrom ergießt sich aus den entlegenen Vororten in die innere Stadt. Vor den herrlichen Schaufenstern staut sich die Menge und fröhliche Kindergesichter sieht man überall. Aber auch bittende Augen aus blassem, schmalem Antlitz sollen uns nicht umsonst erinnern, dass Weihnachten ein Fest der Freude und der Liebe ist. An den dem goldenen Sonntag folgenden Tagen flaut das Geschäft stetig und stetig ab, und wenn die ersten Schatten der Nacht sich am 24. Dezember über die Stadt senken, dann flammen in allen Stockwerken die Christbäume auf, es verhallt das Brausen des Verkehrs und verklingt leise in dem Jauchzen jener, denen der Christ gekommen.

JEREMIAS GOTTHELF

Die Christbescherung des kleinen Johannesli

Johannesli erwachte, während das Licht noch brannte; die Weihnachtsfreude hatte ihn geweckt. – Die glücklichen Kinder, sie werden durch Freude und freudiger Erwartungen aufgeweckt, das Alter durch Bangen und Kummer. Wer erinnert sich nicht an die goldenen Tage, wo er nicht schlafen konnte, weil am Morgen Bescherung war, eine kleine Reise bevorstand oder was Neues ins Leben trat! Freilich war die Bescherung, welche Johannesli zu hoffen hatte, nicht groß, nicht viele Kreuzer kostete sie; aber auf die Größe, auf die Kostbarkeit kommt es nicht an, ob die Freude groß oder klein sei, sondern auf das Gemüt, welche sie empfängt, sowenig als das so genannte Glück bedingt wird durch so genannte große Glücksgüter. Das wahre Glück welches das Wasser nicht nimmt, der Hagel nicht verhagelt, hat einen andern Grund. „Klein Ding freut die Kinder", sagt das Sprichwort. Wohl denen, welche in ihren Kindern den Sinn bewahren, dass kleine Dinge sie freuen; wohl denen, welche in ihren Herzen den Sinn bewahren, dass auch sie freut, was die Kinder freut; denn den Kindern gehört das Himmelreich, und wenn wir nicht wie sie werden, so haben wir nur ein Teil an der Welt, und die Welt ist eng, und der Sinn, der die Welt liebt, ist unersättlich und findet kein Genügen, und wo kein Genügen ist, da ist kein Glück, da ist keine Freude.

Was aber Johannesli für eine Freude hatte über seine Bescherung, so wird sie wirklich selten gefunden auf Erden. Die Bescherung bestand aus acht Nüssen, welche einen Kreuzer gekostet hatten, einem bezuckerten Schäfchen, dessen Schwanz ein Pfeifchen war, es kostete zwei Kreuzer; einen Pfefferkuchen für zwei Kreuzer, Summa Summarum fünf Kreuzer; dabei lag noch ein Semmelring, so genannter Weihnachtsring, welchen die Bäckerin der Großmutter geschenkt hatte. Das war eine unendliche Freude, ein Glück über alle Worte, und auch die Großmutter nahm teil an diesem unendlichen Glücke, während immerfort Tränen über ihre Backen rieselten und sie denken musste: „Ach Gott, du armes Bubi." –

Als der erste Rausch des Kleinen vorüber war, der graue Tag durch die Fenster guckte, rief der Kleine: „Großmüetti, habe dir auch was, rate mal!" Aber die Großmutter konnte nicht raten; da holte der Kleine in großem Triumphe zwei Eier, welche in der Großmutter Abwesenheit gelegt worden waren, und welche er versteckt hatte, um ihr auch eine Freude zu bereiten. „Sieh, Großmüetti, sieh, zwei Eier und wie schöne und wie große! Daraus machst du heute Eierbrot zum Kaffee, und dann kannst den Leuten sagen, dass ich dir auch das Weihnachtskindlein habe kommen heißen."

Ach, wie manches Kind bittet so innig: „Vater, lass mir doch das Weihnachtskindlein kommen!" Und wie manches Kind dankt innig, dass ihm dieser Wunsch erfüllt worden, und die Eltern freuen sich der Freude der Kinder, und ihr Gewissen rühmet sie, dass sie den Kindern gute Eltern sind, so viele Freuden ihnen bescheren. Aber Leute, klebt nicht am Zeichen, treibt nichts Kindisches, gedenket an das, was das Zeichen bedeutet und an das Himmelreich, welches vom wahren Weihnachtskindlein den Kindern beschert wurde und welches Vater und Mutter ihren Kindern öffnen sollen, das wahre Weihnachtsgärtlein, in dessen Mitte der Tannenbaum voll Lichter und ohne Schlange. Das Weihnachtskindlein kommen heißen in Zuckergebäcken und buntem Spielzeug und das wahre Weihnachtskindlein, das vom Himmel kam und zum Himmel führt, verleugnen, den Kindern es verbergen, goldenen Schäfchen bescheren und um das Lamm, welches der Welt Sünden trug, sie betrügen heißt das nicht, denn Kindern Steine, Schlangen bieten, Brot und Fische ihnen vorenthalten, mit Kindischem sie kindisch machen, die Augen blenden für das Ewige, den Stamm verstümmeln, der zum Himmel wachsen soll? Das Weihnachtskindlein kommen lassen und die Kindlein nicht weihen in der heiligen Nacht dem ewigen Heiland, der um ihretwillen ein Kind geworden, das heißt geblendet und kindisch geworden sein, die

Augen versengt haben an der Afterweisheit des Tages, wie die Mücken die Flügel am Lichte versengen, dasselbe für die Sonne haltend, welche sie geboren.

So war es aber bei Kathi, der Großmutter, wirklich nicht, sondern sie musste dem Kinde erzählen vom rechten Weihnachtskindlein, das in Bethlehem geboren worden in einem Stalle und gelegt ward in eine Krippe; und wie die Engel des Himmels es den Hirten verkündet und die Hirten es angebetet hätten, und die Engel gesungen in der Klarheit des Himmels das himmlische Lied: „Ehre sei Gott in der Höhe und Friede auf Erden und den Menschen ein Wohlgefallen." Wie dann die Weisen aus dem Morgenland gekommen, der Melchior, der Balthasar und der Kaspar, mit Kamelen und Elefanten und ganz schwarzen Mohren, und Gold, Weihrauch und Myrrhen gebracht und das Kindlein auch angebetet hätten. Wie ihnen dann ein Engel im Traum erschienen, vor Herodes sie gewarnt hätte, sie schnell in ihr Land geeilt, und wie Joseph auch gewarnt worden durch einen Engel und schnell ein Eselein gekauft hätte und mit der Mutter und dem Kinde geflohen sei ins Ägypterland, wo früher die Kinder Israels als wie einem Diensthause gewohnt hätten viele hundert Jahre lang. Und wie dann der grausame, gewaltige König gekommen sei mit all seinen Soldaten und das Kindlein gesucht, welches der neugeborne König der Juden sein sollte, und wie er, da man es ihm nicht gezeigt, weil es nicht mehr da war, alle Kindlein habe töten lassen in und um Bethlehem, und wie ihn darauf eine schreckliche Krankheit elendiglich zu Tode gemartert, dieweil Gerechtigkeit im Himmel sei.

So erzählte die Großmutter, und Johannesli weinte fast vor Zorn und Wehmut und meinte, wenn er dabei gewesen, so wäre es nicht so gegangen, er hätte dem bösen König den Kopf abgeschlagen und den kleinen Heiland zum König gemacht, dass er nicht nach Ägypten hätte fliehen müssen und bös haben dort zimmern nachher. –

RUDOLF REICHENAU
Weihnachtsfrühfeier

Wie lange diese Nacht währt!
„Noch nicht Morgen?"
„Nein" – so trübe die Nachtlampe brennt, das sieht man doch, das Himmelbett der Eltern ist wohl leer, aber noch frisch aufgemacht, wie am Abend – sie sind noch gar nicht schlafen gegangen. Es ist kalt – husch! in die Kissen zurück! Die Eisblumen am Fenster, die sich immer dichter mit wunderbar verschlungenen Ranken und Blätter überziehen, gestatten dem Sterne, der mit so eigenem funkeln vom Himmel sieht, kaum noch den Einblick ins Zimmer. Draußen aber knistert der Schnee unter dem Tritte des Wächters oder kreischt laut vor Entsetzen über die frevelhafte Entweihung, wenn ein verspäteter Frachtschlitten die Gleise befährt, die der Frost nicht für irdische Fuhren so spiegelblank geputzt. Horch! Schon wieder dies geheimnisvolle Regen! und immer lebendiger wird es. Bald ist es wie behutsame Gewichtigkeit einer Männersohle, die sich Mühe gibt, leise zu treten, bald wie Rauschen von Frauenkleidern; bald knacken verräterische Treppenstufen, bald klingt es wie klappende Schranktüren oder wie Schiebladen, die auf – und zugehen, bald wie ein Flüstern und Räus-

pern im Flurgange; jetzt stößt es an, wie wenn große, schwere Kisten getragen werden, oder es fällt gar zu Boden und rollt die Diele entlang, ganz so wie ein Schachteldeckel. Dabei steht das Himmelbett noch immer unberührt. – „Wenn die Auguste Rademacher doch recht hätte! Wenn es doch die Eltern selbst wären, und nicht der Engel die Bescherung brächte!"
Furchtbarer junger Zweifler im Ausschiebebettstellchen, vermessener kleiner Fibelfaust, verzehre dich nicht in vergeblichem Grübeln über das Unfassbare, von dem wir einmal nichts wissen sollen und nichts wissen können. Ist dir der Friede deiner Seele lieb, lege dich ruhig wieder hin und schlummere den Schlummer gläubiger Unschuld wie dein Schwesterchen, dem das große Geheimnis der Nacht keine andere Unruhe verursacht, als dass es wie ein Fragezeichen sein Beinchen über das Deckbett streckt.
Mitternacht ist vorüber, vom Turme haben Choralklänge die alte Himmelbotschaft verkündet: Ehre sei Gott in der Höhe, Friede auf Erden und den Menschen ein Wohlgefallen!
Der Nachtlampe Docht fängt an zu verkohlen, das Öl wird knapp, und das Wasser, auf dem es schwimmt, ist ein schlechter Feuerwerker; prasselnd, zischend, spritzend fährt das Flämmchen noch einmal auf, gerade hell genug, erkennen zu lassen, dass nun auf den Stühlen an dem Himmelbett Kleider liegen; dann ist alles finster und still. „Noch immer nicht Morgen?"
„Noch lange nicht. Soll ich dir meine Hand geben?

Willst du ein Schlückchen Wasser? – So, nun lege dich auf die andere Seite und schlafe weiter."
„Auch jetzt noch nicht?"
„Nein. Schlafe nur ganz ruhig, du wirst schon geweckt werden."
Die Sonne wusste recht gut, weshalb sie gestern Abend so frühzeitig in die entlegenste Südwestecke hinab sank, sie hat einen weiten Weg unten um die ganze Erde herum, ehe sie wieder aufsteigt im Osten. Der Zeit aber ist das ganz recht, sie will wieder einbringen, was in den übergeschäftigen letzten Tagen an rennender Hast zuviel geschah, oder will sie, im demütigen Gefühl ihrer Endlichkeit, ganz und gar vom Posten gehen und der Ewigkeit selbst die Ehrenwache bei den hochheiligen Mysterien überlassen? Dennoch schwingt der Pendel, die Zeigerrücken, der Goldhammer hebt sich, wenn die schleichende Stunde endlich vollbracht ist.
Der Hahn wird unruhig auf seiner Latte, obwohl er weder selbst Bescherung erwartet, noch für seine Familie heimlich aufgebaut hat. Er krähte schon mehrmals und lässt sich nicht länger irre dadurch führen, dass noch Mond und Sterne scheinen, er hat die Uhr im Kopfe. Die Hoftüre wird geöffnet, der Widerhall des Hauses erwacht vom Scharren des Kehrbesens, benutzt aber, verschlafen wie es alle sind nach den vielen Störungen in der Nacht, jede kleine Pause, abermals einzunicken zur köstlichen Nachtruhe. Es poltert im Ofen, Kleider werden geklopft, der wache Morgen schreitet immer dreister einher, dringt immer weiter vor in das Gebiet

der Träume und ruft endlich, das blendende Licht in der Hand: „Kinder, steht auf!" Endlich, endlich ist es Morgen! Morgen, der aber doch immer noch Nacht ist, der einzige Morgen des ganzen Jahres, an dem auch die kleinsten der kleinen Leute bei Lichte aufstehen – dies allein schon ein Ereignis, eine Tat, ein Wunder – das reine Märchen! Nicht selten müssen sehr kräftige Erweckungsmittel angewandt werden, um die fesselnde Kraft der „himmlisch" warmen Betten zu überwinden. Heute fährt das gesamte Aufgebot der Kinderbeine beim ersten Aufruf zugleich heraus – wie ein Bein, und die Schnelligkeit des Ankleidens wird nur von der fröhlichen Verwirrung, die sie erzeugt, übertroffen – und gehemmt. Endlich trotz aller Konfusion fertig gekleidet, fügen sich die Kleinen, die doch sonst nicht genötigt werden brauchen, nur der kategorisch festgehaltenen Weisung, erst noch ruhig zu frühstücken.
Welch ein Zauber für die Kinderseele, eben wieder erstanden aus dem Schlummer, rein und klar wie der sternhelle Morgen, in der ganzen, unberührten Frische eines neuen Tagesleben, das noch kein, wenn auch nur in unbewusster Trübung nachwirkender, schnell vergessener Streit, keine paradiesaustreibende Unart entstellte – der höchste Freude des Jahres entgegenzugehen! Welch ein Zauber in der Verschmelzung der Reize aller Tageszeiten und der entgegengesetztesten Stimmungen, in dieser Nachtdunkel, strahlendes Kerzenlicht und Morgenweihe, Entzücken und Andacht in eins verwebenden, gleichsam zeitlosen Wunderwelt!

Welch ein Zauber, wenn beim wohlbekannten Klange des Silberglöckchens die Türflügel aufgehen, von unsichtbarer Hand bewegt, als wären es wirklich geflügelte Türen, und die stürmisch Herbeigeeilten, geblendet von all dem Glanze, nun doch im ersten Augenblick wie erstarrt auf der Schwelle stehen bleiben, bis der Eltern ermunterter Zuruf zum Nähertreten auffordert – welch ein Zauber, wenn der ersten allgemeinen Freude die jubelnde Besitzergreifung folgt, wenn ein jeder gerade das findet, was er „sich am meisten gewünscht" – die Mädchen ihre Puppen, die sie gar nicht mehr aus dem Arme lassen, die Knaben Trommeln und Trompetchen, deren lustiger Schall den fernen Ruf der Glocken zur Frühpredigt doch nicht stört – welch ein Zauber, wenn den Zweigen des Christbaumes jener eigentümliche Duft entströmt, der, mit keinem anderen Wohlgeruch vergleichbar, noch in der der Erinnerung so magisch wirkt, dass die Kinder schon wochenlang vor dem nächsten Feste jeden verlöschenden Wachstock, von Wonneschauern mit Vorahnung durchrieselt, begrüßen: „Es riecht nach Weihnachten!" Welch ein Zauber auch dann noch, wenn endlich die Fensterladen aufgemacht, die Vorhänge zurückgeschlagen werden und die letzten tief herab gebrannten, immer matter brennenden Lichtchen im Tannengrün die Morgenröte bescheint. Wie das glüht im Osten, wie die Wolken sich türmen gleich goldigen Schneebergen über den Nachbarhäusern, wie die Rauchsäulen so purpurdurchleuchtet empor wallen!

Es ist wie Opferdampf flammender Zedernscheite, der auf seinen Schwingen die Andacht heiliger Beter empor trägt, nicht wie Rauch aus gemeinen Kaminröhren, von gewöhnlicher Feuerstätten, auf denen klafterweise gekauftes Birken- und Kiefernholz brennt, und Kaffee gekocht wird wie alle Tage. – Und von der Höhe dieses morgens die Aussicht nicht wie bei der Abendfeier auf das immer zu frühe Zubettgestecktwerden, nein – auf einen ganz langen Tag, dessen frommes Gebot festlicher Muße die Spiel – und Naschfreuden gleichsam zu einer Gewissenspflicht macht!

Franz von Pocci
Weihnachtsmärchen

In einem Häuschen am Eingang eines Waldes lebte ein armer Tagelöhner, der sich mit Holzhauen mühsam sein Brot verdiente. Er hatte eine Frau und zwei Kinder, ein Knäblein und ein Mägdlein. Das Knäblein hieß Valentin und das Mädchen Marie, und sie waren gehorsam und fromm zu der Eltern Freude und halfen ihnen fleißig bei der Arbeit. Als die guten Leute eines Winterabends, da es draußen schneite und wehte, zusammen saßen, da pochte es leise an das Fenster, und ein feines Stimmchen rief draußen: „O lasst mich ein in euer Haus! Ich bin ein armes Kind und habe nichts zu essen und kein Obdach und meine, schier vor Hunger und Frost umzukommen. O lasst mich ein!"
Da sprangen Valentin und Mariechen vom Tisch auf, öffneten die Türe und sagten: „Komm herein, armes Kind, wir haben selber nicht viel, aber doch immer mehr als du, und was wir haben, das wollen wir gern mit dir teilen." Das fremde Kind trat ein und erwärmte sich am Ofen die erstarrten Glieder, und die Kinder gaben ihm zu essen, was sie hatten, und sagten: „du wirst wohl müde sein. Komm, leg dich in unser Bettchen, wir wollen auf der Bank schlafen."

Da sagte das fremde Kind: „Dank es euch mein Vater im Himmel." Sie führten den kleinen Gast in ihr Kämmerlein, legten ihn zu Bett, deckten ihn zu und dachten sich: „O wie gut haben wir es doch! Wir haben unsere warme Stube und unser Bettchen; das arme Kind aber hat gar nichts als den Himmel zum Dach und die Erde zum Lager." Als nun die Eltern zur Ruhe gingen, legten sich Valentin und Marie auf die Bank beim Ofen und sagten zueinander. „Das fremde Kind wird sich nun freuen, dass es warm liegt. Gute Nacht!"
Die Kinder aber hatten kaum einige Stunden geschlafen, da erwachte die kleine Marie und weckte leise ihren Bruder und sagte: „Valentin, wach auf, wach auf! Hör doch mal die schöne Musik vor unserem Fenster!"
Da rieb sich Valentin die Augen und lauschte. Es war ein wunderbares Klingen und Singen, das sich vor dem Hause vernehmen ließ. Und ganz deutlich hörten sie die Worte:

> Oh heil'ges Kind wir grüßen dich
> mit Harfenklang
> und Lobgesang.
> Du liegst in Ruh, du heilig Kind;
> wir halten Wacht
> in dunkler Nacht.
> O Heil dem Haus, in das du kehrst!
> Es wird beglückt
> und hoch entzückt!

Als die Kinder das hörten, befiel sie eine freudige Angst; sie traten ans Fenster um zu schauen, was draußen geschähe. Da sahen sie im Osten das Morgenrot glühen und vor dem Hause viele Kinder stehen, die goldene Harfen in den Händen hatten und mit silbernen Kleidern angetan waren. Erstaunt und verwundert ob dieser Erscheinung starrten sie zum Fenster hinaus. Da berührte sie ein leiser Schlag, und als sie sich umwandten, sahen sie das fremde Kind vor sich stehen. Das hatte ein Kleid an von funkelndem Gold und auf dem Haupte eine Krone und sprach zu ihnen: „Ich bin das Christkindlein, das in der Welt umherwandelt, um frommen Kindern Glück und Freude zu bringen. Ihr habt mich beherbergt diese Nacht, indem ihr mich für ein armes Kind hieltet, und ihr sollt nun meinen Segen haben." –

Da ging es mit den Kindern hinaus, brach ein Reislein von einem Tannenbaum, der am Hause stand, pflanzte es in den Boden und sprach: „Das Reislein soll zum Baume werden und soll euch alljährlich Früchte bringen." Und alsbald verschwand es mit den Engeln. Das Tannenreis aber schoss empor und ward zum Weihnachtsbaum; der aber war behangen mit goldenen Äpfeln und Silbernüssen und blühte alle Jahre einmal.

LUISE BÜCHNER

Die Geschichte vom Christkind und vom Nikolaus

Nun war die gute Frau Holle froh, denn jetzt hatte sie einen Knecht für ihr Christkindchen gefunden und zugleich einen Gehilfen für die Menge von Geschäften, die es auf Weihnachten gibt. Zuerst machte sie nun mit den Engelchen zwei wunderschöne Körbe für den Esel, die wurden aus feinem Stroh geflochten und mit blauen und roten Seidenbändern verziert. Dann holten sie aus der Stadt vom Gerber schönes rotes Leder, davon machten sie einen Sattel und Zaum, und ringsherum wurden silberne Glöckchen gesetzt, so dass es immer leise klingelte, wenn das Eselchen sich bewegte. Dem Grauchen gefiel es sehr wohl in dem schönen Stall bei den zwei weißen Kühen, und bald hatte es das Christkind fast noch lieber als den Nikolaus, denn dasselbe brachte ihm jeden Tag süßes Zuckerbrot und streichelte und liebkoste es.

Unterdessen durchstreifte der Nikolaus wieder Wald und Feld, um sich neue Reiser und Gerten zu Ruten zu suchen, wobei er fortwährend auf die einfältigen Engelein schalt, die ihm seine schönen Ruten verbrannt hatten. Wenn er aber dann am Abend heim kam, hatten sie ihm immer ein Lieblingsgericht gekocht, bald Linsensuppe mit Bratwurst, bald Sauerkraut und bald Kartoffelklöße. Da ward er wieder vergnügt, ließ es sich schmecken und setzte sich dann ans Feuer, um Ruten zu binden. Christkindchen saß neben ihm, nahm die Ruten und wickelte schöne Gold- und Seidenbänder um den Stil, damit die Ruten doch nicht so ganz entsetzlich aussähen.

„Mache nur immer deinen Firlefanz daran", knurrte der Nikolaus, „die spürt man doch, wo sie hinfahren!" Damit schwang er eine Rute durch die Luft, dass es einen lauten Ton gab und die Engelchen ganz erschrocken in die Ecken flüchteten.

So verging der Spätherbst, die Blätter fielen alle von den Bäumen, der Wind pfiff laut über die Ebene, und dem Mühlbach verging das Rauschen und Murmeln, denn er war fest zugefroren, da sagte die Frau Holle: „Morgen, Kinder, gibt es einen lustigen Tag; da wollen wir einen ungeheuren Vorrat von Lebkuchen, Anisgebacknem und Marzipan backen, dass mein Christkindlein am Weihnachtsabend mit vollen Händen austeilen kann. Du, Nikolaus, bleibst hübsch zu Hause und sorgst für die Lebkuchen, das ist dein Geschäft, und backe sie nur so schön braun, wie dein Gesicht ist. Christkindlein aber macht das Anisgebackne und das Marzipan, weil dies ebenso weiß und fein ist wie mein Kind. Honig für die Lebkuchen ist genug da; die Bienchen, die den Sommer über unsere Blumen auf der Höhe benaschen, haben einen großen Vorrat ins

Haus geschleppt. Das Mehl holt unser Grauchen heute Nacht drunten in der Mühle, und die übrigen Sachen sind schon alle da. Ist es euch recht so?"
Alle riefen: „Ja, ja!", nur der Nikolaus, der immer etwas zu knurren hatte, sagte: „Jetzt soll ich auch noch Lebkuchen backen, ich habe es längst wieder verlernt!"
„Wirst es schon noch können, alter Brummbär", antwortete Frau Holle lachend, und richtig – am andern Morgen war er zuerst auf, heizte den großen Backofen ein und ging ans Werk. Er nahm Honig in eine Schüssel, die war fast so groß wie die goldne Badewanne, in der Frau Holle sich mit den Engelein wusch, tat Mehl hinzu, Pfeffer, Nägelein und Zimt und fing an, mit seinen großen Händen alles durcheinanderzukneten. Bei ihm ging alles in der größten Ruhe und Ordnung vor sich, denn er war ja ein Mann, und da muss jedes Ding seinen regelmäßigen Lauf haben. Um so lustiger und unruhiger aber war es nebenan, wo das Marzipan und das Anisgebackne verfertigt wurde. Gott, war das ein Getrappel und Gelaufe, ein Gekicher und Geschwätz – man konnte sein eigen Wort nicht verstehen! Da kniete ein Engelchen vor einem ungeheuren Mörser und stieß Zucker fein, dort saß ein anderes und las den Anis aus, ein drittes rieb Zitronen ab, ein viertes schlug die Eier auf, ein fünftes stäubte das Mehl durch ein Sieb, ein sechstes hackte Mandeln, ein siebentes malte den Zimt, und viere bis fünfe hielten am Rand eine großmächtige Schüssel fest, vor der das Christkindchen stand und mit einem langen Löffel den Teig herumrührte.

Zuweilen ward der Lärm so arg, dass der Nikolaus mit seinen Händen voll braunem Teig an der Türe erschien und Ruhe gebot. Dann ging aber der Spektakel erst recht los; sie stürzten alle auf den Nikolaus ein: „Hinaus", riefen sie, „du brauner Kerl, hinaus! Du machst uns unser weißes Gebackne schwarz!" Dabei schlugen sie mit den leeren Mehlsäcken nach ihm, dass er so weiß ward wie der Müller drunten aus der Mühle. Nun aber war der Nikolaus auch nicht faul; er fasste mit seinen braunen Händen nach rechts und links, und wo er ein Engelein erwischte, klebte er ihm mit dem klebrigen Honigteig den Mund zu, dass ihm für diesen Tag das Sprechen und Lachen verging. Das war ein rechter Jammer! Frau Holle und Christkindchen mussten oft so lachen, dass sie nicht mehr fortarbeiten konnten. Da war es kein Wunder, wenn der Nikolaus früher fertig ward als die Frauenzimmer. Sie hatten kaum erst einige Hunde, Katzen, Pferde und dicke Männlein von Anis und Marzipan fertiggebracht, als der Nikolaus schon rief: „Nun kommt und seht!"
Sie liefen alle in seine Stube, da duftete es köstlich, und in langen Reihen lagen Tausende und Tausende von Odenwälder Honiglebkuchen aufgeschichtet. Viel Abwechselung war grade nicht dabei; sie waren entweder rund oder herzförmig, und in der Mitte hatte der Nikolaus ein Bild hineingedrückt, nach seinem absonderlichen Geschmack. Gewöhnlich war es Adam und Eva im Paradies oder auch ein Reitersmann und zuweilen das liebe Christkind selbst mit einer Strah-

lenkrone auf dem Kopf. Um das Bild herum war mit schönen weißen Buchstaben ein Vers gemalt. Weil aber der Nikolaus nicht recht schreiben kann, so kann man den Vers auch nicht recht lesen, und es ist darum allen Kindern zu raten, sich nicht weiter den Kopf darüber zu zerbrechen, sondern ihn ungelesen zu verzehren.
Frau Holle lobte den Nikolaus sehr wegen der schönen Arbeit, die er gemacht, und trieb nun die andern wieder tüchtig ans Werk. Sie schämten sich jetzt vor dem Nikolaus und eilten sich mehr als zuvor. Bald roch der ganze Böllstein so gut wie eine Hofküche, und am andern Morgen lagen ganze Gebirge von Marzipan und Anisgebacknem fertig da.
Als es Abend ward, zog Frau Holle dem Nikolaus ihren Pelzrock an und setzte ihm die Pelzmütze auf, füllte die Körbe des Eselchen mit Zuckerwerk und Ruten, legte ihm sein rotes Geschirr um und hob dann das Christkindchen, das seine schönsten Kleider anhatte, auf den Sattel. Der Nikolaus warf noch seinen Sack voll Nüssen und Äpfeln über die Schulter, nahm dann die Zügel in die Hand, und fort ging es durch die dunkle Nacht den Berg hinab zu den hellen Wohnungen der Menschen. Frau Holle aber steckte sich schnell in ihr warmes Bett und war froh, dass sie nicht mehr hinaus und dann auf einem Zwirnsfaden heimreiten musste.
Wie nun aber die beiden den Berg hinunter waren, hielt der Nikolaus den Esel an und sagte: „Liebes Christkindchen, ehe wir weiterziehen, möchte ich zuerst nach den Kindern in der Mühle sehen, die wa-

ren immer lieb und brav und pflegten mein Eselchen, wenn ich es einmal im Stall allein lassen musste."

„Das ist mir ja schon recht, lieber Nikolaus", antwortete das Christkind, und so ritten sie denn ganz stille bis an die Mühle und sahen durch das Fenster hinein in die Stube. Das war sehr leicht, denn die Müllerin war eine brave Frau, und die Scheiben waren immer blankgeputzt. Auch die Lampe brannte schön hell, und um sie herum an dem blanken Tisch saßen das Gretchen, der Karl und der Peter. An ihrem Ansehen konnte man gleich merken, dass es brave Kinder waren, denn sie trieben keine Unarten, sondern jedes war mit einer Arbeit beschäftigt. Das Gretchen half der Mutter Äpfel schälen, weil am nächsten Tag Sonntag war und die Müllerin den Kindern versprochen hatte, ihnen einen großen Äpfelkuchen zu backen. Der Karl saß über einem Buch, hielt sich beide Ohren zu und murmelte immer vor sich hin, dabei war er ganz hochrot im Gesicht von der Anstrengung. Er hatte für den Herrn Schulmeister ein Lied über den Sonntag auswendig zu lernen und hatte sich gleich am Samstag Abend darüber gesetzt, wie dies die fleißigen Kinder tun. Der kleine Peter malte ruhig auf seine Schiefertafel Hunde und Katzen, und wenn diese auch eher Mehlsäcken und Brotlaiben als Tieren glichen, so lag ja nichts daran.

Wer da draußen vor dem Fenster stand und ihnen zusah – das wussten die Kinder freilich nicht und sollten sie auch nicht wissen. Leise, leise griff Christkindchen in den Korb mit den Zuckersachen und legte für jedes

Kind ein großes Stück auf das Fenstergesims. Eine Rute dazuzulegen, war bei so lieben Kindern ganz überflüssig. Wer aber den Nikolaus und das Christkindchen beinahe verraten hätte, das war das Grauchen. Er kannte die Mühle und die Kinder gar wohl und freute sich, sie zu sehen. So reckte er denn die langen, spitzen Ohren in die Höhe, bewegte den Kopf wie zum Gruß, so dass die silbernen Glöckchen an dem roten Zaum hell erklangen, und rief ein freudiges „J-ah!" Wie flogen da die drei blonden Köpfe in der Stube von der Arbeit empor, und wie neugierig starrten die blauen Augen nach den angelaufenen Fensterscheiben.

„Mutter, das war unser Grauchen, dem Nikolaus sein Grauchen!", rief Karl, stürzte an das Fenster und die andern hinter ihm drein. Aber sie kamen viel zu spät, husch, husch! waren der Nikolaus, das Christkind und der Esel wieder in Nacht und Nebel verschwunden, nur ganz von ferne hörte man noch die silbernen Schellchen klingen. Ganz betrübt sahen die Kinder einander an, da sagte die Müllerin: „Aber da draußen vor dem Fenster steht etwas, seht nur, ein Reitersmann von Marzipan, eine Wickelpuppe von Anisgebacknem und ein großer Herzlebkuchen!" Die Müllerin machte das Fenster auf, holte die Zuckersachen herein, und nun wollten die Freude und der Jubel gar kein Ende nehmen.

„Seht ihr, dass ich recht hatte!", sagte Karl, „da ist wirklich der Nikolaus mit seinem Eselchen und dem Christkind draußen gewesen."

„Was sprichst du da von einem Christkind?", fragte die Mutter.

„Ja, so ist es", rief Gretchen, „der Nikolaus ist jetzt mit seinem Esel droben auf dem Böllstein bei der guten Frau Holle und dem lieben Christkind, das hat er uns alles erzählt. Und wenn wir brav sind, bringt er uns zu Weihnachten einen Zuckerbaum und viele schöne Sachen!"

„Wenn ich nur das Eselchen gesehen hätte", sagte der kleine Peter.

„Weißt du, Peterchen, was wir tun", rief Karl, „wir legen morgen Abend dem Grauchen ein Bündelchen Heu vor die Türe, zum Dank dafür, dass wir so gute Sachen bekommen haben."

„Und das Heu stecken wir in unsere Schuhe", setzte Gretchen hinzu, „damit der Wind es nicht fortjagt."

So wurde es wirklich gemacht; die dankbaren Kinder steckten am andern Abend Heu in ihre kleinen Schuhe und stellten sie vor die Türe. In der Nacht kamen richtig wieder der Nikolaus, das Christkind und der Esel, der schon von weitem das gute Heu witterte. Er blieb stehen, fraß es, und der Nikolaus, den nichts so sehr freut, als wenn man seinen Esel gut behandelt, steckte einen großen, roten Apfel in jeden Schuh; dann zogen sie weiter. Als aber nun am Montag morgen die Liesbeth die Schuhe für die Müllerskinder hereinholte, lag statt des Heues in jedem ein schöner Apfel. Das hatten sie nicht erwartet und waren ganz toll vor Freude. Als sie in die Schule kamen, hatten sie gar nichts

Eiligeres zu tun, als die große Neuigkeit allen Kindern zu erzählen. Die liefen nach Hause, stellten auch ihre Schuhe vor die Türe, steckten auch Heu hinein und fanden am andern Morgen statt dessen einen dicken roten Apfel. Bald wussten alle Kinder im ganzen Lande die Geschichte von dem Esel und dem Heu, und das Grauchen bekommt soviel zu fressen, dass es immer noch lebt, obgleich es schon seit vielen hundert Jahren mit dem Nikolaus und dem Christkind in der Welt herumzieht. So ein Apfel, der des Nachts in den Schuh gesteckt wird, schmeckt aber auch zehnmal süßer als der beste Zehnuhrapfel der Mama.

So reiten denn die drei jedes Jahr von Dorf zu Dorf, von Stadt zu Stadt, von Haus zu Haus, sehen durch die Fenster, wo die guten und die schlimmen Kinder sind, bringen Zuckerwerk oder Ruten, wie es eben passt, bis endlich Weihnachten, des lieben Christkindleins Geburtstag, kommt. Da wird es am allerschönsten!

Wenn es dann Abend geworden und die große Glocke auf dem Kirchturm fünfmal: bum, bum, bum, bum, bum! geschlagen hat, wird es in allen Häusern so helle, wie damals droben auf der Böllsteiner Höhe, als der Klapperstorch das liebe Kindlein zu Frau Hollen brachte, und es jauchzt und jubiliert in den Stuben, grade so, wie es damals die Engelein machten. – Jetzt ist Christkindleins heimliches Werk zu Ende, und alles wird offenbar, was es mit den Eltern zu tuscheln und abzumachen hatte. Da prangt für die guten Kinder der bunte Christbaum und stehen die prächtigen

Spielsachen umher, und sie nehmen sich fest vor, im folgenden Jahre noch lieber und artiger zu werden und dadurch dem guten Christkindchen ihren Dank zu beweisen.

Nikolaus und Christkindchen sind aber jetzt gar müde und matt. Während die Freude und das Glück, das sie gebracht, in allen Häusern lebendig sind, ziehen sie still hinauf auf ihren Böllstein, stecken sich in ihre warmen Betten und schlafen sich darin aus, bis es wieder Zeit wird, an die neue Weihnacht zu denken.

In dieser Weise geht es nun schon viele, viele, viele Jahre lang; der Nikolaus hat unterdessen einen langen, weißen Bart und schneeweiße Haare bekommen, und er ist noch mürrischer als zuvor, denn die Weihnachtsarbeit wird ihm manchmal recht sauer. Das liebe Christkind aber verändert sich nicht; es bleibt ewig jung und ewig schön und ist den artigen Kindern noch ebenso gut, wie am ersten Tage. Die Frau Holle hat sich schon längst ganz zur Ruhe gelegt, man sieht und hört nichts mehr von ihr; ihr weiches Federbett hat das Christkind geerbt, und an dem haben nun die Engelein zu schütteln und zu rütteln. Wenn ich euch nicht die Geschichte von der Frau Holle erzählt hätte, so wüsstet ihr gar nicht, dass sie jemals dagewesen. – Die Engelein aber sind noch immer so toll und lustig wie vor alter Zeit, und wenn der Georg und das Mathildchen immer so lieb sein wollen wie das Christkind, dürfen sie auch manchmal so toll und mutwillig sein wie das kleine Volk droben auf der Böllsteiner Höhe.

Annette von Droste-Hülshoff
Zu Bethlehem, da ruht ein Kind

Zu Bethlehem, da ruht ein Kind,
Im Kripplein, eng und klein,
Das Kindlein ist ein Gotteskind,
Nennt Erd' und Himmel sein.

Zu Bethlehem, da liegt im Stall,
Bei Ochs und Eselein,
Der Herr, der schuf das Weltenall
Als Jesukindchen klein.

Von seinem gold'nen Thron herab
Bringt's Gnad und Herrlichkeit,
Bringt jedem eine gute Gab',
Die ihm das Herz erfreut.

Der bunte Baum vom Licht erhellt,
Der freuet uns gar sehr,
Ach, wie so arm die weite Welt,
Wenn's Jesukind nicht wär

Das schenkt uns Licht und Lieb' und Lust
In froher, heil'ger Nacht.
Das hat, als es nichts mehr gewusst,
Sich selbst uns dargebracht.

O wenn wir einst im Himmel sind,
Den lieben Englein nah,
Dann singen wir dem Jesukind
Das wahre Gloria.

OTTO ERNST
Roswithens Weihnachtswunsch

Die Sache begann sehr harmlos. Als ich vor Jahren einmal mit Roswithen spazieren ging, fragte sie mich: „Vater, magst du gern Ziegen leiden?"
Ich kann eigentlich nicht behaupten, dass ich Ziegen überwältigend reizvoll finde. Ich antwortete also langsam und gedehnt:
„Nun jaaaa – hm – wie man's nimmt – warum nicht?"
„Ich schrecklich gern!", seufzte Roswitha. „So kleine junge Ziegen find' ich reizend!" Ja, wenn sie noch klein sind, sind sogar Menschen reizend.
Dachte ich, sagte ich natürlich nicht. Damit schien dieses Thema erschöpft. Die Lektüre seiner Kinder kann man nicht sorgfältig genug überwachen. Ich hatte es daran fehlen lassen: Roswitha erwischte eine Geschichte mit einer Ziege darin. Es war „Heidi" von Johanna Spyri, eine nette Geschichte, wenn nur keine Ziege drin wäre und wenn die nicht noch obendrein „Schneehöppli" hieße. Nun hatte Roswithens Sehnsucht einen Namen: „Schneehöppli", nun saß die Sehnsucht fest. „Wenn ich verheiratet bin, dann kann ich doch tun, was ich will, nicht?" Sie nahm mein Schweigen für Bejahung.

„ – und wenn ich den Ludwig heirate, denn kauf ich mir 'ne Ziege, und die soll Schneehöppli heißen. Wenn ich Fritz heirate, der will drei Kinder haben; aber wenn ich Ludwig heirate, der will keine Kinder haben, denn schaff ich uns 'ne Ziege an."
Von Zeit zu Zeit rückte der Termin des Ziegenkaufes ein tüchtiges Stückchen vor.
„Wenn ich groß bin, dann kauf ich mir usw." – „Wenn ich nicht mehr zur Schule gehe und 'n ganzen Tag frei habe, dann kauf ich mir usw."
Als einmal wieder die Weihnacht nahe war, wurde Roswitha nach ihren Wunsch gefragt. „Mein höchster Wunsch ist ja natürlich 'ne Ziege, aber – "
„Aber Liebling", rief meine Frau, „wie sollen wir denn hier in der Stadt eine Ziege halten! Wenn wir so ein Tierchen anschaffen, muss es doch sein Recht haben! Wo sollen wir es denn unterbringen!"
„Hm", machte Roswitha mit nachdenklichem Gesicht, „in der Küche kann sie ja nicht sein?" „Nein", erklärte meine Frau entschieden, „in der Küche kann sie ja nicht sein!" Dieser Versuchsballon war geplatzt.
„Das arme Tierchen würde sich gar nicht wohl fühlen bei uns", versicherte meine Frau. Nein, wenn es sich nicht wohl fühlte, dann ging's nicht, das sah Roswitha ein, wenigstens für einige Monate. Unglücklicherweise musste sie dann über den Robinson geraten. Hatte Heidi eine Ziege gehabt, so hatte Robinson eine ganze Insel voll wilder Ziegen. Ich bin überzeugt, der arme Schiffbrüchige erschien Roswithen als der beneidens-

werteste der Menschen, weil er in Ziegen förmlich schlampampen konnte.

Dann kaufte ich ein Haus auf dem Lande mit einem großen Garten, und dann musste ein Unglücksbengel aus dem Dorfe Roswithen eines Tages erzählen, er könne ihr eine kleine Ziege für eine Mark fünfzig verkaufen. Aufgelöst kam Roswitha nach Hause.

„Vater! Mutter! 'ne Ziege kostet bloß eine Mark fünfzig! Ich hab' ja fünf Mark in mein'm Spartopf; darf ich sie mir holen?"

„Liebe Roswitha, es ist nicht wegen der Mark fünfzig; eine Ziege braucht doch auch einen ordentlichen Stall, und den haben wir nicht, können wir in unsern Garten auch gar nicht unterbringen." – Damit war auch dieser Angriff abgeschlagen ...

Aber eines Morgens beim Frühstück begann sie: „Vater, ich weiß was. Unten im Keller haben wir doch so 'ne große Bücherkiste, nicht?" „Ja?" „Da machen wir einfach 'ne Tür hinein, und denn ist das 'n Ziegenstall."

Da riss mir die Geduld. „Roswitha", sagte ich ernst, „nun hörst du endlich auf mit deiner Ziege, nun hab ich's satt. Du bekommst keine Ziege, und damit basta!"

Die Absage wirkte. Roswitha sprach weder von Stall noch Ziege mehr, nicht einmal andeutungsweise, nicht einmal zu den Geschwistern. Sie ging fortan still einher, aber nicht etwa traurig, nicht etwa gedrückt, nein, Roswitha schien durch ihren Verzicht gesetzter, ihre Augen, ihr ganzes Gesicht schien seelenvoller geworden zu sein.

Meine Frau und ich kamen spät in der Nacht aus fröhlicher Gesellschaft heim und wollten uns eben zur Ruhe begeben, da sahen wir auf dem Nachttischchen einen Brief liegen. Auf dem Umschlag stand von Roswithens Hand: „An Mami und Papi". Wir öffneten und lasen gemeinsam:

„Meine süßen geliebten Wonne-Eltern, bitte bitte schenkt mir doch eine ganz kleine Ziege, ich will auch gar nichts zu meinem Geburtztag und zu Weinachten haben und ich will mir auch schrecklich Mühe in der Ortografi geben, Du sollst sehen, Mami, wenn ich groß bin, schreib ich ganz richtich, und ich will auch ein guter Mensch werden und garnicht mehr heftig und jezornig sein. Ich bitte euch so schrecklich, schenkt mir ne Ziege, wenn Mutti mich unterichtet denk ich immer blos an die Ziege.

Tausend Billionen Küsse von eurer Roswitha."

Was soll ich weiter sagen – am nächsten Morgen bewilligten wir die Ziege.

Paul Keller
Der wilde Apfelbaum

Über den Hügel lief ein Feldrain. Der bildete die Grenze zwischen den stattlichen Besitzungen des Anselm und des Peregrin. Und auf dem Feldrain stand ein wilder Apfelbaum. Er war hübsch gewachsen und sah weit ins Land hinaus; freilich trug er nach Art wilder Apfelbäume nur jene kleinen verrunzelten Früchte, die eine herzhafte Säure haben und bei den Delikatessenhändlern unbeliebt sind. Sie heißen Holzäpfel.

Der wilde Apfelbaum hatte sich für Anselm und Peregrin allzeit als ein rechter Baum der Versuchung erwiesen.

Schon als sie Jünglinge waren und sie einmal beide dasselbe Mädchen zum wilden Apfelbaum bestellt hatten, war ein Kampf ausgebrochen; Anselm hatte Peregrin eine Ohrmuschel abgerissen und Peregrin hatte Anselmen durch einen kühnen Biss der Nasenspitze beraubt. Aber die beiden hatten sich wieder versöhnt, obwohl weder Ohrmuschel noch Nasenspitze nachwuchsen und ihre Menschlichkeit mit einem kleinen Makel behaftet blieb. – Hanna Elenore, die Jungfrau, die die beiden Jünglinge also schnöde aneinander ge-

bracht hatte, aber heiratete einen anderen. Als sie diesen Mann nach 2½ Jahren zu Tode geärgert hatte und eine ehrsame Wittib geworden war, trafen sich Anselm und Peregrin wieder einmal beim wilden Apfelbaum auf der Grenzscheide ihrer Besitzungen, und Anselm begann mit scheinheiliger Miene: „Freund, unsere Hanna ist jetzt Witwe. Da wir beide früher um sie gefreit haben, wird es sich geziemen, dass sie jetzt einer von uns beiden heiratet. Ich bin aber inzwischen zu der Überzeugung gekommen, dass die Hanna viel besser zu dir passt als zu mir, und ich will mich überwinden und sie dir überlassen."
Nein, nein, wehrte Peregrin ab, er sei inzwischen auch reifer und gesetzter geworden und verlange beileibe ein so schweres Freundschaftsopfer nicht. So überboten sich die beiden so lange an Großmut und Selbstverleugnung, bis sie sich in die Haare fuhren, der beißlustige Peregrin Anselms Mittelfinger um zwei Glieder verkürzte, wofür ihn dieser gegen den Baum presste und ihm drei Rippen eindrückte. – Aber die beiden haben sich wieder versöhnt. –
Unversöhnliche Feindschaft wurde erst, als Peregrin eines Tages behauptete, der wilde Apfelbaum stehe eigentlich auf seinem Grund und Boden und gehöre samt allen Erträgen ihm ganz allein. Das hatte Anselm bestritten, und die Auseinandersetzung war so lebhaft geworden, dass die Gegner acht Wochen lang krank lagen. Darauf verklagten beide einander bei Gericht und zwar nicht wegen der Körperverletzung, der sie keine

so große Bedeutung beilegten, als vielmehr wegen des wilden Apfelbaumes.

Da gab es nun Lokaltermine und das halbe Dorf war zu Zeugen geladen worden, bekam schöne Gebühren dafür und feierte eine kleine Kirmes. Der Prozess ging durch alle Instanzen, bis zuletzt ein schalkhafter Oberrichter folgenden Spruch fällte: Der Baum gehört beiden zusammen; jeder hat die Hälfte zu seiner Pflege beizutragen und jeder bekommt die Hälfte der Früchte. Die Obsternte hat gemeinsam unter Aufsicht des Dorfoberhauptes stattzufinden. Die Gerichtskosten, die etliche hundert Taler betrugen, hatten die Gegner je zur Hälfte zu tragen.

Seit der Zeit war unversöhnliche Feindschaft zwischen Anselm und Peregrin, und die beiden Nachbarn gingen sich aus dem Wege und trafen sich nur manchmal am wilden Apfelbaum, wenn sie seine Zweige beschnitten, seinen Stamm mit Kalkmilch anpinselten oder wenn die Obsternte war. Und es hielt sich natürlich jeder streng an seine Hälfte und hätte nicht einer ein Spritzerchen Kalkmilch auf die fremde Hälfte verwandt. Ja, es blieb meist ein Fingerbreit Zwischenraum, auf dem es pfiffigen Raupen gelang, vom Erdboden in den Gipfel des Baumes zu klimmen.

Der Schulze dieser Gemeinde war ein gewissenhafter Mann. Obwohl er stets einen recht kalten, regnerischen Oktobertag auswählte, an dem die Holzäpfel gepflückt werden mussten, hielt er doch standhaft aus bei dem Geschäft, als ein Hüter von Recht und Gesetz-

lichkeit. Ja, die Schöffen kamen mit und viel Volk aus dem Dorfe strömte herbei und sah zu, wie Anselm und Peregrin die Leitern an den gemeinsamen Baum lehnten und die Früchte von ihren „Hälften" abpflückten, wobei sie nicht unterließen, sich durch das Gezweig giftige Blicke zuzuwerfen und sich durch hämische Bemerkungen zu kränken, als da sind:
„Hu, das ist mal wieder ein Schöner, Großer!"
„O, das ist ein dicker Kerl, dem steht man seinen Saft an."
„Ja, ja, die Südseite hat was für sich!"
„Man kann bloß seinem Schöpfer danken, wenn man während eines so dürren Sommers die Nordseite gehabt hat!"
So ging es hinüber und herüber. Die Apfel aber wurden aufgehoben, zu Weihnachten mit Goldpapier umhüllt und an den Christbaum gehängt. Dann schmunzelte sowohl Peregrin als auch Anselm vergnüglich, und jeder erzählte seiner Frau, seinen Kindern und seinen Dienstboten noch einmal ausführlich die Geschichte des Prozesses und sagte am Schluss:
„Ja, ja, der Schubiack wollte den ganzen Baum haben, und wenn ich nicht bei allen Gerichten ganz höllisch hinterher gewesen wäre, hätte er ihn auch bekommen, und hingen jetzt diese Äpfel nicht an unserem Christbaum!"
Dann mussten die Hausgenossen ein vergnügtes und stolzes Lächeln zeigen, in das sich aber immer etwas Verlegenheit mischte.

Viel Zeit verging. Peregrins ältester Sohn Stefan war vierundzwanzig Jahre alt geworden; Anselms Tochter Ursula war einundzwanzig Jahre. Die beiden hatten schon in der Schulzeit nicht mit einander sprechen dürfen, und da sie größer geworden waren, hatte sich ihre Abneigung gegen einander sichtlich vermehrt. Wenn sie sich auf der Straße unverhofft begegneten, wurde das Mädchen rot vor Grimm, und der Bursche biss vor Wut die Zähne zusammen, guckte ihr nach, ächzte und ging dann den ganzen Tag ganz verbissen umher.

Da war wieder einmal Frühlingszeit, und der wilde Apfelbaum stand in tausend Blüten. Ursula, die den Bergrain entlang ging, sah plötzlich Stefan kommen, wusste keine Möglichkeit, ihm auszuweichen, und setzte sich in ihrer Ratlosigkeit unter den wilden Apfelbaum, – natürlich auf ihres Vaters „Seite".

„Seht das Dirndl", dachte Stefan, „das will mir trutzen. Oho, das kommt gerade an den Rechten!"

Kam heran und setzte sich auch unter den Apfelbaum, – natürlich auf seines Vaters Seite. Das Dirndel atmete schwer und der Bursche auch. Sprechen tat keines ein Wörtchen. Stefan streckte nur seine Ellenbogen weit nach hinten.

„Aber ..." sagte die Maid, „aber du stößt mich!"

„Ah, Pardong, Pardong", erwiderte Stefan mit hämischer Höflichkeit; „ich bin wohl auf des gnädigen Fräuleins Hälfte gekommen?"

Er lachte laut und gequält. Dann saß er ganz still. Plötzlich hörte er leises Weinen. Hatte er, – hatte er das Dirndl wirklich so hart gestoßen? Er machte eine Halbdrehung und stieß mit seiner Nasenspitze an Ursulas Nasenspitze, die eben auch eine Halbdrehung machte. Darüber erschraken und erröteten beide, rieben sich die Nasen und begaben sich eiligst wieder auf eigenes Gebiet. Nach einer Weile aber schlug der Bursche krachend die Hände zusammen und sagte: „Der Alte ist verrückt!"

Das Mädchen weinte laut und fragte: „Meinst du – meinst du meinen Vater?"

„Nein, meinen!", stieß Stefan rau heraus. „Und deinen dazu!"

„Ja, ja, der schreckliche Apfelbaum", schluchzte das Mädchen. Da war auch Stefan schon mit einer Ganzschwenkung auf fremdem Grund und Boden, saß dicht neben Ursula und sagte:

„Das ist einfach damisch! Zum Närrischwerden! Wenn ich Besitzer sein werde, rode ich das Biest, den Baum aus. Das heißt, bloß meine Hälfte rode ich aus, die aber gründlich! Und heute sitze ich nun hier und bleib hier sitzen und wenn mich dein Vater bei allen Gerichten verklagt."

Sie saßen eine gute Weile beieinander. Ehe sie schieden, brach Ursula ein Zweiglein mit drei Blüten von ihrer Hälfte des Baumes und steckte es dem Burschen ins Knopfloch; worauf Stefan einen ganz respektablen Ast von seiner Hälfte abriss und dem Mädchen in die Hand gab. So gingen die beiden Baumfrevler nach

Hause, nicht, ohne sich noch oft nach einander umzuschauen.

„Junge", fuhr zu Hause der alte Peregrin auf, „wo hast du die drei Blüten her? Du hast sie doch nicht etwa von dem wilden Apfelbaum? Das gäb' drei Holzäpfel weniger im Herbst, und da sollte dich gleich –"

„Die Blüten sind von Anselms Hälfte", gab Stefan lächelnd zur Antwort.

„Von Anselms Hälfte – aah! Junge, das ist gut!" –

„Mädel, was fällt dir ein? Einen Ast, einen ganzen Ast? Der ist doch nicht etwa vom wilden Apfelbaum?", so fragte zur selben Zeit Anselm sein Mädel.

„O ja", sagte das Mädchen, „aber von der anderen Seite!"

So eine Dirn! Nein, so eine Dirn! Die schadete dem Feinde ordentlich, dem Schubiack, dem elendigen.

Wenn Ihr nun meint, Ihr mit Recht so geschätzten Leser, Stefan und Ursula hätten sich ineinander verliebt, so kann ich nicht abstreiten, dass Euer Scharfsinn das richtige erraten hat. Ja, sie liebten sich mit der ganzen Innigkeit, der ganzen wehen Sehnsuchtsglut ihrer Jugend. Und sie durften sich nie treffen, das hätte eine Familienkatastrophe gegeben. Schlimm hätte es um die beiden gestanden, wäre nicht der wilde Apfelbaum gewesen. –

„Sitzt dort oben nicht Anselms Mädel?", fragte eines Tages Stefan, als er mit seinem Vater auf dem Felde pflügte, legte die Hand über die Augen und sah nach dem Hügel. „Richtig, das dreiste Ding hat sich's an

unserem Apfelbaum bequem gemacht und isst wahrscheinlich dort ihr Vesperbrot. Das hat ihr ihr Vater aufgegeben. Das ist eine Frechheit! Herausfordern wollen sie uns!"
Sein Vater knirschte vor Wut.
„Spring rauf, Junge, setz dich auf unsere Seite, das lassen wir uns nicht bieten, sie wollen uns wirklich herausfordern!" Stefan gehorchte als braver Sohn dem väterlichen Befehl und war mit einigen Riesensätzen, denen man einen löblichen Eifer anmerkte, oben auf dem Hügel. Befriedigt schmunzelte der alte Peregrin, als er seinen Sohn nun auch am Apfelbaum sitzen sah und tat allein die Arbeit, da Stefan volle zwei Stunden nicht wieder herabkam. Der Junge blieb wahrhaftig sehr lange. Aber er musste eben aushalten, so lange das Dirnlein aushielt. Dem Anselm, dem Schubiack, wollte der Peregrin beweisen: „Sitzt dein Mädel oben, sitzt mein Junge auch oben!" Da würde sich ja wieder mal ausweisen, wer der schlauere war.
Ganz ähnlich dachte der Anselm, und da es jetzt fast alle Tage eine „Herausforderung" gab, indem entweder zuerst das Mädel oder der Junge es sich recht protzig und ärgerlich am Apfelbaum bequem machte, so musste immer der andere Teil zur Revanche abkommandiert werden und die Abgesandten der feindlichen Familien waren recht zufrieden mit ihrer Aufgabe.
Was nützt es aber schließlich Liebesleuten, wenn sie tagaus, tagein nur Rücken gegen Rücken sitzen kön-

nen, wobei noch ein wilder Apfelbaumstamm von 55 Zentimeter Dicke in Anschlag zu bringen ist, und wenn immer eines nach Süden und eines nach Norden schauen muss?! Das war ja eben das Fatale, dass der Apfelbaum auf dem Hügel stand und südwärts Anselms und nordwärts Peregrins Felder lagen, von wo alles zu beobachten war.

Einmal geschah es, dass Stefan eine halbe Drehung mit dem Kopfe machte und Urselchen auch, und dass sich diesmal nicht die Nasenspitzen, sondern die Lippen trafen. Das geschah blitzschnell, aber da es sich oft wiederholte, fielen diese halben Drehungen unten auf den Feldern auf und die beiden Liebenden wurden zur Rede gestellt.

„Zanken tun wir uns", sagte Stefan erbost, „ich sag', das Mädel solle gehen, ich hätte nicht Zeit, solange da oben zu sitzen. Geh nur, sagt sie, geh nur, ich habe Zeit genug, bei unserem Apfelbaum zu sitzen!"

„Was, bei ihrem Apfelbaum!", schrie da Peregrin wütend, „Du hast ihr doch deine Meinung gesagt?"

„Und ob ich sie ihr gesagt habe", trumpfte Stefan auf, „direkt ins Gesicht reinschreien tu ich sie ihr immer."

„Das ist recht! Das hast du gut gemacht, Stefan", sagte befriedigt Peregrin. „Mach das andere Mal wieder so!"

Nicht viel anders fiel die Unterredung Anselms mit seiner Tochter Ursula aus, und wenn die beiden Alten im Schweiße ihres Angesichts ihre Feldarbeit verrichteten und sahen, dass da oben unter dem Apfelbaum das Kopfdrehen wieder einmal gar kein Ende nahm, dachten sie beide befriedigt: „Na, die zwei zanken sich aber heute wieder wie toll."

Es gibt Zeiten, in denen es selbst für Liebesleute unerfreulich ist, unter einem Apfelbaum zu sitzen. Das ist, wenn ein starker Sturm daherfährt, oder wenn der Boden unter dem Apfelbaum auf 1½ Meter vom Regen durchweicht ist. Da bekommt man trotz aller inneren Glut leicht das Frösteln. So verminderten sich die „Herausforderungen" von Tag zu Tag, und die Liebesleute trafen sich nur noch selten.

Eines Tages nun kamen sowohl Stefan als Ursula in großer Aufregung vom Apfelbaum zurück und berichteten, dass sie etwas äußerst Seltsames gefunden hätten. Zwei Blätter Papier seien an den Baum geheftet gewesen, auf jeder Seite eines, jedes mit einer verrosteten Nähnadel, die gewiss von einem Leichenhemd herstammte, und da sei das Blatt.

Es war ein kleines Papierstück, zur Hälfte rot, zur anderen Hälfte schwarz geröndert, und darauf standen geheimnisvolle Zeichen, die niemand entziffern konnte. Erst nach drei Tagen, als die ganze Familie schwer beklommen herumgelaufen war, entdeckte Stefan plötzlich, wenn man das Blatt vor den Spiegel halte, könne man die Schrift lesen. Es sei ganz schrecklich, was darauf stünde. Es war aber folgender Vers:

„Ich sah es in einem Zaubertraum:
Dies Jahr wächst auf dem Apfelbaum
Ein Apfel zur Weisheit, ein Apfel zum Sterben!
Welchen wirst du erwerben?
Was dir wird zu eigen,
Noch dies Jahr wird sich's zeigen!
Peregrin und Anselm sollen indessen
Ein jeder seine Apfel ganz alleine aufessen."

Dieses Gedicht stand auf dem Papier. Tagelang schlich Peregrin umher, ohne ein Wort zu reden; sein Nachbar Anselm legte sich ins Bett und sagte, er hätte das Fieber. Und die beiden Feinde grübelten und grübelten; der schreckliche Reim war nicht anders zu verstehen, als dass einer sich Tod und Verderben essen würde, während der andere als kluger Mann weiterleben würde. Auf welcher Hälfte reifte die Weisheit, auf welcher wuchs der Tod? - - -
Der Tag der Apfelernte kam. Mit zitternden Fingern pflückten die beiden Gegner ihre Früchte ab, und jedes Äpfelchen erschien ihnen schwer und als ob es heiß in den Fingern brenne. Kein höhnisches Wort fuhr herüber und hinüber, weil jeder glaubte, wenn er schimpfe, erweise er sich als kein kluger Mann und sei dem Tode verfallen. -
Mit trübem Gesicht saß endlich Peregrin daheim vor dem großen Korbe mit seinen Äpfeln. Die ganze Familie bat ihn, ja nichts von der schrecklichen Frucht zu essen, aber er sagte: „Was nützt es? Muss ich nicht

essen? Sonst bin ich ganz verloren, der Zauberzettel hat es befohlen. Ach, ich kann die Unsicherheit nicht aushalten, ich will die Äpfel so schnell wie möglich wegbringen, damit ich weiß, was mit mir geschieht. Und er aß fünfzehn Stück der essigsauren Früchte auf einmal. Er stöhnte und quietschte bei diesem Mahle und in der Nacht sagte er: „Weib, der Apfel des Todes ist schon darunter gewesen; ich spüre es deutlich in meinem Leibe."

Peregrin wurde indes wieder munter, aß von da an behutsam täglich nur ein paar Äpfel, und wenn ihm auch immer nicht recht wohl war, das absolute Verderben brach über ihn nicht herein. So begann er wieder zu hoffen, erkundigte sich eifrig nach dem Befinden des Anselm und gab acht, ob nicht etwa er selber auffallend an Weisheit zunähme, weil er vielleicht schon den Weisheitsapfel getroffen hatte. Er betrachtete sich täglich aufmerksam im Spiegel, konnte aber keine Zeichen gesteigerter Klugheit in seinem Antlitz entdecken. Dagegen erschrak er furchtbar, als er eines Tages erfuhr, Anselm hätte sich auf ein Blatt abonniert. - - -

Es kam der Heilige Abend. Wie alle Jahre, so hingen auch dieses Jahr Holzäpfel in den grünen Tannenzweigen.

Trübselig saß Peregrin im Kreise seiner Lieben. Noch ehe das Jahr zu Ende ging, musste sich sein Schicksal entscheiden; das war in sieben Tagen. Eine grässliche Angst überfiel ihn. Diese zehn Äpflein am Baume musste er noch essen, dann kam die Weisheit oder das Verderben.

Wenn es schlecht ausfiel, war nächstes Jahr am Heiligen Abend seine Familie verwaist. Sonst traf es den anderen. Da – was ist das?

Wie er einen Apfel vom Baume nimmt und das Goldpapier von ihm entfernt, findet er unter dem Papier einen kleinen Zettel. Der Zettel trägt den Spruch:

„Wer Weiseste auf dieser Welt
Ist, wer auf Ruh' und Frieden hält."

Peregrin stieß einen Jubelschrei aus, biss in den Apfel wie rasend und würgte ihn hinunter. Der Weisheitsapfel! Er war gerettet! Aufstöhnend sank Peregrin auf einen Stuhl, hörte kaum, wie sich die anderen freuten. Dann sah er schüchtern nach dem Spiegel. Wahrhaftig ja – da war ein Zug in seinem Gesicht, so von den Schläfen nach der Stirn hin – der war früher nicht. O du guter Apfelbaum!

Dann saß er ganz still und sinnend da. Also den anderen hatte es getroffen, den Anselm! Der musste nun ins Gras beißen.

Würde auch eine schwere Sache sein.

Wenn einer eine so große Familie hat – hm!

Peregrin ging in der Stube aufgeregt hin und her, stand am Fenster still und grübelte.

„Wer Weiseste auf dieser Welt
Ist, wer auf Ruh' und Frieden hält."

Noch acht Tage und Anselm war hinüber.
Plötzlich ritz Peregrin die Pudelmütze vom Nagel und sagte, er müsse noch mal fortgehen; Stefan ging ein Stück mit ihm.
Also Peregrin saß richtig bei Anselm in der Stube. Es war ein sehr betretenes Wiedersehen gewesen; alle anderen Leute hatten sich schnell entfernt, und die beiden waren allein.
„Wenn du nicht gekommen wärest, wäre ich zu dir gekommen", sagte Anselm und dachte bei sich: „Gott, sieht der Peregrin schlecht aus. Der hat sicher den bösen Apfel schon intus. Ein Glück, dass die Ursula gerade heute meinen guten Weisheitsapfel am Baume entdeckte. Der arme Peregrin tut mir jetzt doch leid. Wenn einer eine so große Familie hat – hm! „Der Weiseste auf dieser Welt ist, wer auf Ruh' und Frieden hält!" Auch Anselm kannte das Verschen auswendig.
Sie saßen lange stumm voreinander, seufzten nur manchmal und schlugen sich ratlos auf die Knie.
„Also", fing Anselm an, „man ist ja nicht umsonst ein kluger Mensch."
„Ja, ja", fiel ihm Peregrin ins Wort, „mir tut die ganze Geschichte schrecklich leid; ich wünschte, den Apfelbaum hätte der Blitz zerschlagen noch vor dem Prozess."
„Das kann ich mir denken!", nickte Anselm.
Und als er in den Wandspiegel sah, der über dem Tisch hing, bemerkte er, dass auch Peregrin sich daselbst forschend betrachtete.

„Also", sagte Anselm, „ich will Ruhe und Frieden halten, ich mag mit dem Apfelbaum nichts mehr zu tun haben."

„Ich auch nicht. Und ich will dir was sagen, Anselm; mein Stefan ist ein Stück mit mir gegangen, der hat mich auf einen guten Gedanken gebracht. Er meint – musst's aber nicht für Aufdringlichkeit nehmen – er meint, er wolle deine Ursula heiraten – und ich glaubte, es würde dir lieb sein, wenn du noch –"

„Trifft sich gut", fiel ihm Anselm ins Wort, „die Ursula will ihn auch. Sie hat mir's gerade vor einer Viertelstunde gesagt. Das ist immerhin ein Trost für –"

„Ja, ja, es sind vernünftige kluge Kinder. Wollen auch ihre Abneigung und Zänkerei sein lassen."

„Und, Anselm, da man aber doch nicht weiß, wie's abgeht mit Leben und Sterben –"

„So bringen wir's ins Reine!", schlug Anselm freudig ein. „Da müsste man ja dumm sein, wenn man das nicht täte. Und man ist doch nicht dumm!"

Sie machten beide kluge Gesichter, sahen sich an und es dachte ein jeder bei sich: „Der arme Kerl! Man sieht ihm schon den Verfall an, er ist ganz verändert."

Da trat Stefan, der inzwischen nachgekommen war, mit Ursula in die Stube. Sie hielten sich an den Händen. Beide sahen so pfiffig und durchtrieben aus, dass jeder Vater für sich dachte: „Ja, ja, einem geweckten Gesicht sieht man gleich an, von wem es abstammt."

„Es gibt eine Rettung", sagte Stefan feierlich; „ich habe einmal beim Militär von unserem General gehört, wenn was Schlimmes droht, braucht man bloß die Ursache wegzuschaffen, da schadet dann kein Zauber mehr, und sage ich –"

„Wir sägen ihn ab!", sagten Peregrin und Anselm gleichzeitig und tief aufatmend.

„Und aus dem Holze backen wir in vier Wochen Hochzeitkuchen. Was verbrannt ist, schadet nichts mehr", sagte Stefan und das gute Urselchen nickte dazu.

So sägten die beiden alten Feinde noch in selbiger Nacht den Apfelbaum um. Ihre Kinder halfen ihnen, und die Weihnachtssterne leuchteten dazu. Als sie heimgingen, dachte ein jeder für sich: „Wenn ich kein kluger Mann wäre, wäre alles anders gekommen. So macht mein Kind eine gute Partie, und dem anderen habe ich direkt das Leben gerettet. Na, der soll aber froh sein der Schubi – nein, der liebe Nachbar!"

Autorenverzeichnis

Hans Christian Andersen (* Odense 2.4.1805; † Kopenhagen 4.8.1875) stammte aus einer armen Schusterfamilie und lebte seit 1819 in Kopenhagen. Andersen wurde wegen seiner Begabung u. a. von König Friedrich VI. in seiner Dichterkarriere gefördert. Seine Märchen („Die Prinzessin auf der Erbse" oder „Des Kaisers neue Kleider") richten sich in einem raffiniert naiven Stil und voll psychologischem Tiefgang vor allem an Erwachsene.

Ludwig Anzengruber (* 29.11. 1839 Alservorstadt/Wien; † 10.12.1889 in Wien) gilt als bedeutender Dramatiker des österreichischen Volksstücks („Der Meineidbauer", „Der G'wissenswurm"), der in der Tradition Johann Nestroys und Ferdinand Raimunds im späten 19. Jhd. beim Wiener Theaterpublikum große Erfolge feierte.

Herman Joachim Bang (* 20.4.1857 in Asserballe/Alsen Dk.; † 29.1.1912 in Ogden, Utah/USA) war ein bekannter dänischer Schriftsteller, Journalist und Dandy des ausgehenden 19 Jhds., er gilt heute als einer der führenden Vertreter des literarischen Impressionismus.

Walter Benjamin (* 15.7.1892 in Berlin; † 26.9. 1940 in Portbou) war ein deutscher Philosoph, Literaturkritiker und Übersetzer (u. a. der Werke von Balzac und Marcel Proust). Ab 1933 arbeitete er im Pariser Exil an seinen Fragment gebliebenen „Passagen" und nahm sich im Zweiten Weltkrieg auf der Flucht vor dem NS-Regime das Leben.

Luise Büchner (* 12.6.1821 in Darmstadt; † 28.11.1877 Darmstadt), die Schwester von Georg Büchner, war eine der bahnbrechenden Gestalten der deutschen Frauenbewegung und trotz ihrer körperlichen Gebrechen eine produktive Schriftstellerin.

Fjodor Michailowitsch Dostojewski (* 11.11.1821 in Moskau; † 9.2.1881 in St. Petersburg), Sohn eines Arztes, gilt als einer der bedeutendsten russischen Dichter; zur Weltliteratur zählen u. a. seine Werke „Schuld und Sühne" und „Die Brüder Karamasow".

Annette Freiin von Droste-Hülshoff (* Hülshoff b. Münster 10.1.1797; † Meersburg 24.5.1848), die sensibel veranlagte Dichterin zählt zu den bedeutendsten deutschen Lyrikerinnen. Äußerst eindrucksvoll sind ihre Naturgedichte und Balladen, die in der Landschaft ihrer westfälischen Heimat handeln.

Marie Freifrau von Ebner-Eschenbach (* 13.9.1830 Zdislawitz, Mähren; † 12.3.1916 in Wien) war eine bedeutende österreichische Erzählerin. Sie thematisierte insbesondere das soziale Leben auf dem Land („Dorf- und Schlossgeschichten") und öffnete einem breiten bürgerlichen Lesepublikum den Blick für die Lebensrealität der sozialen Unterschichten.

Otto Ernst, eig. **Otto Ernst Schmidt** (* 7. 10. 1862 in Ottensen bei Hamburg; † 5. März 1926 in Groß Flottbek bei Hamburg), war ein Volksschullehrer und später erfolgreicher Schriftsteller („Appelschnut").

Theodor Fontane (* Neuruppin 30.12.1819; † Berlin 20.9.1898) war im Brotberuf Journalist und Zeitungskorrespondent, bevor er mit Gesellschaftsromanen („Frau Jenny Treibel", „Effi Briest"), deren Hintergrund stets die bürgerliche Gesellschaft und Geschichte Preußens bildet, den Durchbruch als Dichter schaffte.

Gustav Freytag (* Kreuzburg/Oberschles.13.7.1816; † Wiesbaden 30.4.1895) war Kulturhistoriker und Journalist („Die Grenzboten"). Freytag lehnte als Liberaler den demokratischen Radikalismus ebenso wie romantisierende Strömungen ab. Sein Interesse galt der Weckung bürgerlichen Selbstbewusstseins und Tugend; sein erfolgreichster Roman ist „Soll und Haben".

Johann Wolfgang von Goethe (* 28.8.1749 in Frankfurt/M.; † 22.3.1832 in Weimar) war nach einem Jurastudium beruflich als Minister und Naturforscher im Weimar tätig. Neben seinen weltbekannten Dramen („Faust", „Iphigenie") schuf er ein umfangreiches Oeuvre von Romanen, Novellen und Reisebeschreibungen

Jeremias Gotthelf, eig. **Albert Bitzius** (* 4.10.1797 in Murten, Freiburg; † 22.10.1854 in Lützelflüh, Bern) war ein Schweizer Schriftsteller und Pfarrer. Sein Ideal einer von Fleiß, Heimatliebe und Religiosität geprägten Ordnung sah er durch Liberalismus und die fortschreitende Industrialisierung bedroht, wovon seine Erzählungen handeln.

Guido Hammer (* 4.2.1821 in Dresden; † 29.1.1898 in Dresden) war ein Maler und Schriftsteller, der als passionierter Jäger vor allem Waldlandschaften und Jagdszenen in Wort und Bild künstlerisch gestaltete.

E. T. A. Hoffmann (* 24.1.1776 in Königsberg; † 25.6.1822 in Berlin) wirkte vielseitig als Jurist, Komponist, Musikkritiker und Karikaturist. Als Schriftsteller schuf er fantastische und unheimliche Erzählungen im Stil der Romantik („Die Serapionsbrüder", „Lebensansichten des Katers Murr"), die großen Einfluss auf Poe, Pushkin und andere Dichter ausübten.

August Heinrich Hoffmann von Fallersleben, (* Fallersleben 2.4.1798; † Corvey 19.1.1874), Professor für deutsche Sprache und Literatur in Breslau. Als bekennender deutscher Patriot schrieb er 1841 das „Deutschlandlied". Neben seiner politischen Lyrik sind besonders seine Kinderlieder bekannt („Alle Vögel sind schon da").

Paul Keller (* Arnsdorf/Schlesien 6.7.1873; † Breslau 20.8.1932) wirkte als Volksschullehrer, bevor er ab 1908 ausschließlich als freier Schriftsteller tätig war. In seinen unterhaltenden und volkstümlichen Romanen und Erzählungen schildert er oft die Menschen seiner schlesischen Heimat („Ferien vom Ich").

Hermann Löns (* Culm 29.8.1866; † gef. bei Reims 26.9.1914) arbeitete als Berichterstatter und Zeitungsredakteur in Hannover und Bückeburg; als Schriftsteller wurde Löns nach naturalistischen Anfängen ein erfolgreicher Vertreter der Heimatkunst („Mümmelmann").

Friedrich Naumann (* Störmthal/Leipzig 25.3.1860; † Travemünde 24.8.1919; als Geistlicher und später nationalliberaler Politiker mahnte er in zahlreichen Schriften gesellschaftliche und politische Reformen ein und bemühte sich im Ersten Weltkrieg um den Friedensschluss.

Jean Paul, eig. **Johann P. F. Richter** (* 21.3.1763 in Wunsiedel; † 14.11.1825 in Bayreuth) studierte Theologie und Philosophie, und wirkte später als Lehrer. In seinem eigentümlichen humoristischen Erzählstil, in dem sich empfindsame Elemente mit satirischer Entlarvung der Wirklichkeit verbinden, und der subtilen Psychologisierung („Flegeljahre. Eine Biographie") nahm er typische Roman-Elemente des 19. Jahrhunderts vorweg.

Franz Ludwig von Pocci (* 7.3.1807 in München; † 7.5.1876 in München) war ein Zeichner, Schriftsteller und Komponist, ab 1864 Oberstkämmerer am Hof Ludwigs II. von Bayern. Aufgrund seiner zahlreichen Werke für das Kasperl- und Marionettentheater war er als „Kasperlgraf" bekannt.

Rudolf Reichenau (* 1817 Marienwerder; † 1879), der aus Ostpreußen stammende Schriftsteller entnahm die Motive seiner zahlreichen Novellen und Erzählungen dem häuslichen Leben, die in den Bänden

„Aus unseren vier Wänden", „Am eigenen Herd" und „Die Alten" gesammelt sind.

Joachim Ringelnatz, eig. **Hans Bötticher** (* Wurzen 7.8.1883; † Berlin 17.11.1934) führte ein unstetes Abenteurerleben und fuhr zur See. Seit 1909 fungierte er als Hausdichter des Münchner „Simplicissimus" und der Berliner Kleinkunstbühne „Schall und Rauch", wo er gerne Gedichte im Moritatenton vortrug. Der hintergründige Humor des Moralisten zeigt antibürgerlichen Protest ebenso wie wehmütigen Sarkasmus.

Anna Ritter (* 23.2.1865 in Coburg; † 31.10.1921 in Marburg) lebte als in Kind in New York. Als Schriftstellerin war sie u. a. Mitarbeiterin der „Gartenlaube". Das wohl bekannteste Gedicht von ihr ist „Denkt euch, ich habe das Christkind geseh'n".

Peter Rosegger (* Alpl 31.7.1843; † Krieglach 26.6.1918) stammte aus einer steirischen Bergbauernfamilie; lebte nach seiner von Mäzenen geförderten Ausbildung als freier Schriftsteller in Graz. Großen Erfolg hatte er mit seinen Romanen und Erzählungen, die den Gegensatz zwischen bäuerlicher Lebenswelt und Großstadt thematisieren („Jakob der Letzte"). In den Erinnerungen „Als ich noch der Waldbauernbub war" wird die Vergangenheit liebevoll verklärt.

Joseph Roth (* Brody 2.9.1894; † Paris 27.5.1939) war als Redakteur und Korrespondent für verschiedene Zeitungen in Wien, Prag und Berlin tätig. Die Hauptwerke „Radetzkymarsch" und „Die Kapuzinergruft" gestalten eine österreichische Familiengeschichte mit ergreifenden Einzelschicksalen. In seinem Spätwerk erscheint die idealisierte Donaumonarchie als politische Alternative zu Nationalismen und Faschismus der Zwischenkriegszeit.

Moritz Saphir, eig. **Moses Saphir,** (* Lovasberény/Ungarn 8.2.1795; † Baden bei Wien 5.9.1858) war ein satirischer österreichischer Journalist und Theaterkritiker. Sein beißender Witz hatte zur Folge, dass er Tätigkeiten und Wohnorte häufig wechseln musste; ab 1834 ließ er sich in Wien nieder, wo er in der „Wiener Theaterzeitung" und seiner Zeitschrift „Der Humorist" schrieb.

Dora Schlatter (* 10.8.1855 St. Gallen; † 26.4.1915 St. Gallen) war ab 1875 Lehrerin an einer Mädchenschule. Ihr weites Schaffen reicht von Gedichten und Kinderbüchern bis zur Ratgeberliteratur für Frauen. In ihrem vom Pietismus geprägten Werk kommt dem Thema Mutter und Kind eine besondere Bedeutung zu.

Karl Freiherr von Seckendorff (* um 1870, † Wien ca. 1940), Jurist, Privatier und Verfasser von Zeitungsartikeln, u.a. für das Grazer Volksblatt.

Adalbert Stifter, (geb. am 23.10.1805 in Oberplan/Böhmen, † 28.1.1868 in Linz) zählt zu den bedeutendsten Autoren der Biedermeierzeit (Novellen „Bunte Steine); neben seiner schriftstellerischen Karriere wirkte er als Maler und Pädagoge.

Hans Theodor Storm (* 14.9.1817 in Husum; † 4.7.1888 in Hanerau-Hademarschen) war ein norddeutscher Schriftsteller und Jurist (Rechtsanwalt, später Amtsrichter). Im Mittelpunkt seiner zahlreichen Novellen („Immensee") und Gedichte steht der Kampf des Einzelnen gegen übermächtige gesellschaftliche Kräfte, gegen bedrohliche Naturgewalten und Schicksalsschläge.

Ludwig Thoma (* Oberammergau 21.1.1867; † Rottach 26.8.1921) war ein bayrischer Volksschriftsteller; bekannt sind seine humorvollen und satirischen Erzählungen aus dem oberbayerischen Kleinbürgertum („Der Münchner im Himmel") sowie naturalistische Bauernromane, die eine unsentimentale Schilderung bäuerlichen Lebens geben.

Lew (Leo) Nikolajewitsch Tolstoi (* 9.9.1828 in Jasnaja Poljana; † 20.11.1910 in Astapowo) entstammte einem russischen Adelsgeschlecht. Er unterstützte reformpädagogische Bestrebungen und richtete Dorfschulen ein. Seiner Suche nach ethisch-religiöser Wahrheit (Evangelienübersetzuung) stand eine sinnenhafte Erdverbundenheit gegenüber. Seine Romane „Krieg und Frieden" und „Anna Karenina" gehören zur Weltliteratur.

Georg Trakl (* Salzburg 3.2.1887; † Krakau 3.11.1914) war einer der bedeutendsten Lyriker des Frühexpressionismus im deutschen Sprachraum, der jedoch zu Lebzeiten nur wenige Texte veröffentlichen konnte. Im Ersten Weltkrieg in jungen Jahren gestorben, prägte er die Lyrik vor allem der Zeit nach 1945 ganz entscheidend.

Anton Tschechow (* 29.1.1860 in Taganrog; † 15.7.1904 in Badenweiler) war ein vielseitiger Schriftsteller, Novellist und Dramatiker. Nach dem Studium der Medizin war er ehrenamtlich als Arzt tätig. Sein wiederkehrendes Motiv ist die Vorstellung einer besseren Welt, die sich als Illusion entpuppt. Als Dramatiker ist Tschechow durch seine Theaterstücke „Drei Schwestern", „Die Möwe" oder „Der Kirschgarten" bekannt.

Quellenverzeichnis

Walter Benjamin: Ein Weihnachtsengel
In: Das Unterhaltungsblatt der Vossischen Zeitung, Nr. 357, vom 24. Dezember 1932, S. 1.
http://www.sandaleimorion.eu/sio/variae_d/Entries/2010/12/25_Walter_BenjaminEin_Weihnachtsengel.html

F. Dostojewski: Der Knabe bei Christus
http://www.zeit.de/1949/51/der-knabe-bei-christus-zur-weihnachtsfeier

E. T. A. Hoffmann: Nussknacker und Mausekönig
http://gutenberg.spiegel.de/buch/3083/1

Jean Paul Richter: Weihnachten
(Aus: Jean Paul, Leben Fibels – Kapitel 4: Leibchenmuster)
http://books.google.at/books?id=XUSeov17ICIC&pg=PA23&dq=Jean+Paul+leibchenmuster&hl=de&sa=X&ei=dqnaUdagLpDU4QTAi4CIDg&ved=0CDsQ6AEwAA#v=onepage&q=Jean%20Paul%20leibchenmuster&f=false

Theodor Storm: Unter dem Tannenbaum
http://www.nikolaus-weihnachten.de/weihnachtsgeschichten/in-der-daemmerstunde.htm

Leo Tolstoi: Wo Liebe ist, da ist Gott
http://www.holger-niederhausen.de/index.php?id=401

Anton Tschechow: Wanka
http://world-of-blue-sapphire.piranho.de/A/weihnachtsgeschichte-wanka.html

J. W. Goethe: Am Weihnachtsmorgen. Brief an Kestner, 25. Dez. 1772
http://www.derweg.org/feste/weihnachten/goetheankestner.html

Adalbert Stifter: Das Weihnachtsfest
(Auszug aus der Erzählung „Bergkristall")
http://www.garten-literatur.de/adventskalender/dez15_stifter_weihnacht.html

Marie von Ebner-Eschenbach: Das Weihnachtsfest
(Aus: Meine Kinderjahre. Biographische Skizzen, Wien 1907)
http://gutenberg.spiegel.de/buch/3921/30

Ludwig Anzengruber: Vereinsamt. Eine Weihnachtsstudie
http://gutenberg.spiegel.de/buch/5717/1

Hermann Löns: Der allererste Weihnachtsbaum
http://www.weihnachtsstadt.de/Geschichten/klassische_Geschichten/Der_allererste_Weihnachtsbaum.htm

Joseph Roth: Weihnachten moderner Junggesellen
http://www.berliner-zeitung.de/archiv/eine-weihnachtsgeschichte-aus-dem-jahre-1928-von-joseph-roth-weihnachten-moderner-junggesellen,10810590,9378460.html

Ludwig Thoma: Der Christabend
http://gutenberg.spiegel.de/buch/705/30

Moritz Gottlieb Saphir: Weihnachtsabend – Das Fest des Lebens
Aus: Moritz Gottlieb Saphir, Humoristische Bibliothek, Wien 1864, S. 232f.

Peter Rosegger: Christfest im Waldschulhaus
Der Heimgarten 28 (1904/04), S. 375–380.

Peter Rosegger: Der erste Christbaum in der Waldheimat
(Aus: Peter Rosegger: Waldheimat. Band 4: Der Student auf Ferien, in: Gesammelte Werke, Band 20, Leipzig 1914, S. 18–29.)
http://www.zeno.org/Literatur/M/Rosegger,+Peter/Erz%C3%A4hlungen/Waldheimat.+Erz%C3%A4hlungen+aus+der+Jugendzeit/Vierter+Band%3A+Der+Student+auf+Ferien/Der+erste+Christbaum+in+der+Waldheimat

Hans Christian Andersen: Der Tannenbaum
http://www.sagen.at/texte/maerchen/maerchen_daenemark/tannenbaum.html

Gustav Freytag: Weihnachten im deutschen Hause beim Gelehrten und beim Bürgersmann
(Aus: Gustav Freytag, Die verlorene Handschrift, Band 2, Leipzig 1869, S. 18ff.)
http://www.weihnachtsgeschichten.org/weihnachten-im-deutschen-hause.htm

Friedrich Naumann: Der Heilige Abend
http://www.landjugend.at/netautor/napro4/appl/na_professional/parse.php?id=2500%2C1331778%2C%2C%2CbnBmX2NvdW50ZXJbaGl0c109MTEwJm5wZl9zZXRfcG9zW2hpdHNdPTE%3D

Guido Hammer: Weihnachten im Walde
http://www.weihnachtsgeschichten.org/weihnachten-im-walde.htm

Dora Schlatter: Eine Weihnachtsgeschichte
http://www.weihnachtsgeschichten.org/eine-weihnachtsgeschichte.htm

Herman Bang: Einsam am Heiligen Abend
http://derweg.org/feste/weihnachten/hermanbang.html

Karl Freiherr von Seckendorff: Weihnachtskorso in der Großstadt (1908)
(Aus: Grazer Volksblatt, 25. Dezember 1908, S. 13f.)

Jeremias Gotthelf: Die Christbescherung des kleinen Johannesli
http://www.weihnachtsmann.net/weihnachtsgeschichten/die-christbescherung.htm

Rudolf Reichenau: Weihnachtsfrühfeier
http://www.weihnachtsmann.net/weihnachtsgeschichten/weihnachtsfruehfeier.htm

Franz von Pocci: Weihnachtsmärchen
http://www.weihnachtsmann.net/weihnachtsgeschichten/weihnachtsmaerchen.htm

Luise Büchner: Die Geschichte vom Christkind und vom Nikolaus
http://www.zeno.org/Literatur/M/B%C3%BCchner,+Luise/M%C3%A4rchen/Weihnachtsm%C3%A4rchen+f%C3%BCr+Kinder/3.+Erz%C3%A4hlung.+Die+Geschichte+vom+Christkind+und+vom+Nikolaus

Otto Ernst: Roswithens Weihnachtswunsch
http://www.weihnachtsgeschichten24.de/Weihnachtsgeschichten13.pdf

Paul Keller: Der wilde Apfelbaum
http://gutenberg.spiegel.de/buch/1440/18

Gedichte:

Anna Ritter: Raureif vor Weihnachten
http://www.wortblume.de/dichterinnen/ritt103.htm

Joachim Ringelnatz: Vorfreude auf Weihnachten
http://www.gedichte-fuer-alle-faelle.de/allegedichte/gedicht_138.html

Theodor Fontane: Verse zum Advent
http://www.deanita.de/weihnachten/advent.htm#Verse%20zum%20Advent

Georg Trakl: Ein Winterabend
http://meister.igl.uni-freiburg.de/gedichte/tra_g12.html

Ludwig Thoma: Heilige Nacht
http://gedichte.xbib.de/Thoma,+Ludwig_gedicht_Heilige+Nacht.htm

Heinrich Hoffmann von Fallersleben: Weihnachtszeit
http://www.medienwerkstatt-online.de/lws_wissen/vorlagen/showcard.php?id=3829

Theodor Storm: Weihnachtslied
http://www.lyrikwelt.de/gedichte/stormg6.htm

Annette von Droste-Hülshoff: Zu Bethlehem, da ruht ein Kind
http://www.weihnachten-im-web.de/main.php?content=gedicht